作家精选 必读的精品散文 策划

# 浪漫之都录梦

一个浪漫的巴黎，一个现实的巴黎。尽管这种感观是片面的，但我也切切实实地从塞纳河的倒影中看到了一个掩映在现实之中的浪漫之都……

剑钧◎著

知藏出版社

**图书在版编目(CIP)数据**

浪漫之都录梦/剑钧著. —北京:知识出版社,
2011. 11

ISBN 978－7－5015－6322－7

Ⅰ.①浪…　Ⅱ.①剑…　Ⅲ.①散文集—中国—当代
Ⅳ.①I267

中国版本图书馆 CIP 数据核字(2011)第 220398 号

策　　划　刘　嘉
策划编辑　马　强
责任编辑　张　磬
责任印制　李宝丰
封面设计　晴晨工作室

知识出版社出版发行
地　　址　北京市西城区阜成门北大街 17 号
邮政编码　100037
电　　话　010－88390732
网　　址　http://www.ecph.com.cn
印　刷　厂　三河市兴达印务有限公司
开　　本　1/16
印　　张　13
字　　数　180 千字
印　　次　2011 年 11 月第 1 版　2024 年 6 月第 3 次印刷

ISBN 978－7－5015－6322－7　定价:58.00 元
本书如有印装质量问题,可与出版社联系调换。

# 目　录

## 第一辑　飞向莱茵河

卡塔尔，撩开你的面纱 ………………………………… 3

法兰克福，莱茵河畔的倒影 …………………………… 10

科隆，寻找"科隆尼亚"的踪迹 ………………………… 22

荷兰，绿水田园间的童话 ……………………………… 32

布鲁塞尔，倾听欧洲跳动的脉搏 ……………………… 44

## 第二辑　寻梦塞纳河

巴黎，浪漫之都录梦 …………………………………… 57

协和广场边的沉思 ……………………………………… 63

晚风吹过的香榭丽舍大街 ……………………………… 68

现实与浪漫交织的塞纳河 ……………………………… 72

卢浮宫留下来的微笑 …………………………………… 85

埃菲尔铁塔见证了什么 ………………………………… 92

## 第三辑　穿越阿尔卑斯山

卢森堡，大峡谷的回声 ………………………………… 101

瑞士，精雕细刻的自然风光 …………………………… 109

列支敦士登，山腰上的袖珍王国 ……………………… 127

奥地利，充满音乐的梦幻 ……………………………… 135

## 第四辑　走近亚得里亚海

威尼斯,浮在水上的城市 ·················· 149

圣马力诺,一个石匠缔造的国家 ·················· 161

佛罗伦萨,阿尔诺河谷的历史足音 ·················· 169

罗马,有关一头母狼和两个双胞胎的传说 ·················· 180

## 第五辑　告别欧罗巴

梵蒂冈,文艺复兴大师塑造的艺术殿堂 ·················· 193

多哈,穿越欧洲的尾声 ·················· 199

浪漫之都录梦

# 第一辑
## 飞向莱茵河

# 卡塔尔，撩开你的面纱

当我登上卡塔尔航空公司豪华的 A300 宽体客机时，北京已经是午夜时分。舷窗外，首都国际机场灯火辉煌，不时有一架架班机起降，跑道上繁忙不息。首都机场不愧是国际上最繁忙的航空港之一，来自世界各国的航班像走马灯似的穿梭在北京的夜空上。这次，我作为中国内蒙古作家艺术家赴欧文化考察团的一员远赴欧洲，首站却是位于波斯湾畔的卡塔尔首都多哈。多哈这座城市对许多人来说，还很陌生，但一提起半岛电视台和多哈协定，人们便知晓了。人们会不自觉地联想到美国大兵对伊拉克动武、本·拉登的影像和中国入世的签字仪式。看来，在这个弹丸小国里照样能爆出惊撼世界的大新闻。

我们乘坐的这架 QR899 班机也充满了阿拉伯风情。风姿绰约的卡塔尔空姐身着伊斯兰特色的服饰，始终面含微笑，蝴蝶般地穿行在乘客之间，不但撩开了神秘的面纱，也缩短了我们与阿拉伯人的心理距离。这条航线是 2004 年 11 月 26 号才开通的，航班采用现代化的空中客车 A300，乘员约 300 人。现代科技，使地球变小了，变成了一个地球村。人们可在 24 小时之内到达世界的任何一个角落。

尽管我们这个世界还不太平，还笼罩着恐怖袭击的阴影，但我还是对这次旅行充满了憧憬。临行前，有朋友开玩笑说："中东那个地方可是不太平，小心给抓住做了人质。"我笑笑说："那我可就一夜成名了，地球人都知道了，不死的话，我的书也会畅销了。"说也巧，那段时间，尤其是我们行前的 8 月份，世界性空难事件频发，几乎每隔几天就有飞机掉下来，短短 23 天时间内，发生了 8 起坠机，338 人罹难，使得这个 8 月成为名副其实的"黑色八月"。据说，整个 8 月份，全球空难事件夺走的人命已超过 2004 年罹难人数的总和。后来，也就是在 9 月 5 日，在我们从布鲁塞尔去巴黎的路上，又闻有一架印度尼西亚客机在棉兰市一居民区坠毁，导致近 150 人丧生。行前，妻子和我对此讳言甚深，但我们都心照不宣，但愿这种倒霉的事情不会发生。其实，世界上的事情就是那样简单。如果人们做什么事情都瞻前顾后，那就什么事情也不要去干了，即使每天躺在床上，也免不了会飞来天上横祸，命丧黄泉。冒险，是人类的天性，发明航空器的人，本身就是在冒险。古往今来，人类就是这样走过来的。况且，比起郑和、哥伦布、马可·波罗的生死之旅，我们的安全系数很高的，只能算上个悠闲之旅。

飞机在夜色中飞翔，舷窗外，偶尔可见地面闪烁的点点灯火，此外，也就只有机翼闪烁的信号灯了。座位前的显示屏上不时用英文和阿拉伯文标出飞机行进的方位，根据时间的推算，此刻，飞机应当是在我国新疆的空域。行前，我曾在世界地图上粗略了解一下那个位于波斯湾上的阿拉伯国家。

卡塔尔国位于波斯湾西南岸的卡塔尔半岛上，南北长 160 公里，东西宽 55 至 58 公里，面积为 11437 平方公里，人口为 57 万。全境地势平坦，是半沙漠地带稀有的绿洲，最高点海拔 100 米，地势西部略高，属热带沙漠气候，炎热干燥，沿岸潮湿。卡塔尔国分为 4 大行政区：多哈、瑞延、多妞撒勒和瓦卡拉赫。

应当说，先前中国人了解卡塔尔是从世界杯足球赛上，卡塔尔足球队员高超的球技和进球后扭动屁股的桑巴舞，给人留下了深刻的印象。到了 2001 年 11 月，在多哈举行的第四届 WTO 部长级会议上审议和表决中国正式"入世"的具体协议，让中国人的目光又一次聚焦在这个充满炎热的国度。后来在美国攻打伊拉克的战争中，一向不为人熟知的半岛电视台及时而生动的报道，以及蓄着大胡子的本·拉登的录像一次又一次独家出现的新闻，使波斯湾边上这个富庶小国声名鹊起，在世界上几乎家喻户晓了。

飞机在茫茫夜色中穿行，不知不觉中已经飞了7个小时，我看了一下手表，当时是北京时间9月2日的6时50分，飞机正在穿越伊朗领空。此时的北京想必已是旭日冉冉，朝霞漫天了，可舷窗之外，依然是一片漆黑。5个小时的时差，伊朗这会儿还处在午夜时分。飞机在经由了吉尔吉斯斯坦、乌兹别克斯坦和土库曼斯坦之后，进入了阿拉伯国家的领空。飞机在下降着高度，临窗俯瞰，已经隐隐看到了灯光映照下波光粼粼的波斯湾了。

卡塔尔，在我心中是个神秘的国度。它的历史是不幸的：早在公元7世纪，它曾是阿拉伯帝国的一部分，1517年遭遇葡萄牙人入侵，1555年被并入奥斯曼帝国版图，1846年萨尼·本·穆罕默德建立了卡塔尔酋长国，1882年英国入侵，并宣布该地区为英国"保护地"。一直到1971年9月3日卡塔尔才摆脱殖民统治宣布独立，成为君主立宪制的酋长国。埃米尔为国家元首，掌握国家最高权力，由阿勒萨尼家族世袭。与诸多中东国家动荡的时局所不同的是，这些年来，卡塔尔的政局一直很稳定。阿勒萨尼家族的王权强大而且根深蒂固，也得益于滚滚而来的石油收入，按照随团中文陪同杞同兴的话说："卡塔尔的汽油比水还要便宜，1公升才0.2美金，你们到了就知道了。"正是由于有钱，这个仅有几十万人口的小国才有胆量承办WTO部长级会议，才有气魄举办2006年第十五届亚运会。在北京机场，我曾和杞先生有过一次短暂的谈话，才知道他是个台湾人，后来移民去了美国，如今又回到大陆发展，拥有美国和中国双重国籍。由于多年在国际旅行社工作，他几乎走遍了世界各地，说得一口流利的英语，在考察团里也成了我们的"百事通"。

飞机临近了多哈的上空，灯火璀璨中的多哈真的犹如一颗镶嵌在波斯湾西南海岸上的珍珠。港湾里依稀可见停泊的船舶和静静的海水，半岛上朦胧闪现错落的楼宇和流动的车灯。我们于北京时间 8 时 57 分飞抵多哈国际机场。我将手表拨回了 5 个小时，才恍然知晓，我已经来到了另外一个世界。外边一片漆黑，只有机场通明。卡塔尔时间是 3 时 57 分。我在想，此时家人在干什么呢？

走下舷梯，猛然一股热浪扑面而来，那是一种几乎难以承受的闷热，凭我的感觉足有 40℃，以至汗水就像接到一道指令似的，刷地就从脸上淌下来，将我的短袖衫打湿了。多哈连夜晚都是这般燥热，大大出乎我的意料，不是进入到秋天了吗？我和同行的人几乎惊呼起来。多次到过中东的杞同兴告诉我们，这儿一年只有两季，除了夏季就是冬季了。而夏季是漫长的，从 4 月到 10 月为夏季，而 7 月至 9 月气温最高，可达 45℃。原来如此，我算是长见识了，季节还有这样一个分法。想必冬季也不至于太冷吧。我禁不住想，好在多哈机场的大厅冷气十足。

身着阿拉伯白袍的卡塔尔边检人员清一色的男性，和北京机场边检人员多为女性形成了鲜明的对照。有人解释说，阿拉伯的女人一般结婚后就守在家里，不出来工作了。仔细看了一下，机场里候机的当地妇女则是清一色的黑袍，黑色的头巾将面部都蒙了起来，只露出了一双眼睛。在多哈机场我初次领略了阿拉伯的民族风情。这儿的男人大多热情好客，对人彬彬有礼；这儿的女人也大多身材修长，长得很漂亮。真搞不清那些做人体炸弹的阿拉伯妇女为何会走此极端，对此美国人是不是也该做一点儿反思呢？据说，在"9.11"事件之后，许多西方国家生成了对阿拉伯人的戒备心理，因而许多阿拉伯人在出境时，受到过无端刁难，甚至拒签，真的有些不公平。

由于从多哈转机德国的法兰克福需要停留 8 个多小时，所以我们有足够的时间去饱览多哈的风光。于是我们持护照和出境登记卡，稍事休息，天色一亮，便在当地导游巴德先生的引领下去了多哈的市区。

我们乘坐的旅行大轿车沿着多哈机场的高速公路行驶，一路领略了独具韵味的阿拉伯风情。也许是干旱的原因，多哈街道两旁的树木并不多，多为棕榈树和椰枣树，但街道很宽，整洁，建筑物多为两层小楼的别墅，且有浓郁的伊斯兰风情。大街上几乎见不到行人，只有小轿车不时疾驰飞过。巴德介绍说，卡塔尔80%的天然气都提供给了日本，所以街上行驶的多为用资源换回的日本轿车。我仔细注意了一下，果真如此，而且几乎每幢别墅前都停放了日本的轿车。

历史上的卡塔尔人是个骆驼背上的民族。今天，尽管昔日的交通工具骆驼多已换成了轿车，但骑骆驼这种习俗仍像穿阿拉伯长袍一样传承至今。被誉为沙漠之舟的骆驼依然是卡塔尔人的心爱之物。卡塔尔人喜欢骑骆驼，赛骆驼，喝骆驼奶。因而多哈的骆驼市场也才会充满人气而经久不衰。在近郊的骆驼市场，我见到一辆吊车正在从卡车上往下吊骆驼。这种场面，我还是第一次见到。只见市场人员将骆驼用宽布带拴上，开始用吊钩像吊货物一样将一头头骆驼从车上吊下来。有人告诉说，白色的骆驼来自苏丹，黑色的骆驼来自沙特阿拉伯。一头很普通的骆驼也能卖到1000美金，两个月前，一头骆驼赛上的冠军竟卖到了200万美金呢。

卡塔尔除了石油，其实是个资源极度贫乏的国家。市场上大多的水果、食品、日用工业品都要依赖进口，所以物价也奇高。我们走进一家规模很大的水果市场，真是看花了眼，从世界各地空运来的水果琳琅满目，应有尽有，像芒果、香蕉、橘子、苹果、椰子、荔枝、西瓜……品种齐全，且非常新鲜，但价格贵得让人咋舌：一斤橘子要卖到6美元，一斤苹果也要卖到5美元。市场虽大，但买者甚寡。多哈的陶器市场也是琳琅满目，但器皿大多粗糙，倒有几分像中国古代出土的陶器文物。

多哈最繁华之处该是那家豪华气派、包罗万象的"家乐福"超级市场了。规模之大，不亚于我们在国内见到的任何一家超市，里面甚至还经营着宝马这类的高级轿车。我们鱼贯而入，倒着实让市场的经营者空欢喜了一场。因为我们口袋里装的都是欧元，是无法购买用卡塔尔币结算的物品的。再说，谁也不愿意在正式考察还没有进行就增加行程的负担。

卡塔尔相对于其他海湾国家，妇女的地位和解放程度是比较高的，许多女子也纷纷走出家门，走入社会，走向新生活。超市随处可见单个妇女，或三三两两结伴而行，或跟在丈夫后面领着孩子亦步亦趋，但她们也大都是细细的黑纱蒙着脸面，只露出一双又黑又亮的眼睛，非常神秘。我发现仅从她们的眼睛里也能透露出对现代文明生活的欣赏和渴望。不过，一路让我所惊奇的是在卡塔尔无论是男人和女人，大热的天，还都穿着长袍，而我们穿短袖衫就已经汗流浃背了，他们可真够耐热的。生活是现代的，服饰还是传统的，这就是卡塔尔人的标志。

多哈是座颇有韵味的城市，由机场到市中心的海滨大道汇集了一幢幢造型各异的精巧建筑，既有现代风格，又有传统风格。多哈最迷人的一味，要算她散发出来的浓郁的民族文化风味。那些具有浓郁伊斯兰建筑风格的钟塔和清真寺，比起那些摩天大厦来，更显得有魅力。半岛电视台一掠而过，我用数码相机抢拍了一张照片，小楼不大，拿出来绝不会有人将其和声名赫赫的半岛电视台联系到一起。巴德遗憾地对我们说："半岛电视台不允许在楼前停车，只能如此了。"

多哈正在大兴土木的工程是将在 2006 年 9 月举办的第十五届亚运会的场馆。我们在此停车，观赏了初见规模的场馆建筑，非常宏大而雄伟。在赞美之余，我不禁想，如此的高温，可想而知建筑者的艰辛，听说，这里面也有中国的建筑工人。高温干旱造成了亚运村附近植树很困难。车下见有处绿地远看很漂亮，可走近一看却是人工用塑胶制成的。

多哈是波斯湾的著名港口，伴随着卡塔尔石油业的兴盛，也从一个以打捞鱼虾的小城镇，一跃演变成一个美丽的海滨城市。卡塔尔是一个缺水的国家，境内没有一条有水的河流与湖泊；多哈是一个缺水的城市，市内的地下水资源比石油还要珍贵，可多哈作为海滨城市并不缺海水。像是造物者的恩赐，波斯湾给了卡塔尔像海水一样多的石油和富庶。车上，巴德先生介绍说，如今的卡塔尔有一半居民都是外国人，以印度、巴基斯坦、菲律宾人居多，他们很多人都在从事着简单的体力劳动，收入也远没有当地人高。而卡塔尔人，如果大学毕业后，进了政府机关做了公务员，薪金每月可达8万多美元。真是一个天上，一个地下。

多哈是一座颇有伊斯兰风情的热带城市。波斯湾赋予它秀丽的海岸风光，有种不加雕琢的自然之美。由机场到市中心的海滨大道，幽雅而整洁，椰枣树临风摇曳，婀娜多姿。我在咸涩味海风的吹拂中，远眺湛蓝色的大海，货轮穿梭，波涛不惊，远处的波斯湾畔气势恢弘的喜来登大酒店让我不觉联想起那场历经数载风雨，艰难的中国入世谈判和举杯相庆的时刻。

在海滨，一个巨大的海蚌的雕塑吸引了我们的眼光，这是多哈的一个标志性雕塑，造型优美，创意独特。张开的海蚌和一粒硕大的珍珠，显得流光溢彩，熠熠生辉，引得同行的伙伴纷纷端起相机在海蚌前拍照留影。一道神秘的大门在我面前洞开了，我站在大海边，感受着卡塔尔的阳光，不光热烈而且刺激。

# 法兰克福，莱茵河畔的倒影

　　QR023 空中客车于卡塔尔时间 13 时 5 分从多哈国际机场起飞，前往我们这次欧陆之旅的第一个目的地——德国西部大城市法兰克福。令我感到意外的是，我们登机后，不知什么原因，飞机却迟迟不起飞，一个念头在我的脑海里闪现了一下，该不是遇到什么麻烦了吧？由于起飞前，机舱里没有空调，所以密封的机舱便有些缺氧和闷热。许多乘客纷纷提出为什么不开空调？空姐用英语徒劳地解释着，飞机的发动机不起动，空调是无法打开的。可好多人听不懂她说的话。机舱的气氛有所沉闷，空乘人员在客舱的过道里来回忙碌地走动着。我暗暗祈祷，但愿不会是机械故障，因为许多空难先前都曾有过推迟起飞的记录。不管人们怎么胡思乱想，飞机最终还是起飞了，可也让我们在机舱里足足呆了近一个小时。人们谁也不知这期间究竟发生了什么事情。事实上，卡塔尔航空公司一直有着良好的飞行记录，是可以依赖的。

　　飞机升空后，不断调整着高度，向着西北的方向飞行。我从舷窗往外看，机翼下是一片蔚蓝的大海。波斯湾，在很多人眼中是一个盛产石油、战争和恐怖的地方。当今天，我从波斯湾的头顶掠过的时候，我眼里却是一片平和与安详，只是机舱里一个阿拉伯婴儿在母亲的怀抱里啼哭。那位漂亮的阿拉伯少妇，一袭黑色长袍，脸上罩着面纱，用手轻轻地拍着哭泣的孩子，她身旁还有两个淘气的孩子在机舱的过道上来回奔跑。我有几分紧张的心情开始松弛了，往下俯瞰茫茫大海，真的很美，一望无垠的大海之上，飘着一朵朵轻柔的白云，向着梦开始的地方。

浪漫之都录梦

法兰克福流传着一个遥远的传说，这个传说源于那条美丽的莱茵河。查理大帝在统一法兰克王国后开始向外扩张，多次率军东渡莱茵河，公元8世纪的一天拂晓，在漫天大雾中，打了败仗的查理大帝，仓皇逃到了莱茵河边，急于渡河，可一时又找不到向导。危急之中，他猛然看到一头母鹿朝水边走过去，他目视着那头鹿悠闲地涉水过了莱茵河，他于是放心了，率大军也随之涉水过河，方转危为安。为了纪念这件事，查理大帝下令在当地建筑一座城市，取名法兰克福，意思是法兰克人（日耳曼民族中的一支）的渡口。公元794年法兰克福作为查理大帝的行都首次载入史册。此后法兰克福一直是德意志的重要政治和经济舞台，目睹了很多大事件大庆典。后来，他率军越过阿尔卑斯山和比利牛斯山，并以保护罗马教皇为名进军罗马，被教皇加冕为"罗马人皇帝"，建立起包括中欧和西欧大部地区的庞大帝国。在中世纪，神圣罗马帝国的精神中心在梵蒂冈，而世俗中心在法兰克福。

传说中的法兰克福是遥远的，如今的法兰克福则成了现代欧洲的象征。这座临近美因河与莱茵河的交汇点，坐落在陶努斯群山南面的大平原上的城市，人口虽然只有75万，但却称得上国际知名的大都市。先前，法兰克福就是德国的金融之都，这里拥有400多家银行、770家保险公司，还有德意志中央银行和欧洲第三大证券交易所。实行欧元后欧洲中央银行又设在这儿，因此使得法兰克福成为世界著名的金融中心，有"德国的曼哈顿"之称。法兰克富还是国际会议中心，飞机上，邻座的一位来自北京的留学生告诉我，每年至少有5万个会议在这里召开，260万观光客涌入此地参加各种会展，这里是欧洲大陆最繁忙的会议场所。法兰克福还是一个拥有800年历史的博览城。法兰克福博览会分春季和秋季举行，是世界上最重要的博览会之一。此外法兰克福每年还举行一次汽车展览会，一次图书博览会和烹饪技术展览会以及其他9个专业博览会。博览会的客商每年多达1200万。法兰克福的汽车展览、图书展览、消费品展览都是世界上规模最大的展览。没想到一座不到百万人口的城市，居然要承担如此巨大的城市功能。难怪法兰克福机场是欧洲第二大机场，有连接世界各地的航班，是世界著名的交通枢纽城市。直到坐上飞机，我才从那位留学生的口中得知，因为德国还有其他名称为法兰克福的城市，所以这个城市的正式全名为美茵河畔法兰克福（Frankfurt am Main），以便与位于德国东部的奥德河畔法兰克福（Frankfurt an der Oder）区别。我悉心地倾听着，法兰克福在我的脑海里开始清晰起来。

柏林时间 17 时 40 分，客机即将飞临法兰克福，从多哈到法兰克福，时间又顺延了一个小时，这就等于说，北京时间要比柏林时间早 6 个小时（当时的德国还是在执行夏时制）。当飞机在 18 时 07 分降落在法兰克福时，太阳已经偏西了，可北京却已是次日凌晨了。我们走下飞机，恍然走入了另外一个世界，几个小时前，满眼的伊斯兰景观，转眼变幻成了德意志风情，无论从视觉，还是感观上都充满了新鲜感。

我们步出机场，跟随着前来接站的德国朋友来到了将跟随我们半个月行程的那辆德国产的双层豪华客车前。由于飞机晚点，前来接站的女司机凯拉丽达多候了一个小时，也多付了 25 欧元（约合 250 元人民币）的停车费。凯拉丽达，一个德国女孩子，20 多岁，显得娇小瘦弱，居然开一辆如此庞大的双层客车，真的有点儿不可思议。她的手腕上除了戴着手表，还戴了好几个手镯、戒指之类的饰物，显得琳琅满目，很是耀眼。除此之外，她还和许多街上走的欧洲女人一样喜欢抽烟，说话时，喜欢打手势、耸肩。一路上，她都是在用英语和坐在旁边的杞同兴交流，后来才得知，她是意大利裔德国人，不但说着一口流利的德语，还精通意大利语和英语。在之后的十几天里，我和同行的迟凤君和张瑞杰一直坐在客车的第一排，因而也近水楼台地从她那里了解到许多德国和意大利的风情。

当我乘车行进于法兰克福的时候，我感觉到了德国这座城市的古老，随处可见街道两旁带有浓郁德意志传统风格的建筑。可杞先生却告诉我：

其实法兰克福的一切都是崭新的。那些貌似古朴的建筑，像市政厅、老歌剧院、保尔大教堂，都是战后法兰克福市民捐资重建的。由于法兰克福曾经是德国纳粹党部所在地，也是希特勒发迹的地方，因而在二战期间，这座城市也曾进行过顽强的抵抗，盟军的33次大轰炸摧毁了这里80%的建筑，留下1700万吨垃圾。千年古城，变为一片废墟。至今火车站还残留了一堵断墙，是市中心战后唯一还"站"着的真正的古建筑。看来，在保留传统文化方面，德国人还是尽心竭力的。他们受到了历史的惩罚，但他们并没有忘怀历史。不像在中国，很多古建筑，古城墙都是我们自己亲手扒掉的，想起来真的很可惜。

车上，我一直将眼前的德国和想象中的德国进行着对照。记得儿时，德国在我心目中是丑陋的，它几乎成了法西斯、希特勒的代名词。当时，我曾看过许多前苏联拍摄的卫国战争时期的故事片，尤其是看过一部有关描写苏联女英雄卓娅的影片后，我印象中德国人是无比丑恶和残忍的。卓娅披散着头发，被德寇押解着赤脚走在冰天雪地的镜头让我不寒而栗，至今还印刻在我的脑海里。长大后，我逐渐懂得了将德国法西斯和德国人民区别开来，逐渐从书本上了解到德意志是一个伟大的民族。德国法西斯在德国历史的长河里，只不过是一朵不光彩的浪花，而且旋即便给时代的大潮吞没了。其实，德国不仅仅出了个像希特勒这样的民族败类，还出了许多让世界仰慕的伟人：康德、黑格尔、尼采、叔本华、马克思、恩格斯、胡塞尔、海德格尔、歌德、席勒、海涅、格林、霍夫曼、黑塞、爱因斯坦、贝多芬、舒曼、巴赫……这正是德意志这个民族，能够在二战的废墟上迅速崛起的重要原因。

法兰克福也堪称欧洲现代建筑之都。车窗外，千姿百态的现代楼宇被玻璃装饰着，在夕阳的余晖下熠熠闪光。这是一座美丽而幽静的城市，没有我先前想象得那么繁华，也没有那么多的人。大街两侧绿树成荫，很多树旁有圆圈状的座椅；建筑物前的广场上，成群的鸽子飞起又落下，整座城市给人种安宁祥和、井井有序的感觉。我见到的法兰克福是俭朴的，许多大街并不宽敞，也不豪华，甚至没国内一些中小城市的马路宽，路灯耀眼，也几乎看不到四处耸立起重机的建筑工地。但这儿的人均国内生产总值2.6万美元，是我们的近10倍，真难以置信，他们那么多钱，为什么不去大兴土木，拆楼拓路摆阔气呢？相反，我们的一些领导者并不顾自己的财力和实力，换了一茬领导，就大搞政绩工程，给下任留下了一大堆债务，然后，拍拍屁股升迁了。要知道，这可是纳税人的钱啊，花起来怎么就不知道心痛呢？为此，我曾问询过这里的朋友，他们说：如果他们的市长这样做恐怕早就给赶下台了。

法兰克福日落的时间较晚，到了晚上20点，天色还没有完全黑下来。在落日的余晖下，我久久地沉缅在德国最漂亮，也是造价最高的法兰克福歌剧院的台阶前。歌剧院1880年由法兰克福市民自己捐款兴建的。当初德国威廉一世皇帝观看了首场演出之后，大为感动，说唯有法兰克福能继承如此金碧辉煌的建筑。不意在第二次世界大战中法兰克福歌剧院被完全炸毁。战后法兰克福市政府拒绝重建，市民们便义务组织起一次次市民运动，四处募捐，要用自己的捐款来再造歌剧院。听说，歌剧院的废墟静静躺了整整30年，这期间市民们从没有停止过他们的捐款活动和向政府请愿。直到20世纪70年代法兰克福议会在社会压力下通过再造歌剧院的提案，并在20世纪80年代竣工，其中主要建筑费用还是靠市民募捐而来的。我用数码相机从不同角度拍摄着这座气势恢宏的建筑。歌剧院总体建筑风格是后期古典式，从外形可以看到古希腊建筑和后期文艺复兴建筑风格（如圆拱式窗户）。而歌剧院内部的富丽堂皇，又是典型的巴洛克风格，其被誉为法兰克福最美丽的古建筑。

第二天上午，当我徜徉在古老而又现代的罗马广场时，凝视着广场中央面向市政厅的翠绿色正义女神铜雕像和咖啡色的战争女神石雕像，心中不禁闪出一个念头：如果说，国家是个政治的概念，那么民族就是个文化的概念。文化是一个民族进化之源，生生不息之根，没有文化就没有民族的发展和兴盛。中国古老文化的象征是长城，埃及古老文化的象征是金字塔，那么德国古老文化的象征是什么呢？我说不出来。初到法兰克福，耳闻目睹了太浓太浓的文化气息和氛围，居然一时无法说出究竟哪些能够真正代表德意志的古老文化。罗马广场是法兰克福老城的中心，最早是城市的集市中心，到了中世纪成为这里最大的广场。广场的名字来源于广场西面叫 R. mer 的三个连体的哥特式楼房，最具特色的是楼顶的人字型的山墙，可以称得上法兰克福的象征，尽管遭遇百年战火的摧残，但整修后仍完好如初，如今作为法兰克福的市政厅。楼房的二楼有个皇帝大厅，是神圣罗马帝国皇帝举行加冕典礼的地方，大厅四壁悬挂着从查里曼大帝到佛朗茨二世共 52 个皇帝的画像。以前皇帝加冕仪式后的宴会厅，现在是接待大厅，如今也是德国国家足球队凯旋归来和球迷狂欢的地方。在二楼有徽章图纹装饰的露台上，德国足球队的球员们多次接受了群众的盛大欢迎。

我收入镜头的这座正义女神雕像是 1611 年竖起的，最早是沙石的，1887 年换成了铜像。下面的喷泉曾经在举行加冕礼时喷出红白葡萄酒供市民分享。广场旁还有圣尼古拉教堂，始建于 1290 年，以前是宫廷教堂，在中世纪时钟楼上设有号兵，在莱茵河支流的美因河上有船到达时吹响号角以示致意。每年圣诞节前广场要搭起高高的圣诞树，罗马广场的东侧则有一排古色古香的半木造市民住宅。我在广场的周围徜徉，仿佛这里已没有了古罗马时期的辉煌，给我感觉更多的是这里折射出来的古老历史文化的底蕴。

说到德国的历史和文化，就不能不提起那条亘古流淌，被德国人称作"命运之河"、"父亲之河"的莱茵河。出国之前，我就读过朱自清先生早在 1934 年写就的散文《莱茵河》。先生"坐在轮船上两边看，那些古色古香各种各样的堡垒历历的从眼前过去；仿佛自己已经跳出了这个时代而在那些堡垒里过着无拘无束的日子。"文中还提到过德国诗人海涅当年曾就莱茵河的古老传说写过一首诗。我还听说过，19世纪初，年轻的英国诗人拜伦离开英国，经比利时、从荷兰溯莱茵河而上，途经德国，直到瑞士。他写下了一首诗赞叹莱茵河的美丽。德国作家罗曼·罗兰在神游莱茵河之后，也满怀激情地留下过这样一句名言："莱茵河是滋润人心的美丽河流。"

当我从莱茵河畔的小镇码头乘上游船时，心里装得更多的是莱茵河迤逦风光之外的遐思。这条源于瑞士的阿尔卑斯山脉，途经奥地利、列支敦士登、法国、德国，最后从荷兰的阿姆斯特丹注入北海的河流，在我心目中充满了神奇的色彩。如同黄河之于中国，伏尔加河之于俄罗斯，尼罗河之于埃及，塞纳河之于法国，泰晤士河之于英国一样，每个泱泱大国的悠久历史和古老文化都牵系于一条悠悠文明长河。莱茵河，一条承载着西方古老文明的大河，就代表了德国的历史文化与德国的浪漫主义精神。如今，莱茵河又流淌在现代文明最发达地区，自然吸引着无数的人们来顶礼膜拜。

我伫立在游船上，迎着微微的河风，放眼风光秀美的莱茵河，心中有种莫名的激情在逐随着脚下哗哗的河水涌动。沿岸蓝天白云下，峰峦叠翠、丘陵绵亘、芳草萋萋、绿荫漫坡。山腰下有着数不清的葡萄园，依地势错落有致的乡间人家，白墙红顶的农家小楼别墅与门前停放的各种颜色的小轿车，组合成人与自然和谐共处的生动场景，似一幅铺天盖地的绝美油画，垂悬于天际之间。凝望着滔滔不尽的莱茵河水，两岸如诗似画的美仑美奂的景致，我不由想起法国著名历史学家费弗尔说的一句话："整个欧洲没有一条河能与莱茵河匹敌"。这话出自历史学家之口，就足以验证莱茵河的博大而精深的神韵。其实，莱茵河并不是由于景色秀美而迷人，而是由于文化底蕴浓厚而迷人。莱茵河水养育了许许多多名垂史册的文化名人：贝多芬在莱茵河畔的那幢三层小楼里，倾听着莱茵河水的旋律，创作了一支又一支优美的乐曲；歌德也在莱茵河支流美因河畔那幢四层的楼房里写出了脍炙人口的《少年维特的烦恼》；还有那位写出《莱茵交响曲》的舒曼竟在莱茵河边如痴如醉中一头栽进莱茵河的巨浪……他们喝的是莱茵河的水，吹的是莱茵河的风，踏的是莱茵河的浪。也许是莱茵河太美了，才焕发出他们内心深处的才情；也许是莱茵河太诱人了，才促使他们为之留下了不朽的传世之作。

我登上游船的甲板极目远眺，一阵清风徐来，那一座座耸立在起伏山峦上的残破的古城堡跃入我的眼帘。我恍然领悟到，莱茵河带给我的不仅仅是流淌的诗歌、飞溅的音乐、旖旎的景色、葡萄酒的芬芳，还带给我古老的历史与传说。当我们上午从法兰克福驱车赶往码头的路上时，杞先生就先入为主地给我们讲起了莱茵河沿岸古堡的传说。他还半开玩笑地说："你要是想购买古堡，只需在布劳巴赫附近的德国城堡协会办个手续，交纳1欧元即可买下一座城堡。可条件是你同时也有义务在不破坏古堡外观的前提下整个整修城堡的内部。"当时车上有人回应："挺便宜的嘛。"杞先生笑着说："几十万欧元的维修费你掏得起吗？"于是，车上人哈哈一笑，权当笑谈了。看来世界上绝没有免费的午餐，中国如此，德国也如此。不过，耳听为虚，当见到一座座像珍珠似的散落缀在莱茵河两岸绿色群山之中的古城堡之后，我方别有一番身临其境的感受。那些古城堡大都建在陡峭的山巅之上，古时是用来驻兵作防守用的。两岸布满的古城堡诉说着罗马帝国、法兰克王国、查理曼帝国、神圣罗马帝国至普鲁士王国的诸多历史传说，也成了莱茵河流域不同文化、不同民族相互碰撞的文化冲击地带。中世纪时，这里曾建有许多罗马城堡，都是孤立地分布于群山之间。不像古老的中国将一些"城堡"联接起来，绵延万里，形成一道拒敌与国门之外的长城。这也许就是为什么欧洲不像中国，分成了这么多国家的原因之所在吧。我曾在一部欧洲史书上了解到，相当长一个时期内，日耳曼人似乎没有意识到成立一个国家的必要，一直过着自由散漫的生活。一些贵族就占山为王，将那些罗马人留下的城堡变成他们的堡垒。然后东征西战，彼此厮杀。此刻，我的耳畔是不舍昼夜的莱茵河水，仿佛从莱茵河谷传来弥漫厮杀的吼叫，响彻刀剑的铿锵和流淌仇恨的泪水。连绵不断的山岳留下多少白骨，逝去多少硝烟？是无人知晓的。难怪有人说，游莱茵河是在读德国文化，在读德国历史，一点儿不假。

历史留给后人许多的残酷。一部世界史，其实就是一部战争史。欧洲的历史何尝不是如此呢？可人们总是怀抱美好的憧憬，不愿沉缅于悲伤的往事。所以，在莱茵河上才会几乎每座古堡都有一个甚至几个动人的传说。游船上，杞先生指着远处山上一座高塔式的红顶小城堡告诉我说："这就是我在车上讲起的鼠堡了。"我顺着他的手指，举起了照相机，拍下了一张照片。相传这座城堡当年曾住着一个心黑凶残的领主，他疯狂地盘剥当地的民众，用作抽税和囤积粮食。在一个饥荒的年份，他不顾人们的死活，把他们的粮食抢光，惊动了附近的老鼠，成千上万的老鼠奋起攻击了这个城堡，一直把可恶的领主赶到走投无路的塔顶，最后一头栽到莱茵河里。于是民脂民膏就被以这样的方式归还给了人民。关于鼠堡的传说还有好几个版本，听起来都大相径庭，可我还是选择了这个版本，写在这里。其实，真实的鼠堡原为特里尔大主教1356年所建的行宫。由于当时临近的卡策奈伦伯格侯爵势力更为强大，人们便把该堡称为鼠堡。到了1806年时鼠堡已破落不堪，几成废墟，我们所看到的不过是1900年至1906年间重建的。在鼠堡上游的不远处还有一个猫堡，建于14世纪，是卡策奈伦伯格侯爵为保护莱茵岩城堡和圣高阿豪森城所建，是一个军事要塞，后为黑森·卡塞尔侯爵继承，并在多次战事中被严重破坏。听说1989年猫堡为一个日本人购得，并改建成一家日本宾馆。猫堡比鼠堡大，却比鼠堡建得晚，意思相当明显，那就是要把鼠堡比下去。

一路观赏像串串珍珠般分布的城堡，真的恍如隔世，犹如走进了中世纪的欧洲。荣誉岩城堡、莱茵施泰因城堡、苏耐克城堡、莱茵岩城堡、葛登岩城堡、美丽堡……每座德国古堡都在诉说一个美丽或哀怨传说，让人为此动容，为之遐想。我对德国古堡的印象来源于儿时读过的《格林童话》。童话里的古旧的城堡、幽暗的大森林、华丽的宫殿、幽静的莱茵河，也许都取材于这条童话般的莱茵河。眼下的一切似乎都在验证格林童话中的美妙和神奇。眼前这些古堡，如今多已改作休闲别墅、饭店、酒吧。而沿岸众多的葡萄园又为莱茵河谷增添了浓浓的一笔。这些葡萄园依坡而建，恰逢此时又是收获的时节，枝头硕果累累，与绮丽的山川胜景交相辉映，我不禁有种沉浸童话与诗歌中的感觉。

　　莱茵河面上有数不清的游船，不同国籍，不同肤色的人们蜂拥而至就是为了一睹莱茵河的绮丽风光和浓郁的人文氛围。在我们的游船和其它游船擦肩而过时，好客的外国朋友往往会向我们这些黄皮肤的中国人挥手致意，我们也报以热烈的回应。在我们的游船上除了考察团的同行，还有来自五洲四海的游客，人们游兴方酣，争相拍摄两岸美妙风光。游船上有几位来自俄罗斯的游人，对德国文化产生了浓厚的兴趣。他们从船头跑到船尾，不停地拍照，不停地录像，还不停地用俄语交流着什么。他们的行动引起了同伴的好奇。尽管我们与他们之间在语言上存在着障碍，但情感的交流是没有国界的，我们就通过手势、微笑、眼神和他们交流着，还竞相和他们在莱茵河上合影留念。他们也非常愿意和我们交往，留在数码相机里的微笑都很甜。我也和同船的几位来自俄罗斯的游客合了一张影，他们坐在船头，将我簇拥到他们中间，手里端着盛满德国啤酒的杯子微笑着，说："China？"我也微笑着说：I'm Chinese！本来，人类就共同生活在一个地球村里，相互理解、和睦相处是最重要的。但世界上偏偏就有人愿意人为地制造仇恨，发动战争，甚至搞恐怖袭击。这种历史的罪恶不知还要持续多久？

　　游船驶到一个转弯的地方，杞先生告诉我们："还记得德国大诗人海涅的《罗蕾莱之歌》吗？对面的那座小山就是那个罗蕾莱女妖所在的地方。"我蓦然想到朱自清先生在《莱茵河》那篇散文中提到的海涅笔下那个仙女，便从座位上站起来向窗外看去。那段山其实并不高，也说不上多美多奇，然而，多年来一直流传着一个神话般的传说。一个天使般美丽的女人，在莱茵河畔以其容貌和歌喉让如痴如醉的男人们纷纷坠河而亡。伯爵为了给死去的儿子复仇，派重兵来捉拿她，这个女人不愿受辱，便呼唤莱茵母亲来救她，莱茵河于是翻起白浪，她便纵身跳入浪中……海涅的那首《罗蕾莱之歌》，让我也像许多游人一样仰首观望良久那个地方。海涅以深情写下了这个故事，也深深地感染了我：

> 静静的莱茵河畔，日斜晚风凉，
> 夕阳染江水，一派旖旎风光，
> 蓦地出现一位美丽的女郎，
> 安详地坐在山顶上，
> 金黄的发丝在晚霞下放出耀眼的光芒。
> 她唱着柔美的歌，歌声在山间荡漾，
> 她梳着秀丽的长发，令人神魂迷惘，
> 船上的人儿，只顾看她的模样，
> 又痴又醉，全然忘记了船下的礁石险浪，
> 可怜的人啊，全然忘记了船下的礁石险浪。
>
> 可怜的人啊，终于船翻人亡。
> 我不知道为什么，心中如此哀伤。

记不清是哪位智者曾在一篇文章中这样来形容这条充满思想、浪漫和智慧的河流："莱茵河不是一条流经在荒野中的具有野性之美的河流，莱茵河也不是一条在崇山峻岭中左突右冲汹涌激荡的河流。莱茵河是一条流淌在人文繁盛、历史悠久的西欧的河流，这里的一切都打上了人的烙印。

每一处景观，每一块土地都已经是人化了的自然。因此，莱茵河两岸的景色，总是让人回忆起历史，回忆起人的故事。"在莱茵河流经的城市，人们可以看到贝多芬的故居、歌德博物馆、舒曼的墓地、巴赫的管风琴，还有大师们睿智而遥远的目光。莱茵河上，我仿佛重新认识到德意志这个美丽国度之外的厚重与轻灵，历史与现实，人文与自然，体味到德意志民族感情的丰富和浪漫，感知他们富有哲理的沉思默想。

第一辑 飞向莱茵河

# 科隆，寻找"科隆尼亚"的踪迹

　　按照考察团的日程安排，科隆将是我们这次赴欧文化考察的第二站。清晨，我和同室的迟凤君从法兰克福郊外的 Kesidence 旅馆一觉醒来，已经快 7 点了，初到德国，时差还没有完全倒过来，加之昨晚 10 点多钟才回到房间，又和凤君神聊一气，睡得晚，还有些犯困，可"科隆尼亚"的诱惑，却让我们的兴致不减。我们匆匆跑到旅馆楼下的自助餐厅吃早餐。早餐是西式的，很丰盛，有各式面包和小点心，有果酱、果汁、咖啡、牛奶、黄油和奶酪，有苹果、香蕉、葡萄和梨，还有香肠、烤肉和鸡蛋，那边还有一大盆燕麦片和一大盆掺着果肉粒的谷物，可冲着牛奶食用。本来，欧洲人是喝凉牛奶的，也许是为了照顾我们这些来自东方的客人，餐厅还特意备了热牛奶。可当我们将摆在一边的鸡蛋拿到餐桌后，却有些茫然了。原来，凤君将蛋打开后，才知道不是煮熟的。他冲我一笑，无可奈何地摇了摇头，将鸡蛋放到了一边。我侧目看到身边的德国夫妇将鸡蛋打开放入杯中的牛奶里，才知道鸡蛋还有这样一个吃法，不过我还是将鸡蛋放了回去。初来欧洲，对吃西餐有种新鲜感，只是使用刀叉有儿点别扭，常常忘了用哪只手握刀，哪只手使叉，笨拙得就像外国人使筷子一样。想起来，还是昨晚在一家名叫"花园酒店"的中餐馆吃的那顿饭可口。尽管开餐馆的老板已经是第三代移民，做出的中国菜已经变味了，但还是感到亲切。那顿餐费为每人 6 欧元，还是优惠。菜谱为五菜一汤：萝卜猪肉汤、红烧肉、炒豆芽、炒菜花、鸡肉丝拌凉菜，还有一个吃过了叫不上菜名的菜。哇，真的好贵啊！同行的朋友开玩笑说，他若斗胆留下来开个餐馆，肯定会赚它个沟满壕平。

　　早餐后，我和凤君便回客房收拾行李，准备今天的行程。在电梯间碰到了考察团的秘书长，作家王福林，便谈起了入住欧洲旅馆的感受。我说："来之前就听说，欧洲的酒店大多规模很小，设施较旧，但历史悠久，干净整洁，风格典雅，看来果然如此。"他也有同感，说："在国内旅馆的总服务台多为漂亮的女孩子，可这里却是年轻的小伙子或是中年男子；德国的电梯也有特点，明明是 1 层，却用 E 层来表示，2 楼倒变成 1 楼了。"我笑了，说："我刚下楼时就差点儿按错电钮，看来，欧洲人对楼层的概念与我们的不同也反映出东西方人的思维方式还是有所不同的，感受一下这里的风土人情也不错。"

　　我们入住的 Kesidence 是家三星级旅馆，标间的价格为 100 欧元，可条件并不如国内同类的宾馆好，没有豪华气派的大堂，房间也没有空调，旅馆里面的设备虽简单倒也一应俱全，有大衣柜、写字台和小圆桌。电视分为收费和免费两种，但说明书全是英文，如果看不懂，乱按遥控键，说不定就要花冤枉钱了。电视机的柜子里有杯子和酒以及小食品，是个迷你吧，也是明码标价。卫生间小而整洁，出于环保，里边没有一次性用品，但多了个吹风机。自来水是可以饮用的，热水龙头里放出的热水，由于锅炉的反复烧煮反倒不能饮用。欧洲人没有喝开水的习惯，房间里自然也不提供饮用热水，想喝热茶就得自己烧，幸亏考察团事前有过这方面的告诫，凤君又万里迢迢从家里带了个电热水杯和电源转换插头，这一路我们两个人的开水问题就靠他的小小电热水杯解决了。

　　来德国之前，熟晓法兰克福的名字，但对科隆却是一无所知。原以为科隆不过是德国一个小镇，以科隆大教堂闻名而已，不想它的人口竟有 100 万，是德国继柏林、汉堡与慕尼黑之后的第四大城市呢！昨晚，入住 Kesidence 旅馆后，经杞先生的一番介绍，方多少知道科隆的"庐山真面目"。坐落在莱茵河畔的科隆是德国最古老的城市，如今，人们依然可以在这儿见到两千年前由古罗马人所建的"科隆尼亚"的踪迹。它的历史可以追溯到公元前 1 世纪，罗马帝国正称雄于欧洲，皇帝奥古斯都派驸马阿格里帕挥师北上，一路所向披靡抵达莱茵河西岸，与实力雄厚的日耳曼部落隔河对峙。公元前 38 年，阿格里帕招募盟友乌比尔部落到河西来建军营要塞，相约共同防守新开拓的边地。几十年过去了，营寨的四周渐渐形成了街市。这会儿，生于此地的阿格里帕的外孙女阿格里皮娜已登上了皇后宝座。她于是恳请罗马皇帝把自己的故乡升格设市。公元 50 年，克劳狄一世颁布诏令授予此地罗马城市的权力，并定名为科隆尼亚·克劳狄·阿拉·阿格里皮内西姆。好家伙，数一数，竟足足 16 个汉字！这可是我有生以来听到的一个最冗长的市名，却道出了城市的历史渊源：科隆尼亚意为罗马人的拓居地，克劳狄是皇帝名，阿拉是乌比尔部落的祭坛，阿格里皮内西姆则是皇后名加词尾变化而来。天长日久，这冗长的市名遂简化为科隆。我不由自惭孤陋寡闻，没想到是罗马时代造就了科隆的历史。

回国后，翻阅世界史方面的资料才知道这段史实称之为科隆历史上的第一个兴盛时期，当时这里商贾云集，街市喧闹，城垣高耸，一派繁华景象。至今犹存的罗马塔（Romerturm），就是那时城垣的一部分。中世纪是科隆的又一盛世。在公元 795 年，查理大帝定科隆为大主教驻地。此后，科隆的城池几度扩建，到了 12 世纪时，已奠定了如今内城的规模，半圆形的城垣总长 6 公里，开有 12 座城门，从现存的 3 座中，人们仍可领略当年科隆城的雄伟气势。据说，科隆城当时有 4 万居民，不但在德意志是第一大城市，人口上甚至超过当时的巴黎和伦敦。

上午 8 时 20 分，我们登上了那辆双层客车开始了我们的旅行。这是一条沿着莱茵河行进的路线。在去科隆的路上，我们除中途有一段是换乘游船游览莱茵河风光之外，都是乘这辆车在高速公路上行驶。来到欧洲才感受到欧洲的脉搏和生活的节奏。欧洲一体化，这个在国内就经常耳闻的词汇，来到这里才有了深刻的体验。我们这次到欧洲所走的 11 个国家，大多是欧盟国家，在这些国家里都统一使用欧元，连汽车的牌号都有着统一的标志。欧洲的面积不是很大，约 1016 万平方公里，仅比我国的领土大一点儿，是世界第六大洲，但却是仅次于美国的世界第二大经济体。欧洲有几十个国家，乘一辆豪华客车就可以畅通无阻地横穿欧洲大陆，连个收费站都很少见到。尤其在欧盟国家，已经取消了边境检查站，国境线也不过是一个小小的界碑而已，连个警察都见不到。在这些国家里已经没有了国界的概念，人们可以像走亲戚一样自由自在地走动。

寻着"科隆尼亚"的踪迹，遥想当年罗马帝国凭借金戈铁马驰骋的欧洲大陆，如今变得如此安宁和谐，也许连凯撒大帝都是始料不及的。德国曾经是块令人恐怖的地方，两次世界大战都是从这里引发的，剑与火，血与泪，曾经让世界为之颤抖。二战时期，这里是纳粹德国的腹地，一种野兽般的疯狂蹂躏着欧洲的大地，作为历史的惩罚，这里也曾变成了一片焦土。60 年过去了，当年的战场，已变成了和平的田园。我凝神窗外，想从中寻找战争的遗迹，但我不无遗憾地一无所得。德意志民族是个正视历史的民族，他们不仅修复了战争的创伤，也修复了心灵的创伤。我不由想起，德国前总理维利·勃兰特在 1970 年的春天曾在波兰的华沙犹太人起义纪念碑前下跪，为当年德国法西斯的暴行向犹太人谢罪。德国政府对二战中曾经遭受过纳粹迫害、迄今尚在人间的犹太人给予了认真的赔偿，还建立了法西斯罪行展览馆以昭示后世和后人。这就与我们东方邻国日本政要所作所为形成了一个鲜明的对照。由此，我不禁想，一个正视历史的民族才是有希望的民族，如果不去正视历史，迟早是要为之付出代价的。

欧洲的自然风光之美，我是早有耳闻，但眼前的一切，还是超出了我的想象。从法兰克福一出发，我便开始领略到这种天赐地送的美丽。我不得不惊叹这里的绝美景色。人们常常喜欢用蔚蓝的天、碧绿的草、和煦的风、苍翠的山来描绘秀丽的自然风光，但若用到这里，依然会感到苍白无力。这种美丽是一种环境保护造就的美，是一种只能意会不能言传的美，是一种近乎极致的美。听凯拉丽达小姐介绍，在上世纪的 70 年代，德国曾由于环境污染而受到过自然界的惩罚，当时，由于沿莱茵河一带工厂的过度密集，大量的工业废气废水废物未经处理就排到大自然中，天空不再那么蔚蓝，群山不再那么翠绿，河水也不再那么清澈。尤其是莱茵河污染极为严重，河面满是垃圾、鱼虾死亡，不堪入目，莱茵河失去了原有的风采，差点儿成为臭河、死河。环境污染还让这里的旅游业、葡萄酒业也遭受重创。为此，德国政府投入折合 1 万亿欧元的巨资治理环境污染，终于使这一带生态逐步进入良性循环，莱茵河也恢复了生机。来到德国，无论是城市还是乡村，蓝天白云下没有沙漠，没有灰尘，满眼都是沁着清香的浓绿，让人不得不沉醉其间，流连忘返。由此，我不禁想，风光的美丽，光有大自然的恩赐是远远不够的，还要靠人们的保护。发展中的中国是不是也应从中得到一点儿启示呢？

在去科隆的路上，我们除了饱览了沿途的风光，还领略到德国的风情。今天恰逢周六，高速公路上的车很多，且多是私家车，很多轿车后边都挂着一个类似房子的拖车。一问方知，多是举家出外郊游的，里边有床、沙发、家电、厨具，停在郊外度过一个美妙的夜晚，想起来也是很浪漫的。有的轿车拖斗上还放着小游艇，看来是去莱茵河泛舟的。我还注意到一个有趣的现象，很多轿车都是敞篷的，在无风无沙无尘的秋天里，开这种车也不失为一种潇洒吧。杞先生不无遗憾地告诉我们，到了科隆，如果想购物可就有点儿麻烦了，很多商店假日是不营业的。原来，欧洲人大都逢星期六和星期天是不做生意的，该休息时就休息。商店关门，不营业。对此，我们一开始也挺奇怪，节假日正是赚钱的好时机，干吗不去赚呢？后来，在欧洲见得多了，也就见怪不怪了。

我于是便好奇地问："科隆有什么特产呢？""你有没有听说过 4711 香

水?"杞先生说。说也巧,我们的车子恰好从一个小镇穿过,一个临街商店的墙壁上就写着含有4711这几个阿拉伯数字的德文。我们在来的路上也曾见过一处这样的文字,经他这么一说,才恍然大悟,原来这是一种香水的广告啊。

杞先生告诉我们,1695年,一位在科隆的意大利人乔万里·保罗·费米尼斯用带来的配方制成一种由酒精、香柠檬、柠檬、薰衣草、迷迭香、橙花油以及蒸馏水配成的化妆香水。当初曾被当地人视为一种奇特的药水。他的侄子约翰·玛丽亚·法里纳是香水的初始制造者。他将这种能治百病的药水当做"魔水"出售,大获其利。后来,科隆人威廉·米伦创立了科隆水制造公司。到了1794年,一个拿破仑的士兵偶尔将米伦的房子编为4711号,从而促发米伦将此药水商标定为"4711"。拿破仑1810年颁布了关于公开药水配方的政令,米伦为了保存秘方,便将其作为香水来销售。从此,科隆香水的配方成为了绝密。今天,除了"科隆香水"以外,在科隆还出现了许许多多按旧配方制作的香水种类,最著名的当属"俄罗斯科隆香水"。不过,当今最大的生产厂家仍然是"4711香水公司"。它的销售范围已遍布于全世界。在科隆、巴黎和纽约都有它的设计及制造中心。科隆也以此闻名。

古罗马帝国时期的科隆是一个繁华的商贸中心,其兴盛得益于得天独厚的地理位置。在欧洲大陆,科隆地处南北水路和东西大道的要冲,自古又是人们朝圣要道。舟楫车马穿梭般地从这里经过,四面八方的货物也在这里集散。尤其是科隆当时还享有罗马帝国的特权,那就是所有途经科隆的货物都必须先在这里展销3天,才能继续转运。如此一来,科隆的商贸就有了一个畅通无阻的黄金大道,进而也培育了一大批日进斗金的富商。随着这股势力的不断壮大,教会势力的不断削弱,科隆的富商和手工业行会开始藐视教会的权威,并力图从教会手中争夺城市管理权,大主教与商人间的竞争已十分激烈。1047年科隆大主教曾平息过科隆商人的反抗,

第一辑 飞向莱茵河

1288 年，科隆的商人终于摆脱了大主教的控制，但大主教仍保留部分司法权，即死刑须经大主教的法庭执行。直到 1475 年，科隆才成为帝国自由市和汉萨同盟的重要城邦。

下午 14 时许，我们驱车进入了科隆市区，并将车停靠在科隆大教堂的附近。来科隆之前，我便听说过闻名遐迩的科隆大教堂。下车一看，果然名不虚传。不过，大教堂的雄伟还是让我感到深深的震撼。位于莱茵河畔的科隆大教堂是世界上最完美的哥特式大教堂，现已成为科隆市的标志性建筑，它与巴黎圣母院、罗马圣彼得大教堂并称为欧洲三大宗教建筑。大教堂东西长 144.55 米，南北宽 86.25 米，教堂大厅高 43.35 米，顶柱高 109 米，中央是两座与门墙连砌在一起的双尖塔，这两座 157.38 米的尖塔是教堂的灵魂，像两把锋利的宝剑，直入蓝天，刺破苍穹。整座建筑物全部由磨光石块砌成，占地 8000 平方米，建筑面积约 6000 多平方米。在大教堂的四周耸立着无数座小尖塔，像是教堂的卫兵静静地肃立着。整个大教堂呈黑色，时值今日仍然保持着中世纪时教会的尊贵和威严。在罗马帝国时期，这里原是个不大的教堂，远没有今天这般的宏伟。在查理曼帝国时期，查理曼大帝的好友希利波尔德批准在此基础上兴建一座大教堂，于公元 870 年 9 月 27 日竣工，但还是无法与眼前的教堂相媲美。到了公元 1164 年，随着 3 个国王遗骨的移入，科隆教堂的重要性陡增。经过长期酝酿，1248 年 8 月 15 日终于由康纳德·冯·霍希斯塔登大主教奠基，开始了几个世纪之久的科隆大教堂的建设。其间几经波折，几度停工，前后历经 632 年，终于在 1880 年 10 月 15 日全部完工。这漫长岁月的教堂建设，历经了罗马帝国时代，法兰克王朝时代，德意志同盟时代和普鲁士时代，成为欧洲近 2000 年文明史中的一个小小缩影。

也许是科隆大教堂太宏伟了，我拿着那架尼康 2.5 倍变焦数码相机走出好远，竟无法将整个大教堂全景收入镜头，只好选取了那具有代表性的双尖塔，仰拍了几张照片。科隆大教堂耸立在现代都市的楼群中，依然有鹤立鸡群之感，难怪乎全世界的游客会蜂拥而至，大教堂的广场前，挤满了人，既有虔诚的信徒，又有着迷的游人。人们来来往往，喧嚣尘世，但都不过是匆匆的过客，只有这座恢宏的建筑才是永恒的。当大教堂在1248年开始新一轮的建造时，科隆是仅次于巴黎和君士坦丁堡的西方世界第三大城市。时光已逾7个世纪，科隆的政治地位和经济地位都已经无法和当年同日而语了，但科隆大教堂在历史上的地位和在人们心中的地位却没有任何动摇。我恍然想起，那是在去年的7月，联合国教科文组织在我国苏州举行的第28届世界遗产委员会会议决定把德国科隆大教堂列入濒危世界遗产名录，并对科隆市政府决定在大教堂附近新建高层建筑表示严重关切，认为在世界遗产附近修建与遗产地风格不相适应的现代建筑，会破坏世界遗产独一无二的价值。这个价值是什么呢？身临其境，我找到了答案。

科隆从中世纪就是欧洲一大宗教圣地，有"北方耶路撒冷"之称。从北广场到大教堂进门口还要登上两层宽而高的台阶。走进教堂，我顿然有了一种肃穆、凝重的感觉。这是一种宏伟与壮观的美。科隆大教堂有全欧洲最高的尖塔，教堂钟楼上有5座响钟，最大的圣彼得钟重24吨，在钟声齐鸣时，深沉的钟声可以使莱茵河的水感到震颤。教堂大厅有十几层楼高，置身于其间，一个人显得是如此渺小，置身于教堂，立即会感受到一种庄严肃穆的气氛。灯光幽微，人们在轻轻地走动，静静地看，虔诚的信徒们点燃蜡烛默默地祈祷。大教堂四壁上方总数达10000多平方米的窗户，全部装有绘着《圣经》人物故事的彩色玻璃，在阳光的辉映下色彩纷呈，精美绝伦。我站在大厅的中央凝神主祭坛，顿觉神圣而幽旷。这里有比真人还大的耶稣受难十字架，有最古老的巨型圣经，有大教堂藏宝室，都堪称不朽的艺术珍宝。

我随着人群走到"三王圣龛"前，听讲解员讲起它的来历。原来"三王圣龛"是用来存放1164年从意大利米兰送来的三位贤人遗物的一个很大的金雕匣。根据《马太福音》记述，这三位贤人为了向新降生的耶稣致敬，从东方长途跋涉，来到耶路撒冷，向耶稣敬献了黄金、乳香、没药等。这是三件非常珍贵并价值不菲的礼物，黄金代表贵重与信心，由香油树提炼的香料乳香代表信徒的祷告，从没药树提炼出来的乳液树脂没药又称沉香用作安葬之用，代表敬拜之意。后来，这些古文物又给送到了科隆大教堂，并存放在了一个很大的金雕匣内，引来了无数的游客驻足凝望。大教堂内的采光不是那么好，阴暗的光线愈发给大教堂蒙上神秘的色彩。我一向对宗教没有什么研究和感悟，但教堂建筑作为一种艺术，还是让我的心灵感到了震撼。我带着一颗虔诚的心，欣赏着这一副副宗教玻璃彩绘，一个个宗教塑像，一部部圣经，一支支微燃的蜡烛，遥想着那个古老的年代，古老的科隆人怎样的智慧创造了如此的人间奇迹。教堂内的艺术珍品是全人类共有的宝贵财富，其内涵是如此博大精深，其宏伟与壮观自不必说，单凭其蕴涵的神韵就足以让后世的学者钻研千百年了。

我走出教堂，回过身来仰望那高耸的、沉稳得让人难以置疑的穹顶双塔在默默地想，在第二次世界大战中，科隆遭到猛烈轰炸，整个城市几乎被盟军炮火生生地夷为平地。是什么魔力使得这有700多年历史的双塔，奇迹般依然屹立呢？我在仔细辨认着战争的伤痕，发现不过在外墙上添了很多硝烟的印记，以致黝黑的容貌留存到了今天。战后，人们在废墟上重建了一个新的科隆。这座历尽沧桑的"科隆尼亚"古城复原了许多中世纪的建筑。科隆大教堂在火车站旁，也在老城的中心，人来人往，十分热闹。教堂前的广场上，一群来自香港的信男善女们正在集体唱着《赞美歌》。广场的另一边有人正在地上作有关宗教内容的画。

寻着"科隆尼亚"的踪迹，我看到了今天的科隆依旧洋溢着古老文明和现代文化水乳交融的气息。听说，一年一度的科隆狂欢节是地球上除了巴西之外最大规模的狂欢节，科隆广播交响乐团是世界第一流的乐团，科隆也是除法兰克福之外另一个闻名世界的博览会之城。这一切的一切，都说明历史的河流尽管有时会改道，但毕竟还是要沿着一个大的方向流淌。莱茵河养育了一个古老的民族，就像黄河养育了另一个古老的民族一样。

第一辑 飞向莱茵河

# 荷兰，绿水田园间的童话

我们乘车离开德国的科隆，已临近下午 5 点了，客车卫星导航仪上的行车曲线伸向了西北方向 100 多公里以外的荷兰边境。今天是凯拉丽达最辛苦的一天，几乎整天都在高速公路上奔波，连个助手也没有，真够累的了，搞得考察团的领队也很紧张。因为在欧洲开车是不允许长时间疲劳驾驶的，而且车上的自动记录仪会将行程的距离、时间、车速记录得一清二楚。如果一旦遇到当地的交警抽查记录，可就麻烦了，至少要罚款几百欧元，更要命的是那张不良的行车记录，不但会影响我们的行程，还会影响司机的饭碗。无奈，我们今天晚上要赶到荷兰的首都阿姆斯特丹，只好冒冒险了。

荷兰是我们这次来欧洲考察中唯一的北欧国家。荷兰因位居欧陆理想位置，素有"欧洲门户"之称，是一个世袭的君主立宪制国家，女王为国家元首，是世界上最早发展起来的资本主义国家，曾一度成为海上殖民强国。我印象中的荷兰更多的是与我国台湾省的历史连接在一起。小的时候，我就从地图上找到了这个国家，并百般不解这样一个弹丸小国，何以也敢远隔重洋霸占我国的宝岛台湾？除此之外，对荷兰的认识就是来自于书本上片鳞只爪的零星印象了。譬如，气魄宏大的围海造田工程，奇妙的风车、木鞋、郁金香和钻石。

两个小时之后，车子接近了荷兰的边境。杞先生突然有感而发地问了一句："大家都是来自内蒙古大草原的作家和艺术家，肯定对草原非常熟悉，可我想问一句，你们中间有谁见到过奶牛躺在草地上吃草呢？"车里的许多人相互对视一下，大都置之一笑，权将他的话当成了旅途中的幽默。他颇为认真地说："这可是真的。我就亲眼看见过。"他告诉我们，荷兰是个农业立国的国度，也是风车的王国。这儿的草绿、山美、水清，等会儿到了荷兰，你们就可以看到那里还有大片在德国很少见的农田呢。"杞先生还告诉我们一个惊人的数字，在这个面积仅有 4.18 万平方公里的荷兰，大约五分之一的土地是通过近 800 年间人工努力从大海和湖泊滩涂那里"夺来"的。荷兰须德海的围海造地大坝是荷兰近代最大的围海工程。那里原是一个深入内陆的海湾。湾内岸线长达 300 公里，湾口宽仅 30 公里。1932 年，荷兰人筑起一道宽 90 米，高出海面 7 米的拦海大堤，把须德海湾与北海大洋隔离开。从这以后，人们不断地把湾里的海水抽出来，排出去，到了 1980 年，已经造地 2600 平方公里。剩下的约有一半面积也改造成了一个巨大的淡水湖。荷兰的国土地势较低，有四分之一的土地位于海平面以下，有一半的土地必须长期受到防洪保护，有百分之六十的人口就居住在这些低洼地区。沙丘与堤坝可以保护低地，然而海水会通过海湾闯进这片土地，各大河流也可能因为中欧融雪或雨水过多而漫溢，所以，许多现代化的大型泵站在日夜不停地运转，以排走多余的水。与水的斗争促进了若干大型海、河堤防工程的建设。因而，荷兰人世世代代在与水斗争，与海争地。这千百年历史轨迹使荷兰拥有更具民族特色的文化与传统。

杞先生的讲述让我不禁联想起中国一则古老的寓言《愚公移山》，这则寓言经由一位伟人的演绎，就越发家喻户晓了。一个是农夫一家的搬山，一个是举国一心的填海；一个是东方历史的传说，一个是西方现实的童话。我钦佩荷兰人民的这种精神，这个国土面积稍大于比利时，仅为德国九分之一的国家的人们，硬是凭借这种精神，利用"珍贵的土地"发展了世界领先的蔬菜和花卉种植业以及畜牧业，农业也高度集约化，从而跻身为世界第三大农产品出口国。当我得知，荷兰仅有 6.8% 的人口在从事农业生产，这种感受就愈发强烈了。其实，若仅以为荷兰只是农业发达就大错而特错了。荷兰是世界上最富有的 15 个国家之一，经济实力雄厚。荷兰的外贸出口约占国民生产总值的 55%。电子、化工、水利、造船及食品加工等技术先进，金融服务和保险业发达；荷兰的产业遍及世界各地，在世界 500 强中，荷兰有 4 家公司排在前 50 位：飞利浦、壳牌石油、联合利华、ING 国际银行，都是蜚声海外的跨国大公司。作为欧洲门户的荷兰是世界上最大的商品集散地，拥有世界第一大港口鹿特丹和欧洲第三大货运机场，是亚欧大陆桥在欧洲的起始点，交通十分便利。杞先生在和凯拉丽达小姐热烈交谈着，话题还是围绕着荷兰进行。我的英语水平还不能达到完全听得懂，可大概的意思还是能一知半解的。他们对荷兰都有着非常好的印象，尤其是对荷兰的田园风光赞叹不已。

9 月的欧洲还执行着夏时制，夜色也降临得晚，大约在 19 点的时候，我们乘坐的客车进入了荷兰境内。此时，天色不但没有黑下来，就连落日前的余晖也没有见到。杞先生告诉我们，这里将近晚上 9 点，天色才能完全黑下来。一进入到荷兰境内，我的感觉顿时与德国不同了，仿佛戴上了一副绿色的眼镜，满眼都是绿色。荷兰真可谓一个田园式的国家。到了荷兰，连草都仿佛突然变得油绿油绿了似的。夕阳下，一望无际的大草场，星星点点的牛羊散落在无垠的原野里，悠闲地吃着草。我将脸贴近了车窗，在努力寻找着躺着吃草的奶牛，可我失望了，那些奶牛距离公路实在是太远了，即使是躺着吃草，也是看不清的。

天色渐渐黑了下来，繁忙的高速公路上流淌着无数条灯的河流。凯拉丽达小姐在夜色中把车开得非常娴熟，车速一直保持在 100 迈左右。与中国高速公路有所不同的是，我们从德国的法兰克福出发，几乎走了一天，居然没有见到一个收费站，连国境之间也没有遇到检查站，一路畅通无阻。看来欧洲一体化，不但将欧洲大陆从经济上紧密连接了起来，而且连生活也紧密连接到了一起。

在阿姆斯特丹郊外一家挂满红灯笼的中国餐馆前，我们才感到饥肠辘辘了，跳下车便鱼贯而入，连餐厅的名字也没有上心去记住。一进餐厅，只见屋子上方悬起的电视机正在播放中央电视台的整点新闻节目，我这才省悟到已经是晚上10点了。能在异国他乡看到祖国的电视节目，真的很亲切，我来到国外仅两三天，就感觉到了想家。电视播放的是当天上午在人民大会堂隆重举行纪念中国人民抗日战争暨世界反法西斯战争胜利60周年的大会，胡锦涛总书记正在发表重要讲话。主题是：牢记历史、不忘过去、珍爱和平、开创未来。这是我在国外半个多月中看到的唯一一次国内电视节目。开餐馆的老板是个上年纪的老华侨。他静静地坐在一张桌子旁，手里端着一碗热茶，目不转睛地看着电视屏幕。这是难忘的一幕，那熟悉的眼神流露出游子的思乡情结，让我感触颇深。"露从今夜白，月是故乡明"，杜甫的千古绝句，也许就是最好的注解了。

饱餐了一顿之后，我们驱车来到了阿姆斯特丹郊外湖畔的一家旅馆。此时已经是晚上11时了，漫天的星星闪烁着，清香的空气驱走了我的一丝睡意。依湖而建的 LAKE LAND 旅馆具有浓郁的乡村风格。房间的设施古朴而大方，具有崇尚自然的特色。走廊的隔墙有的就是用电锯剖开的松木镶嵌，有的墙壁干脆就是用红砖砌成，用水泥勾缝。旅馆外也多是木制的长椅，连墙都是用木头装的。看似很随意，但却很有情趣。我从旅馆房间的窗户往外望去，夜色苍茫，灯影阑珊，感觉是个很不错的地方。

晚上冲了个澡，美美地睡了一觉。清晨5点醒来，便和凤君步出了旅馆，想散散步。一出门，我们便给眼前秀美的景色陶醉了，但见游艇上的桅杆白帆在晨光下熠熠生辉，像是一幅绝美的水墨画，真的让人赏心悦目。"哇，好一派水上风光。"我心里暗暗称奇，想到昨天晚上来得太晚了，夜色朦胧中，竟浑然不知住在如此美如仙境的地方。我们在湖畔的码头登上了一条用木板连接起来的长桥，向湖那边走去，湖面上铺满了金色的晨光。湖光水色间，长桥两旁是游艇的泊位，足有上千艘私人游艇和机帆船，千姿百态地泊在那里。我们端起各自的数码相机，抢拍着眼前的风景。迎面碰到刚刚从那边转回来的《草原》杂志社主编尚贵荣，他手里也端着数码相机，不停地在按着快门，陶醉在这迷人的风光里。他见到我们连声说："太美了，真的太美了！"我们三人又一起信步绕到了湖的北面。这是一片偌大的牧场，绿草茵茵，无际无涯，非常漂亮。

　　由于昨天乘车很疲劳，睡得又很晚，我们的早餐是在 9 时开的。到了 10 时，我们驱车赶往久负盛名的扎达姆风车村。荷兰的高速公路一般都不太宽，通常为四车道。沿途欧盟国家的车牌都有欧盟的标记，并有国家的缩写，荷兰为 NL。一路上再次领略到了荷兰优美的田园景色。来之前，北京一位曾到过荷兰的朋友对我说："这次你去了荷兰，你就会感觉到荷兰有多么美了，在那里，人与自然界是那样的和谐依存，世界上最美妙，最浪漫的牧场应当是在荷兰！"走进荷兰，这种他人的感觉得到了亲身的验证。我俯在车窗前，醉心地欣赏着眼前的一切，荷兰的田园风光果真非常迷人，那些安宁平静，十分养眼的原野，那些绿树成荫鸟语花香的乡村，让我感到流连忘返。远处的乡村，一幢幢别具一格的住房大都红色屋顶，给人种视觉的美感。在晴朗的蓝天白云下，一望无垠的绿色草场，连空气都夹杂着牛奶的气味。成群的牛羊在懒洋洋地晒着太阳，悠闲地摇动着尾巴，专注地吃着青草。久负盛名的荷兰黑白花奶牛在草场上显得格外引人注目。它们体态丰盈，步态优雅，神色平静，心无旁骛地吃草和怡然自得地休息，从来不向高速公路这边张望，毫不理会我们这些一闪而过的汽车，似乎并不在意不远处有人类繁忙的交通在破坏它们的平静的家园。来到欧洲，让我感受最深的莫过于乡村的风光。难怪有那么多欧洲的城里人热衷于到乡村旅游，大自然的馈赠是无私的，只要人类善待它，它就会将它全部的美丽奉献给人类。

　　"哎，我看到了奶牛躺着吃草了！"一位来自锡林郭勒大草原的女作家兴奋地喊了起来。许多人都从车座上站了起来，果真见到了在绿色原野上躺着吃草的几头荷兰黑白花奶牛。它们的身上是那般的干净，躺在松软的草地上，享受着温暖的阳光，看来荷兰的奶牛像荷兰人一样活得很轻松，很潇洒。远处有散落的马群，只见两匹白马悄然离开了群体，跑到一边交颈而语，耳鬓厮磨，似乎在谈着"恋爱"。几只小羊羔活蹦乱跳地撒着欢，为安谧的牧场增添了几分活跃的生气。杞先生有感而发地说，荷兰这个国家很注重动物保护的。去年，有三个旅游的越南人在草原深处捡鸟蛋，给当地人见到了，报了警，结果三个人由于破坏生态环境，被警方驱逐出境。我想这类事若发生在我们这里，也许是很正常的，记得我儿时也曾在科尔沁草原的扎鲁特旗一个叫香山农场的草场里捡过鸟蛋。我还曾将之作为趣闻写在了我的一本散文集《多梦的花季》之中。我不知道，如今那里是否还允许那样做。可即使禁止了，谁又能保证人们不去偷着做呢？看来，我们今天提倡的和谐社会还有一段很漫长的路要走。这里关键的一条就是要提高人们的文明素质和道德水平。

来到国外，我方深深体会到了诗人艾青的那句饱醮深情的诗句，"为什么我的眼里常含泪水，因为我对这土地爱的深沉……"作为中国人，我非常希望我们的国家变得更好，变得更加美丽。这种爱倾注的应当是内心的情感。为了这种爱，我们才要倍加努力，把我们的祖国建设得更加美好。我爱我的家乡，我爱我的草原，但这种爱，不是空洞的语言，浮躁的口号，而是实实在在的行动。

从小到大，对荷兰的印象都离不开风车。我初到荷兰，便奇怪荷兰的风这般和煦，风车能转得起来吗？来到扎达姆风车村，远远地看见可爱的风车在随风转动，尽管很慢，但也仿佛实现了童年梦想。远处，一条幽静的小河宛如蓝色的缎带缠绕着一望无际的绿色田野，一座座造型古朴、色彩和谐的小屋前停放着各色轿车，一座座和古老建筑浑然一体的风车在绿野之间为这童话般世界增添了神奇色彩。杞先生似乎看出我的心思，解释说，荷兰这个国家的地势低洼平坦，一年四季都有从北海吹来的海风，所以早在13世纪，荷兰人就会利用风力做动力。最多时，全荷兰曾拥有上万座风车，就是时值今日，也还有大约900座风车零零星星地分布在荷兰全境。我见到眼前风车的背后都连接着漂亮的小房子，便好奇地问风车的用途。当地人说，先前，主要是用做发电、抽水、磨粉、榨油这类的工作，后来，有人将之改建成了屋宅、博物馆等。在荷兰有的风车有好几层，有楼梯上下。除了中间部分安装传动装置之外，其它各层可用来做卧室、厨房，来放置家具或炊具。当然，这些房间是狭窄的，举家过日子的很少。我惊叹荷兰的风车原来还有这么多用途，不但很实用，而且还是漂亮的艺术建筑。我走到一座风车跟前，方感到它确实是个庞然大物，巨大的风叶像张开的翅膀，迎风转动，与绿草、野花构成了独特的田园景致，使人心旷神怡。

在荷兰与风车一样享有盛名的当属那奇妙的木鞋了。据说，由于荷兰的气候潮湿多雨，制作木鞋已经有了久远的历史。最初荷兰人穿木鞋是为了防止湿脚，在冬天鞋子里塞些干草又能保暖。不过，木鞋在荷兰人的眼里的价值远不止此。很多年轻人都把木鞋当做订婚的信物。传统的青年男女订婚或结婚，男方都要亲手做一双木鞋送给恋人做信物。木鞋的精美程度是衡量男人心诚和能力的标准。所以，荷兰的男人都要学会做木鞋，上小学就开始上木鞋课了。

我们参观的木鞋加工厂毗邻扎姆风车村，前去的游客络绎不绝。我们刚刚走进工厂大门就遇到了一个奇怪的现象。门口，一个高个的小伙子手里拿着一个高档的数码相机，跑前忙后地正在为每一个走进大门的人抢拍照片，速度之快，简直让人咋舌。当我走进的时候，他笑着给我拍了张照片，嘴里还不知在说着什么。我百惑而不解，不知这又是为了什么，只好随他去了。

走进集生产与销售为一体的木鞋加工厂，顿时为满墙琳琅满目的木鞋所陶醉了。这是一个五彩缤纷的艺术世界，从小指般大的到差不多二尺长的木鞋都应有尽有。鞋的样式也是千奇百怪，尤其是鞋面上的图案，精雕细绘，色彩鲜艳，非常精美。我选了一双二十几欧元的成人木鞋，上边的图案就是荷兰的风车。工厂的工匠为我们演示了他们制鞋的全过程：它是用一块完整的木头通过截材、做胚、挖空制成的，机械制作一双鞋的整个过程仅用了5分钟。至于用手工来做，那可就要用几天的工夫了。当然，鞋模做好之后，还要细细磨光，绘上彩漆才算成品。如今，木鞋在荷兰已成为弘扬民族文化传统的工艺品，来到荷兰，如果不看木鞋加工厂就太遗憾了。在木鞋厂的门前，我见到了一双硕大的木鞋，足有一米长，很多人都竞相站在鞋里面拍照。

走出工厂的时候，我才发现了刚才小伙子给游人照相的秘密，我和同伴们刚才给拍的照片在放大后，已堂而皇之地挂在了门口的展示板上。我端详着照片上的自己，正在不知所措地冲着镜头笑，傻傻的样子。这个摄影师的工作效率实在是蛮高的，仔细一看，我们考察团的几十号人都在展示板上有像，无一"漏网"。不过，如果以为人家是学雷锋，那就大错而特错了，如果你看中了自己的照片，想要收藏的话，那就掏出5欧元吧，世界上绝对不会从天上掉馅饼的。当然了，如果你不想要照片，也没有关系，人家绝对不会死缠硬泡地让你买下来的。这也许就是荷兰人的思维方式吧。按照中国人的精明，是很少有人会这样做的。

之后，我们又去了附近的奶酪加工厂。荷兰是个乳业很发达的国家，奶酪十分有名，其消费量与出口量均居全球之冠，天然风味的豪达奶酪，风味独特的艾登奶酪，在中国的市场上都很畅销。早餐的时候，面对花样繁多的奶酪和乳制品，我差点儿看花了眼。走进去，才得知奶酪的生产工艺并不十分复杂，但这也许是外行人的眼光，荷兰的奶酪确有其过人之处，尝过以后，我才有了更深的感受。荷兰人喜欢吃的奶酪是餐桌上最常见的食品。荷兰人的身高享有"世界之最"的称号。走在阿姆斯特丹的大街人，我们遇见的男人大多魁梧伟岸，女人大多颀长、挺秀。据说，他们男子的平均身高 1.83 米，女子的平均身高 1.71 米，这与吃奶酪是否有某种联系呢？我脑子里突然蹦出了这样的想法。

在阿姆斯特丹，我们去了一家有三四百年历史，由犹太人开办的皇家钻石加工厂，亲眼目睹了犹太裔钻石切割师傅的精湛技艺。据说，英国女王皇冠上 58 个截面的钻石和戴安娜王妃手上 72 个截面的钻戒都是出自这里的工艺。一位华人小姐向我们讲解了鉴别钻石的四个 C（Carat, Cut, Color, Clarity），并展示了其中的熠熠生辉的珍品。我才知晓钻石的生产还有这么多学问。有人提出疑问，荷兰并不产钻石，何以加工业这样驰名呢？原来，作为钻石资源大国的南非曾是荷兰的殖民地。早在 16 世纪时，南非的钻石就已经大量输入荷兰，刺激了钻石业的发展，尤其是荷兰的钻石切割工艺是世界最好的，是至今世界上唯一可以在一颗钻石上切割出 58－72 个截面的地方。今天的阿姆斯特丹仍是全世界最重要的钻石中心之一。然而，第二次世界大战期间，阿姆斯特丹的钻石业却遭到了灭顶之灾。荷兰在二战中虽然宣布中立，但还是在 1940 年 5 月受到德军入侵，在阿姆斯特丹有两千多位犹太裔钻石切割师傅，先后被送进位于德国与波兰的集中营，很多人都被杀害了。战后，靠梵·莫普斯等犹太家族的努力，以及有识之士的帮助，陷于瘫痪的荷兰钻石业才逐渐恢复了昔日的繁荣。今天，它更吸引了来自世界各地的数百万观光客和买主，争相目睹钻石的光彩。

荷兰真的是一个非常适合人们居住的地方。我发现，无论乡村还是城市，人们生活得都很轻松和悠闲。漫步于绿野田间，小河流水，郁金花香，绿树葱葱，掩映着尖形或钟形的绿色木屋，如诗如画。行走于街头小巷，运河如织，吊桥横跨，情侣相依，建筑各异，在并不张扬的市区里看不到嘈杂闹市，听不到人声鼎沸，幽雅极致。

荷兰首都阿姆斯特丹（Amsterdam）的名字就是由 Amstelriver（阿姆斯特河）和 Dam（水坝）串连而成，这也是对阿姆斯特丹乃至荷兰围海筑堤、扩展国土的生动注脚。阿姆斯特丹是一座水城，有"北方威尼斯"之称，这座城市有条贯穿市区的阿姆斯特丹河，还有 100 多条运河和 1000 多座石桥。这些运河大多开凿于 17 世纪，那会儿主要是搞运输和贸易，也有保护和疏通水道的作用。1000 多座桥梁中一半桥梁有四五百年历史了，大多是平顶拱形门洞桥。后来为了适应大型船只的通过，没有像中国古代时建大型拱形桥，却建了类似中国古代城门前的吊桥。现代的阿姆斯特丹的吊桥是机械自动操作的可向两侧升起的吊桥。水让阿姆斯特丹这座古老的城市变得富有灵气，充满生机。我信步于阿姆斯特丹的大街上，沉迷于阿姆斯特河两岸秀美的水都风光，人们或搭乘游船漂流在波光粼粼的水面上，或登着脚踏车穿梭于城中的小巷里。这里有大都市的气派，却没有大都市的拥挤和喧嚣，街上的公交车大都是双层巴士，还有有轨电车，私人轿车也很多，但是却看不到警察，听不到汽车的鸣笛。阿姆斯特丹的年轻人似乎很喜欢骑自行车，我在大街上总是能看到许多漂亮的自行车在专有的车道上行进。相对于赶路的功能，这似乎更像是一种时尚。在走了十几个欧洲城市之后，我方发现，阿姆斯特丹是拥有自行车最多的一个城市。街上的荷兰人对我们这些来自东方的客人都显得十分友好，即使是陌生人，我们也能不断遇到真诚的微笑和问候。在一个商场的门口，我见到一位年轻的母亲领着两个非常可爱的小女孩儿。我们提出想给她们照张相。她愉快地应允了，结果十几部相机对准了她们。她始终是微笑着的，尽管她知道她永远也不会得到一张照片，但她愿把微笑留给我们。

在阿姆斯特河上，还有许多漂亮的水上人家，构成了城市的一道靓丽风景。当地导游介绍说，二战结束时，阿姆斯特丹房屋匮乏，所以"水上人家"的船屋应运而生，并且改进得越来越生活化、现代化。目前人们已适应了这种"水上人家"的生活。两岸各式各样的欧式建筑物之间大都没有缝隙地紧挨着，也许是因阿姆斯特丹寸土寸金，房屋宽度是严格限制的。但是，这里的高层建筑不多，一般也不超过七八层。我们在街上走过时，发现这儿的楼房大都有巨大的玻璃窗，房屋顶部还有一个伸出的小钩，经杞先生介绍才知道，那是为了便于运送家具而设计的。在古时候，这里大门的宽窄是身份的象征，也和税率相挂钩，穷者，门就窄，交的税就少。有人想少交税，就将门设计得很窄，可一个问题就随之而来了，因大门和楼道太窄，无法运送家具，有人才想此高招，没想多少年后，竟然成了一道风景了。阿姆斯特丹最富有特色的建筑就是山形墙建筑，即在一面墙上加一座山形墙来装饰门面，也增加一个小阁楼的空间，随着时间的推移，这种建筑风格又有了新的变化，有些山形墙演变为梯形、颈形、钟形等华丽的形式。

阿姆斯特丹是个历经水、火与瘟疫考验的城市。走在阿姆斯特丹的大街上，随处可见的市徽或街道的路标都有 3 个 X 的标记。这 3 个标志分别代表水、火与黑死病，致使阿姆斯特丹几经毁灭，又劫后重生。这个低于海平面的城市，历史上遭受多次水祸的灭顶之灾，还曾经由于黑死病而变成了一座死城，尤其是 15 世纪的几场大火，将城中所有中世纪木造的房子化为灰烬，所以人们现在可以看到的房屋大部分都是石材或砖建造的。由此可见，阿姆斯特丹也是个多灾多难的城市。

在阿姆斯特丹，我不禁想起了一个名叫安妮的犹太女孩儿，她的一部《安妮日记》曾经感动了无数的人。安妮原来居住在德国的法兰克福，纳粹时期，随家人避难到了这里。1942 年 6 月 12 日，她收到一个日记本作为生日礼物，从此开始写日记。同年 7 月 6 日，由于压迫犹太人的风声紧急，她的一家和另外 4 名犹太人共 8 人到她父亲公司的密室躲藏；1944 年 8 月 4 日因被检举而遭到逮捕，8 人中除她父亲外均遭不幸；安妮和姐姐玛各 1945 年 3 月初死于集中营，尸骨难觅。18 岁的安妮以日记的形式记下了为躲避纳粹在密室里所经历的恐怖与孤独感。多次描写阿姆斯特丹被轰炸所造成的恐惧，不断谴责种族歧视。日记真实生动地记载了战争给人类带来的痛苦与悲伤。这样的真实记录在平凡中打动着人心，见证着战争与迫害。2004 年 10 月 20 日，英国《独立报》报道说，一个名叫埃尔加·德恩的荷兰籍犹太少女在集中营去世约 60 年后，她生前男友的儿子把她在纳粹集中营偷偷写下的日记及数封情书捐赠给了荷兰蒂尔堡市档案馆。至于日记本是如何在纳粹眼皮底下传出的，就不得而知了。同年的 10 月 30 日，这批被荷兰史学界公认"意义非凡"的文献出版后，风靡世界，《安妮日记》的中国版也已经问世。

荷兰是一个美丽的国家，给我的印象也十分深刻。荷兰人喜欢旅游，宁可卖房也要出游，河边到处都是私人的游艇，路上到处都是休假的房车。生活在这里的人们仿佛都非常的休闲和浪漫。荷兰拥有美丽的郁金香、迷人的运河、闪烁的钻石、漂亮的木鞋、神奇的风车、飘香的奶酪，吸引着来自世界各地的游人纷至沓来，如痴如醉。可在我眼里，这个美丽的国度也有一些并不美，或者说不可思议的东西。在荷兰妓女作为职业是合法的，听说，甚至连荷兰女王在每年的新年祝词中，都会感谢妓女们给社会带来的稳定和减少疾病的传播做出的贡献。在阿姆斯特丹，我没有到过红灯区，自然也没有资格去妄加谈论感受，但这些存在的事实，却让我对荷兰的印象大打了几分折扣。除此之外，荷兰政府对吸食大麻、同性恋、赌博等行为也大都采取了宽容的态度。世界是多元的，文化也是多元的，这也许就是东西方文明之间的冲突与反差的一种表现吧。

# 布鲁塞尔，倾听欧洲跳动的脉搏

我们于 9 月 4 日 18 时 20 分从荷兰进入比利时国境，前往其首都布鲁塞尔。其实，早在 1830 年以前，比利时还在荷兰的版图之中，而且，布鲁塞尔当时还是荷兰的首都。100 多年过去了，斗转星移间，两个国家都发生了巨大的变化。随着欧洲一体化的进程，欧盟这条纽带又将两个国家紧密联系到了一起。国境线依旧在，但却看不出国与国之间有太大的区别，在过境时甚至连车子都不必减速，只是感觉到比利时的风光比荷兰逊色了许多。那种绿色的田园景致在车窗前渐渐暗淡下来，除却见到了好大一片绿色的玉米地，就是小片的绿野或农田，再也难找到像奶牛躺着吃草的感觉了。

18 时 50 分，车子途经比利时的第二大城市安特卫普。这是一个人行道两旁铺满了咖啡座的港口城市，已经临近初秋，但道路边的树木依旧亭亭如盖，郁郁葱葱。安特卫普是座历史古城，其雏形可追溯到公元前 2、3 世纪。到公元 7 世纪时人们在这个河水冲积地筑起了围墙建立了城市，曾是罗马帝国的一个边缘附属省份，边界就是现在流经城市的斯盖尔德河。在接下来的几个世纪中，安特卫普不断地发展，不但作为港口和羊毛市场声名远扬，而且当时还是西欧最重要的贸易与金融中心，曾被誉为"16 世纪的曼哈顿"。随后，由于种种原因，它逐渐由一个国际都市沦落为一个省会城市。1815 年拿破仑兵败滑铁卢后，安特卫普与北部的荷兰地区成为一体，随后又短暂地繁荣了一段时间，这次繁荣延续到 1830 年的比利时革命。直到 19 世纪，由于斯盖尔德河一直被迫关闭，经济繁荣受到了影响。

从历史上看，这座城市随后的起伏是与斯盖尔德河的关闭密切相关的。进入 20 世纪，开放的安特卫普一直处于稳步的经济增长中。如今，安特卫普是比利时的经济重镇，并是世界闻名的钻石交易中心。在城市穿过，我还能隐约地察觉到这座比利时第二大城市和弗拉芒地区最重要的经济中心的繁荣；从城市造型幽雅的古朴建筑和各式博物馆中，可以领略一种深邃的古老城市风貌兼具现代风格的美好印象。鉴于这座恬静优美的港口城市身上的丰富绚烂的历史色彩，1993 年，安特卫普当选为欧洲文化之都。

布鲁塞尔与安特卫普的距离很近，凯拉丽达车上的卫星导航仪清晰地标记着它的方位，只有 45 分钟的车程。在这条川流不息的高速公路上，大都行驶的是轿车。我恍然想起，今天是周日，难怪会有这么多去郊外旅游的比利时人。来欧洲不过几天，我却发现了欧洲高速公路上有别于国内的一个奇特现象，那就是轿车也有运输的功能。有些轿车的顶部立着一辆或几辆自行车，有些轿车挂着拖斗载着游船，还有些轿车干脆就挂着一间活动的车房。轿车里大都坐着两口之家，或多口之家，凯拉丽达介绍说，欧洲人将旅游看成生活中不可或缺的一部分，就像生命中的空气和水一样重要。

在比利时的高速公路也奔跑着欧洲各个国家牌号的轿车。我有意无意地在分辨着不同国家的车牌号，数了数，居然有十几个之多。这些国家的车牌以欧盟国家的为多，这也不为怪，布鲁塞尔素有"欧洲首都"之称。谁叫欧盟的总部和北约总部都设在这里呢？在德国时就听说欧盟正在围绕着土耳其的入盟问题争论不休。我从欧洲回来不久，欧盟就启动了与土耳其的入盟谈判。但就在谈判日期日渐临近的时候，奥地利却作出了不接受土成为欧盟成员国，而只给予其"特殊伙伴关系"地位的表示。土政府对此表示坚决反对。看来，欧盟的扩大基于经济或政治上的原因也遇到了一定的麻烦。欧盟现有 27 个成员国，其范围西起大西洋、东至波罗的海、北起北冰洋、南抵地中海，总面积超过 369 万平方公里，人口 4.55 亿，是继中国与印度之后，全球第三大人口居住区。布鲁塞尔距离西欧主要国家的首都，像巴黎、伦敦、阿姆斯特丹、波恩和卢森堡均在 200 至 300 公里之间，是欧洲的中心点。因其得天独厚的区位优势，除了欧盟、北约之外，还有 500 多个国际组织将总部设在这里，外交使团之庞大，仅外交官就高达 3 万之众，各国常驻记者也有 800 多位，从而这座人口不足 100 万的城市一跃成为了欧洲的政治中心。在这里，人们可以倾听得到欧洲跳动的脉搏。

布鲁塞尔是座千年历史古城，始建于公元 6 世纪。公元 977 年，神圣罗马帝国皇帝奥托赐给法兰西下洛塔林吉亚公爵查理一世一块位于斯盖尔德河支流桑纳河畔的领地。公元 979 年，以此为封邑的查理公爵在这一带建起码头和要塞，时称"布鲁奥克塞拉"，意为"沼泽上的住所"，布鲁塞尔由此而得名。16 世纪以来，这里先后被西班牙、奥地利、法国与荷兰侵占。1830 年 11 月，比利时宣告独立，实行君主立宪，定都布鲁塞尔。我印象中的布鲁塞尔是个政治色彩很浓的城市。尤其是北约总部，是冷战时期东西方对抗的产物，近些年，又常常充当美国干涉他国内政的傀儡。中国人至今还对打着北约旗号的美国空军轰炸我驻南联盟大使馆的事件耿耿于怀。我在车上曾和几位作家谈及对布鲁塞尔的印象，他们都有同感。

车子进入布鲁塞尔的北郊，我看了一下手表，恰好是 19 时 25 分。杞先生向我们介绍了这座城市的概况和特点，原来，布鲁塞尔市区略呈五角形，名胜古迹颇多，也是欧洲著名的旅游胜地，现有人口 130 万，城区分为上城和下城。上城依坡而建，为行政区，主要名胜有路易十六式建筑风格的王宫、皇家广场、埃格蒙宫、国家宫（参众两院所在地）、皇家图书馆、现代古代艺术博物馆。银行、保险公司以及一些著名工商业公司的总部都设在这里。下城为商业区，这里商店鳞次栉比，热闹非常，街道密布，房屋交错。布鲁塞尔的绿化非常好，城市有一半被森林覆盖。城区有生机勃勃的现代化楼群，也有历经沧桑的中世纪古堡教堂；有金碧辉煌的宫廷楼阁，也有舒适优雅的别墅人家。我们在原子结构模型塔附近下车，开始了布鲁塞尔之旅。原子结构模型塔位于布鲁塞尔建国百年公园之中，设计构思源于原子结构图，是一个将铁分子模型放大约2000亿倍的原子博物馆。它是1958年在此举行世界博览会的标志性建筑，由9个巨大的银白色金属球连结而成，每个圆球象征一个原子。其中8个圆球是科学馆，分别陈列有太阳能、和平利用原子能、航天技术、天文等方面的展品，以及有关比利时气象事业的发展史、卫星气象、气象雷达、气象通讯方面的图表等，中央圆球是瞭望台兼餐厅。9个圆球中的8个分别成一个角拼成一个正方体，余下一个置于正方体的中心，圆球与圆球之间用粗大钢管相连，圆球和钢管总重达2200吨。9球之下为一圆形接待大厅，游人可由此进入塔中参观。每个球直径达18米，最高的球离地102米，球与球之间有管道相通，有电梯直通顶端圆球，各圆球之间也有自动扶梯相连。这是一座构思精巧，富于想象，新颖壮观的建筑物。遗憾的是，我们去的时候，原子结构模型塔正在进行整体维修，无法进去参观了。从远处看，有的球体在更新球体外表。据说这项工程动用了2400万欧元巨资，分三个阶段，将在2005年冬季完成，当时已经到了工程的扫尾阶段。在太阳的余辉下，我站在开阔的草坪上的原子塔前拍了几张照片，只能想象钻进那个直径18米圆球的感觉了。望着原子球，我想起了杞先生方才在车上讲到的一桩趣闻，说的是比利时国王阿尔贝二世的幽默。据说，国王有一天突然出现在电视画面上，说布鲁塞尔将有飓风侵袭，为了保护原子塔，将要暂时摘去原子模型球。这一消息立即引起了国人的哗然与震惊，很多人跑到公园的广场上去看这一离奇而壮观景象，但这一行动并没有因为"金口玉牙"而得到执行，正当人们疑惑的时候，国王又在晚间的电视上露面了，笑着说：对不起，今天是愚人节。对于这个传闻的真实性，我无从考证，但也可从这个幽默的笑话中，看到比利时国王的个性。在一次国际游泳锦标赛上，比利时游泳运动员无功而返，运动员都很沮丧。不想，国王居然亲自到机场去迎接这些运动员，还别出心裁地为走下飞机的运动员颁发了自制的金牌，还幽默地说，没淹着就好。据说，阿尔贝二世国王是个很平和的人，并没有国王的架子，人们时常可以见到他在广场上去散步，有时还要和行人聊聊天。

与原子结构模型塔遥遥相对的是当年布鲁塞尔国际博览会展馆的旧址。这是一个气势恢宏的建筑群，墙面上有许多雕塑体现了比利时的传统和文化，也有近半个世纪的历史了。在展馆的前面，是一个由草坪、花坛和喷泉组合的美丽景观，一对金发恋人正坐在花坛的台阶上，耳鬓厮磨，喃喃细语。一位来自包头的摄影家将这一场景收入镜头，请我欣赏数码相机里的图像，并自鸣得意地说："瞧，这对恋人是这幅照片的点睛之笔，有了他们，整张照片就活了。"

当晚，我们在晚饭后入住了市郊的 HLIDAY GUN 旅馆，由于路不熟，连凯拉丽达这样的司机也迷了路，从这条街上钻进，从那条街道钻出，车子跑了不少冤枉路，最后还是杞先生用电话联系到那家旅馆，由对方派人引路，才算找到住地，可也晚上 10 点多钟了。坐在床边，我开始整理一天的笔记，写下自己的感触。来到布鲁塞尔，我方发现市内交通不是很好，人多车多，时常会堵车。这是我们从法兰克福出来后，一路所不曾见过的。但若比起北京来，那就是小巫见大巫了，可北京毕竟是千万人口的大都市啊。在布鲁塞尔，我也看到了施工的工地，但我见到更多的是楼房的改建工程，而不是重建工程。在日后的旅程中，我发现欧洲人并不像中国人那样喜欢为了拓路或建高层建筑而拆除年头并不久远的旧楼，他们似乎更喜欢对旧房的改造和外装修。因而，欧洲城市的许多街道都很窄，依旧保留着古色古香的原貌。而我们有些城市的规划没有长远的打算，常常是刚刚盖了十年八年的楼房，就轻易扒掉了，原址上再建上个摩天大厦。街道也是今天翻个底朝天，明天又重新填上，甚至连路灯和信号灯也经常更新换代，而欧洲城市的路灯和信号灯则普遍显得陈旧。在布鲁塞尔，大都是五六层的楼房，很少见到高层建筑，原因很简单，楼房也并非是越高越好，会给城市带来一系列的问题，在维护和管理上也会造成巨大的浪费。所以，他们将精力都投入到楼房的改造上去了，通过楼面的外装修，将其打扮得很漂亮，也很时尚。这与我出国前，对欧洲城市建设的印象大相径庭。我想，城市建设方面，欧洲人非常讲求传承的造型艺术，在古往今来的建筑上，都能体现出这一点；中国人非常讲求宏大气势，建筑风格上民族的东西却越来越少了。这中间是不是有个观念上的差别呢？

来到布鲁塞尔，黄金广场是不能不看的。第二天上午，我们来到了这个为法国大文豪雨果称之为"世界上最美丽的广场"的地方，果然名不虚传。从迈入广场的那一刻起，我的心灵就给那儿气势恢宏的建筑风格所震撼了。黄金广场长不到百米，宽40米左右，地面用花岗岩铺就。四周环有哥特式、巴洛克式、路易十四式等风格的建筑群。从大屋顶上镀金的骑士与骏马，到墙壁上多姿人物雕塑；从巴洛克式的山墙，到哥特式的尖顶造型；从中世纪的壁画，到古典的花边；这里的每一排，每一座建筑都充满了摄人心魄的特色，都是精美绝伦的艺术瑰宝。我沉迷于极为繁复的建筑结构和美轮美奂的精雕细琢，宛如置身于中世纪的欧洲文明之中，我在搜肠刮肚地想着描述的词汇：金碧辉煌、摄人心魄、鬼斧神工、登峰造极、美妙绝顶、如痴如醉……可这似乎都不足以表达我的那种艺术享受。我真怀疑现代人今后在建筑艺术的殿堂上，还会有这样的睿智和耐心吗？

黄金广场最高的建筑物是布鲁塞尔的市政厅。这是一座典型的哥特式建筑，高耸的钟楼高达91米，顶上是5米高的守护神圣米歇尔的金色雕像。据史书记载，市政厅始建于1401年，于1459年完工。环绕广场的其他建筑物大多是巴洛克时期各种行业协会的会址，或公爵官邸，每个行业协会建筑的门上的雕塑是其行会的崇敬人物或象征性动物的雕塑。市政厅的大门不在正中，厅塔也偏于一侧，听杞先生讲，这是由于整个建筑建于三个不同的时期，才出现了这样的现象。厅里装修的非常精美，彩绘的天花板，精雕花纹的栏杆，白色大理石的楼梯，以及走廊内布满了颇具艺术价值的珍贵壁画，都能给人一种艺术的享受。在巨幅的人物肖像画中有比利时的君主，有统治过布鲁塞尔的西班牙、荷兰、法国等国的国王，还有曾横扫欧洲大陆的拿破仑的画像。市政长官的办公室如今成了小巧的展厅，从一幅幅硕大的挂毯上，还可领略到中世纪欧洲大陆生活的场景。墙上还挂着17世纪著名画家鲁本斯的巨幅油画，他是文艺复兴以来，全欧洲最负盛名的绘画大师之一。法国国王路易十四手持长矛，身穿盔甲骑在马背上的铜像摆放在室内的一角，格外引人注目。我百思而不得其解的是，比利时人为何还要将这位给布鲁塞尔带来毁灭性灾难的法国国王路易十四供奉到这里。要知道，这位在比利时称王称霸，为所欲为的占领者，在1695年的时候，曾命令驻守布鲁塞尔的将军"只是吓唬一下布鲁塞尔"就导致法国军队用燃烧弹将这座城市轰炸了3天，使布鲁塞尔市中心变成了一片废墟，只有市政厅的大楼和围墙没有倒塌。这也许就是比利时人海纳百川的宽容吧？市政厅对面的建筑曾是法国路易十四的行宫，现辟为国家博物馆，收藏着大量的历史文物和艺术珍品。

市政厅的左侧有座5层的建筑，因为门饰上有一只振翅欲飞的白天鹅而得名为天鹅咖啡馆（现改成天鹅餐厅），也因为两位伟人的名字而闻名于世界。1845年2月的一天，马克思由巴黎迁居到布鲁塞尔，来这里居住。说是迁居，实际上是被普鲁士反动政府和巴黎帮凶驱逐出境的。他的到来也引起当地政府的恐慌。司法大臣命令警察当局秘密监视这位"危险的民主主义者和共产主义者"。同年的4月，恩格斯也从外地迁来这里。为了避免再次被驱逐的命运，马克思不得不暂时放弃普鲁士国籍。从这之后，天鹅咖啡馆成了他们共同创建共产主义通讯委员会和德意志工人协会的重要活动场所。马克思和恩格斯曾在此共同草拟了那篇著名的《共产党宣言》，并寄往伦敦利物浦大街46号的一家很小的印刷厂印刷。马克思还在这里写出了《德意志意识形态》（与恩格斯合作）、《哲学的贫困》等著作。从此，"一个幽灵，共产主义的幽灵，在欧洲徘徊。"这里也成为指导欧洲共产主义运动的中心地带。

在天鹅餐厅的左侧，还有一个令人神往的地方，那就是法国著名作家维克多·雨果的公寓。他的不朽名著《巴黎圣母院》、《悲惨世界》是我非常喜爱的文学作品。也许是历史的巧合，他也是步马克思的后尘，在6年之后从巴黎流亡到布鲁塞尔的，并且成了近邻。1848年"二月革命"开始时，雨果已成为坚定的共和党人，并当选为制宪会议的成员，成为法国国民议会中社会民主左派的领袖。1851年，路易·波拿巴发动反革命政变。雨果立即发表宣言进行反抗。同年12月，雨果被迫逃亡到布鲁塞尔，度过了长达19年的流亡生活。1861年，当雨果得知英法侵略者纵火焚烧了我国的圆明园后，义愤填膺地写道："法兰西帝国从这次胜利中获得了一半赃物，现在它又天真得仿佛自己就是真正的物主似的，将圆明园辉煌的掠夺物拿出来展览。我渴望有朝一日法国能摆脱重负，清洗罪责，把这些财富还给被劫掠的中国。"

两位世界的伟人，一个是革命的导师，一个是文学的巨匠，在同一个时代，选择了同一个地方流亡。是出于什么考虑呢？我陷入了沉思。看来，布鲁塞尔从历史上就是一个海纳百川，凝聚力量的城市。不光是现在，历史上也能倾听到欧洲跳动的脉搏，不是吗？

由法国作家雨果，我又恍然联想起，在来广场的路上，我无意中发现了西班牙作家塞万提斯的铜像。只见他身披一件大衣，孤独地垂着头站在那里。在铜像对面的雕像则是塞万提斯用8年心血写就的名著《堂·吉诃德》中的主人公堂·吉诃德手持长矛，骑着一匹瘦马在行进，跟在他身后不远的桑丘骑着一头瘦驴，背着一个盾牌。我请同行的张瑞杰为我在这两个雕塑前各拍了一张照片，带着几分疑惑离开了。回国后，我特意翻阅了一些资料，并没有发现塞万提斯有在布鲁塞尔生活的经历，倒意外发现拜伦和莫扎特在此居住过。那么，这座城市为何要为塞万提斯和他的堂·吉词德修建这两个雕塑呢？尤其是塞万提斯那种低头忏悔的样子的背后，肯定隐藏着一个鲜为人知的故事。

如今的黄金广场早已没有了昨日的政治色彩，而成为了布鲁塞尔的一大市场和市民的活动中心。我们来到广场时，周日刚刚过去，广场中央搭建起的临时帐篷正在拆卸。听说每逢星期天，这里的集市热闹非凡，尤其是花鸟市场红火得很。我们来到这里，依然能感受得到游人如织的气氛，来自世界的游客仍络绎不绝地涌入这儿。在广场的一侧，一支露天乐队正在演奏着悦耳的管弦乐曲。旁边的露天酒吧，坐满了来消遣的人们。以散文和散文诗创作而闻名全国的老作家许淇完全陶醉了，他端着相机，一张接一张地拍着照片，并对我说："难怪雨果称这里是世界上最美丽的广场，这里充满了诗意。"在黄金广场的一角，我见到了一个卖画的阿拉伯人，几块立在地上的展板，挂满了他画的水粉画，多为布鲁塞尔的风光和建筑。题材从黄金广场的市政厅到布鲁塞尔的皇家宫殿；从索瓦尼森林的尽头，到滑铁卢的古战场；从中世纪传统的哥特式大教堂，到富有现代气息的街头雕塑，可以称得上游刃有余，栩栩如生，可也标价不菲。我用蹩脚的英语和他交流，得知他来自中东的伊朗，在这里以卖画为生。我以外行人的眼光感觉到他的画从色彩到线条还是不错的，不过在受到欧洲文艺复兴洗礼过的布鲁塞尔卖画，可不是件轻松的事情。还好，考察团的一位作家居然捧场，买下了他的一张风景水粉画。

黄金广场是布鲁塞尔古城的中心，从这里出发，有7条街分别通向第一道护城墙的7道大门。由于这一带的街路还保留着古老的风貌，所以大都显得很狭窄。Galeries St. Hubert 是欧洲最古老的购物街，我走进那里，方发现会有那么多的中国人来到欧洲观光，尤其是那些食品店，挤满了前来购买贝壳巧克力的华人。他们通常都是成群结队地涌入一家商店，走出去时，便会大包小包的了。中国人出国旅游，总是想为亲朋好友捎回点礼物，似乎不这样做就有失礼节似的。这一点，就和欧洲人不一样。他们出游就是出游，除非自己喜欢的，根本就不会考虑再买回什么东西去分发给大家。所以中国人出国也是件很累的事情，用一句通俗的话讲就是，"死要面子活受罪"。哈哈，就连我也不能免俗的。

黄金广场北面埃杜里弗小巷的一个街口竖立着一尊"小童尿尿"（Manneken Pis）的铜像，我随考察团慕名来到这里，似乎就是为了回味一个久远的故事。面前这个小童就是有"布鲁塞尔第一公民"之誉的小男孩儿于连。铜像大约50公分左右，一个一丝不挂，略弯着膝盖的小男孩儿，立在一个镶嵌美丽花纹的椭圆形高台，背靠在花环丛中，嘴角上挂着调皮的微笑，双手叉腰，旁若无人的在撒尿，一股不间断的水注涌下来，形成一条长长的弧线，落入下面的水池中。相传15世纪，西班牙占领军在撤离布鲁塞尔的时候，点燃了炸药的引线准备炸毁这座美丽的城市。这个勇敢的小男孩儿急中生智用尿浇灭了炸药的导火索，拯救了整座城市，但这位儿童却不幸中箭身亡。为纪念这位小英雄，布鲁塞尔的市民建造了这尊铜像，并成为了这座城市的象征。后来有细心的外国元首们念其在寒风中赤身露体，便纷纷以各国的民族服装相赠。从1696年荷兰总督为小于连赠送了第一件衣服起，就不断有各国来宾为他赠送衣服。因此小于连可以经常更换不同的衣装。遇有外国国庆，小于连就会穿上比利时的民族服装以示庆贺。据说到现在他已经有了500多件服装，可大都收藏在黄金广场旁边的国家博物馆里。杞先生不愧是个欧洲通，他还告诉我们，其实在广场的另一边的小巷里，还有一个"女童尿尿"的铜像，我们便嚷着让他带我们去看看。到了那个地方，就冷清了许多。那个女童是缕缩在一个安装着铁栅栏的窗子里尿尿，让人感觉到了压抑，也不太雅观，所以看了一眼便匆匆离开了。因为从她身上实在也找不到什么好听的故事了。我不知当初是谁为何去建造这样一座雕像，是怕那个男童太寂寞吗？

中午，我们在一家叫做福华饭店的中餐馆吃过午餐后，就准备启程去法国巴黎了。在布鲁塞尔逗留的时间是短暂的，但布鲁塞尔还是给我留下

第一辑 飞向莱茵河

了深刻的印象。布鲁塞尔是个古老的城市，有许多经典的景致。市内拥有许多哥特式教堂、凯旋门式的建筑，拥有精美的中世纪古建筑和历史博物馆。我们两度乘车从比利时的皇宫路过，感觉从气势和规模上远不可与我国的故宫相媲美，但仍不失为一个宏伟的建筑群。听说，比利时皇宫曾经被法国人摧毁过，经 1695 年重建，又于 19 世纪进行了翻修，才成了如今的样子。皇宫内部参照了法国凡尔赛宫的式样，装饰有大量的壁画、水晶灯饰。杞先生说，比利时的皇宫在国王外出的时候是免费对外开放的，这就要看皇宫顶上有没有插国旗，如果没有插国旗就表明国王不在宫内。可惜，我们这次是没有机会了。皇宫的前面是布鲁塞尔花园，绿草如茵的花园里面有一些值得一看的雕塑。公园后面的国家宫是比利时议会的办公地。我将脸朝向窗外，望了一眼飞逝而过的皇宫顶上猎猎飘动的红黄黑三色旗。

　　我想，布鲁塞尔地处欧洲政治、经济、文化的交汇点，有其骄傲，也有其耻辱。千百年来，它作为一个弹丸小国长期在欧洲列强的夹逢中生存，因而战事不断，还几度为外国占领。而今，尽管布鲁塞尔成了欧盟和北约的总部，能最先感受到欧洲跳动的脉搏，但自身并没有什么发言权，不过是为西方大国俱乐部提供了一个发号施令的场所。这究竟是喜，还是忧呢？让历史去做出回答吧。

第二辑

寻梦塞纳河

浪漫之都录梦

# 巴黎，浪漫之都录梦

巴黎，一个充满神奇和浪漫的地方。来欧洲之前，我就对这座城市充满了梦幻与企盼。内蒙古作家艺术家考察团也将巴黎作为赴欧考察的重点，将在巴黎逗留 3 天，其中还有一次与法中文化协会的交流活动。

我们在 9 月 5 日下午 1 点 30 分从布鲁塞尔出发，一路上，就没有离开过巴黎这个话题。杞先生在台湾和美国的时候，就多次到过巴黎，因而，对巴黎的风光如数家珍，赞叹不已。但他对巴黎的塞车现象也是伤透了脑筋，还提醒我们要做好足够的思想准备。著名散文作家许淇是第二次来欧洲，对巴黎卢浮宫的印象是：撞击心灵，百看不厌。考察团里还有几位艺术家，在交谈中对巴黎的绘画艺术和舞蹈艺术产生了浓厚的兴趣，甚至到了顶礼膜拜的程度。

我对巴黎的印象还只是停留在雨果的《巴黎圣母院》、巴尔扎克的《人间喜剧》和小仲马的《茶花女》的那个年代之中，对巴黎的现实则知之甚少。不过，在走过几个欧洲国家之后，我开始重新审视我对巴黎的认识了。作为已有 2000 多年历史的大都市，巴黎是古老的；作为现代文明的始俑者，巴黎又是年轻的。初到欧洲，走过了法兰克福、科隆、阿姆斯特丹和布鲁塞尔等城市后，我便领略到了欧洲的美更多来自于人文艺术的美。徒有自然风光美的城市，是没有内涵的美，尽管可以赏心悦目，但却是经不起品味和咀嚼的。我想，巴黎之与这些城市，一定会有更深文化底蕴的。因为，在法国巴黎人们将随处可以感受得到那些享誉全球的文学艺术大师的存在。伏尔泰、左拉、雨果、巴尔扎克、仲马父子、罗曼·罗兰等文学大师，还有莫奈、马奈、雷诺阿、塞尚、德加、高更、毕加索等艺术大师为法兰西文化的辉煌增添了夺目的光彩。

布鲁塞尔距离法国边境不过百十公里，我们在不知不觉中便进入到了法国边境。看看手表，刚好是 15 时 25 分。法比边境上没有过境检查，只有法方警察在一旁悠闲地站着，熟视无睹的样子。此时离巴黎市区还有200 公里，但我已经感觉到大巴黎的都市气息了。杞先生向我们谈起了巴黎这个浪漫之都的历史。早在地球上还没有"法兰西"这个国家名称之时的 2000 多年前，便有了古代巴黎。不过，巴黎的名字还只是源于塞纳河中间"西堤"岛上的一个小渔村，岛上的主人是古代高卢部族的"巴黎希人"。到了公元前 1 世纪，罗马人将这里发展成为一座名为"吕堤兹"的城市。公元 3、4 世纪时，为纪念最早居住的主人，遂将城市更名为"巴黎"。公元 6 世纪初，巴黎成为了法国的王都。到了 13 世纪，巴黎已发展到塞纳河两岸，教堂、建筑比比皆是，成为当时西方的政治文化中心。18世纪的 80 年代，巴黎已拥有了 70 多万居民，千余条大街。到拿破仑三世时，又开始在巴黎开辟了一些宽阔的街道，修建了许多园林和公园，巴黎开始形成今日布局的雏形。

巴黎的发展和繁荣直接受益于那场"法国大革命"。1789 年 7 月 14日，巴黎市民攻破巴士底监狱的大门，从而开始了法国资产阶级民主大革命。在一个不太长的历史时期内，法国迅速成为了西欧的一个资本主义强国。我想，一个国家的历史，一个民族的历史总是耐人回味的。巴黎不但是法国历代王朝的都城，也是法国资产阶级大革命的起点。同时，巴黎也是世界上第一个无产阶级政权的诞生地。1871 年 3 月 18 日，巴黎工人阶级举行了震撼世界的武装起义，建立了不朽的巴黎公社。拉雪兹神父墓地的巴黎公社墙是公社社员们最后献身的地方。而今，这一切都化为了历史的永恒。但它在人类的发展史上已经留下了浓浓的一笔和闪光的一页。

法国境内似乎比在比利时所见到的更繁荣些。我从车窗向外张望，车子不时从漂亮的小镇穿过，街道出奇的干净，行人出奇的少。一路上很少看到冒烟的工厂，但却随处可见苍翠的树木和大片的农田。沿途的农舍多为巴洛克风格的两层小楼，造型优美而大气。行使在乡间小路的轿车，时隐时现在我的眼帘中。走在高速公路上，我感觉到法国的城乡之间，除了拥挤与空旷之外，差别已经很小了。对比欧洲的城市，我国的城市发展是迅速的。可以毫不夸张地说，无论你走进国内哪一座城市，到处都可以看到施工的工地，到处可以看到热火朝天的景象。这种场面在欧洲是见不到的。我们许多城市的基础设施建设可以说与欧洲城市毫不逊色，甚至更加气派。尤其是一些新兴的城市，楼更高，路更宽，灯更亮。但在农村建设上，中欧之间就现出了明显的差距。不但表现在农舍的建筑上，生产力发展与人民生活水平上，而且也表现在环境的保护上。坦率地说，我们对农业、农村、农民的欠账实在是太多了。尽管我的内心不愿意承认这个现实，可我也不得不痛苦地意识到，改变这一切将是一个漫长历史过程。可以说，这将是改变人类历史的一大跨越，中国的繁荣取决于农村的繁荣，中国的发展取决于农村的发展，中国的进步取决于农村的进步。

　　我们于 18 时 10 分进入巴黎的市区。按照杞先生的说法，就是进入小巴黎了。原来巴黎素有大小巴黎之分。小巴黎是指大环城公路以内的巴黎城区，面积 105 平方米公里，人口 200 多万；大巴黎包括城区周围的 7 个省，面积达 12000 平方公里，人口约 1000 万，几乎占全国人口的五分之一，是法国最大的城市。巴黎不愧为国际化大都市，一进入巴黎，便感到了它的大气。一条美丽的塞纳河从城市中央穿过，两岸的建筑透着历史的文明与现代的气魄相交织的大印象。这里有欧洲城市很少见的车水马龙以及都市的豪华。由于市区位于巴黎盆地的中央，所以，当我们的车子从郊外驶入时，可以居高临下从视觉上饱览市区的风光。远远望去，巴黎的高层建筑上矗立着许多醒目的大广告牌。最引人瞩目当属日本商标的广告了，铺天盖地撞击着人们的眼球，像日本的汽车 SUZUK，日本的电器

JVC、CASIO、CANON 、PANASONI ，都做得非常大，还有韩国 SAMSUNG 广告也很惹人眼。在行车时，我还特意找了下中国产品的广告，但却遗憾地没有找到。德国女孩儿凯拉丽达似乎对巴黎也情有独钟，眼神里流露出兴奋的神色。她大声与杞先生交谈着，赞美着巴黎是个充满艺术气息的城市。

的确，巴黎是个非常漂亮的城市，到处盛开着鲜花，到处点缀着雕塑。整座城市好像都是精雕细刻而成，几乎每一座建筑都是一件精美的艺术品。在巴黎，最生动莫过于生活在巴黎的人们。巴黎人非常讲究礼貌，穿着也十分得体，每次我们穿行没有信号灯的人行道，都是开车的司机主动停车，有时还举手示意。这是一个喜欢阳光的城市。与国内的习惯相反，大街上很少见到打遮阳伞的女人。无篷的双层巴士上边坐满了人，而下层却冷冷清清。人们喜欢开着敞篷轿车在大街上行驶，喜欢坐在露天喝咖啡。杞先生指着街头密布的咖啡馆对我们说，巴黎的咖啡馆，在户外喝咖啡要 6 欧元，而在室内有冷气却只要 4 欧元。一开始，我还感到奇怪，可在离开巴黎时，我想明白了，与大自然的亲近，应当是最昂贵的消费了。

巴黎人还有一个嗜好就是养宠物，按照杞先生的说法，200 万巴黎人竟然养了 100 万只狗。于是狗医院，狗饰品商店也都应运而生了。巴黎的狗业很发达，那些阔绰女子，几乎人人爱狗如婴。专业狗医生也数以千计。更让人称绝的是，在巴黎的塞纳河边，居然还会有一片称之为世界上最美丽的狗的墓地。据说墓地的看护者非常尽职尽责，在墓地开放时间之外，绝不允许人们踏进墓地半步。当地人说，在巴黎，狗肉馆已经绝迹了，狗如今成了巴黎人最忠实的朋友。想了想，人们的物质生活富裕了，也许就会惠及动物了。人与动物的和谐相处，也不失为一种选择。有人说：巴黎包容了世界上所有应该有的东西，所有不该有的东西，所有别的地方不会有而惟有她独有的东西。对此，我在巴黎才有了更深的理解。难怪这座充满想象和浪漫的城市能拥有一长串的美丽桂冠：文化之都、浪漫之都、时装之都、鲜花之都……海纳百川，包容万象，是巴黎的风格，也是巴黎的形象。

不过，伴随着城市的繁荣，也会涌现出许多烦心的事儿。巴黎不光有100万只狗，还有100多万辆车。狗好养，占不了多大的地方，可车就难养了，如果100多万辆车都跑到大街上，恐怕想找个停车位，都是件很难的事情。难怪巴黎塞车如此的厉害，越是接近市中心，车速就变得越慢，碰上红灯，一等就是好长一段时间。于是，在巴黎，我终于看到了从到欧洲那天起就久违了的交通警察。我还发现，巴黎的大街上的士很少，但档次却很高，大都是奔驰轿车。一问方知，巴黎人大都有车，况且地铁和大巴很方便，的士就很少有用武之地了，生意的对象大都留给了外来人。不过，像我们这样的人是坐不起出租的。巴黎的的士一般都是预约的，从叫车过来的那刻起，就开始计费了，1公里大约为1欧元。杞先生上次来巴黎，遇到急事，叫了辆车，结果车子到了他等车的地方，计程表就已经显示了将近10公里，等他上了车，去30多公里的城郊，加上路上塞车的误时费，总共掏了70欧元，折合人民币大约700元，掏得他直心疼。

我们乘车从旺多姆广场旁经过时，杞先生指着不远处的一家酒店说，RITZ酒店是一家由瑞典人开的巴黎最豪华的酒店，也是名人、影星在巴黎最爱下榻的地方。从赫本、嘉宝、泰勒、霍夫曼到斯通、玛当娜、史瓦辛格等都曾住在这里。1997年8月31日的夜晚，英国王妃戴安娜就是从那家酒店吃过饭出来，准备和男友多迪一道去他在香榭丽舍大街的房间。结果刚一露面，就遇到了一大群狗仔队的狂追，司机保罗加快了车速试图甩开他们的追踪，但这些小报的摄影记者在车后骑着摩托车仍然紧追不舍。于是，保罗再一次提速到193千米/时。当戴安娜和多迪的车驶近爱玛桥畔的隧道时，那辆奔驰600防弹汽车失去了控制，重重地撞在了路边的水泥柱子上，车翻了，车顶也被挤压变形。多迪和保罗当场死亡，戴安娜王妃身受重伤，经抢救不治，香陨巴黎。8 年过去了，这场突如其来的车祸造成的悬念依然使人们记忆犹新，有人还怀疑这很可能是一个精心设计的恶毒阴谋。多迪的父亲穆罕默德·法耶德甚至指控这是一场由英国的情报部门操纵的谋杀。后来我在巴黎听说，就在 5 天前，戴安娜遇难 8 周年的时候，隧道的周围有许多人献上了玫瑰花和纪念的词语。我当时多看了一眼那家由戴安娜而闻名的酒店，禁不住想：有史以来，还没有哪一个欧洲皇室能有像戴安娜那样有影响的王妃。戴安娜生前就一直受到媒体的关注，在与查尔斯王子经历了失败的婚姻之后，她又大逆不道地去寻找新的恋情；在与埃及富豪的儿子多迪·法耶德度过一段浪漫的时光，又香陨巴黎之后，她依然会博得世人同情和怀念，这不能不归于她超人的个人魅力。这种魅力不仅仅是来自于她倾国倾城的美貌，而且还来自于她的善良和爱心。戴安娜王妃作为慈善公益事业的热心推动者，奔走于世界各地，深得世人的信赖和尊敬。人们至今还怀念她，就不足为怪了。

# 协和广场边的沉思

　　9月的巴黎正是鲜花盛开的时节。巴黎的大街上随处可见色彩缤纷的花圃，每幢楼房窗口的下方都不约而同地摆放了一排花朵绽放的花盆，绝对地赏心悦目。花都巴黎果然是名不虚传。当年，拿破仑三世许诺要将一个既清洁又赏心悦目的环境送给巴黎的子民，因而兴大建公园之举，并一直沿袭至今。像有许多岩洞，百年老树和奇花异草的蒙梭公园，以栽植各种不同花卉并以玫瑰花著称的巴嘉戴尔花园，以池塘、花坛和麦约的青铜像著名的杜乐俪花园，在西堤岛的西端，因亨利四世的绰号而得名的绿林盗公园，以香榭丽舍大街而得名的香榭丽舍花园……都为花都巴黎增添了不少的风采。沿途街道的居民楼上，有许多白色的木质遮阳窗，窗台上都挂满了小花。的确，很少有哪一座城市能像巴黎一样拥有绿意盎然、风格繁多的花圃、公园和鲜花盛开、绿荫成列的广场。我们所到之处，满眼繁花似锦，仿佛走入了花的世界。

　　我们在香榭丽舍大街附近的协和广场停车，将去附近的一家中餐馆就餐。此时，尽管落日的余晖还没有光顾这里，可光线也柔和了许多。这里是巴黎最古老，也是最繁华的地带。一下车便感受到了游人的如醉如痴。各种肤色的人们不约而同地汇聚在一起，熙熙攘攘，摩肩接踵，好不热闹。杞先生在停车时就说："先下来找找感觉，近3天我们至少还要来这里两次的，大家有足够的时间来领略这里的风情。"杞先生意在怕我们"留连忘返"，所以先给我们打了"预防针"。可我们还是按捺不住内心的冲动，像是冲出笼中的鸟一样四下散开了，每个人都将镜头对准了选取的景观。杞先生急了，告诫我们可千万不要走散了，前两天在法兰克福，考察团里就有人走失的情况，害得他好一阵找。

我没有急着照相，而是静静地伫立在协和广场上，对着盛满历史的广场沉思。根据著名建筑师卡布里埃尔的设计而建造的广场是巴黎市内最大的广场，始建于1754年，历时9年的工程，于1763年峻工。因广场中心曾塑有路易十五骑像，1763年命名为"路易十五广场"。但历史仿佛向法国的王室开了个玩笑，仅仅过了26年，法国大革命爆发，1793年巴黎人民捣毁了路易十五的铜像，并将这里变成了向王室行刑的场所，路易十六以及王后等许多皇亲国戚在这里被处以极刑，遂又将其更名为"革命广场"。我从雨果的长篇小说《九三年》里看到过这种场景的描写。小说再现了法国民众愤怒地砸碎了那里的路易十五的骑像，并在协和广场上搭起了断头台，把这座原本象征着至高无上王权的广场，变成了处死路易十六皇帝和皇后玛丽·安东妮特的行刑场。书中说："所有看过断头台的人，都会发出一种神秘的战栗，所有的社会问题，也都会在那锋利的板斧四周举起他们的问号。"据统计，从1793年断头台正式投入使用到1794年短短一年间，断头台上刀起刀落，先后砍下了大约4000多人的脑袋。最快的一次记录是在38分钟里，砍下了21个人的头颅。巴黎曾流传这样一个传说：当时，广场的上空都飘荡着让人窒息的血腥味道，以至于有牛群途经此地都戛然止步，转头改道而行了。想起来，这种场景也实在是够残忍的。也许后来人们也感到"革命广场"味道过于血腥，所以到了1795年又将其改称为"协和广场"，断头台也随之拆除了。后经名建筑师希托弗主持整修，不断完善，到了1840年才形成了如今的框架和规模。这期间法国经历了波旁王朝复辟和拿破仑的雾月政变。这个经历了血雨腥风洗礼的广场，最终还是回归到了昔日的美丽和祥和。

广场中央最引人注目的是一座有3400多年历史，约23米高，由一整块粉红色花岗岩雕成的埃及方尖碑，外形成方柱体，顶部是小金字塔形，原是古埃及人用来拜祭太阳神的。早在公元前13世纪那座方尖碑就竖立在尼罗河上游卢克索的拉姆塞斯二世法老的神殿前。上边镌刻有拉姆塞斯三世亲自撰写颂扬前任法老显赫战功的象形文字祭文。据说是埃及总督穆罕默德·阿里于1831年将卢克索神殿前两座方尖碑中的一座赠送给刚刚登基的法国"资产阶级国王"，路易·菲力普。我不禁感叹道，在当时的条件下，若想从遥远的埃及将这座230吨的庞然大物运到巴黎再竖起来，谈何容易？听说，当把方尖碑从卢克索神殿的基座上放下来，运到尼罗河滩装上专门建造的大船，又经过800天漫长水路才抵达巴黎。接着又过了3年，直到1836年9月才将方尖碑矗立在协和广场上，其碑身底座的基石上则记载着将方尖碑从遥远的埃及卢克索神殿运到法国巴黎的艰辛历程。我后来在梵蒂冈的圣彼得大教堂广场也见到了类似的方尖碑的踪影。埃及的方尖碑和金字塔一样，是埃及6000年古老文明和历史的见证，凝聚了埃及劳动人民的勤劳和智慧。当埃及游客来到此地，心里会有种何等感受呢？我没有调查，可我想象得出那会是种怎样的无奈和愤懑。看来，埃及历史上的统治者实在是够出手大方的了，可他们又从那些西方列强的手中得到过什么馈赠呢？其实，"赠送"也不过是一个无外交的弱国遮羞的辞藻而已，一个封建王朝的统治者有什么权利出卖标志自己国家的历史和文明的瑰宝，可惜，可叹，可恨！

协和广场方尖碑的两侧各有一座喷水池。池中有活灵活现的雕塑，与方尖碑也算是相得益彰了。这是两座效仿梵蒂冈圣彼得大广场的喷泉而建的塔形大喷泉。喷泉分为三层，环绕底层的是一圈铜雕人像。雕像后面水池中跃出对称的8条美人鱼，在美人的怀抱里活蹦乱跳，从鱼嘴中喷射出来的水柱穿越塔顶，交叉在蓝天下，形成一道道漂亮的弧线。从顶层喷泉喷射出的泉水从塔顶飞流直下，让每一层喷泉都挂上了一道晶莹剔透的珠帘。

我站在水池边放眼四周，整个广场都收入我的眼帘。这座位于巴黎市中心的广场南北长 300 米，东西宽 200 米，面积还不到北京天安门广场的一半，但却很有些气势。整个广场呈八角形，四周共有 8 组形态各异的女神雕塑，分别代表了里昂、马赛、南特、里尔、卢昂、布雷斯特、波尔多和斯特拉斯堡等 8 座在法国各个历史时期发挥过重要作用的城市。协和广场北面是法国海军部大楼，从这里望去，可见因拿破仑而闻名于世的玛德琳娜大教堂。据说，当年拿破仑为了炫耀法国陆军的荣誉，才将这座由路易十五奠基，换了数位建筑师，建了几十年而未果的教堂建成，并想将这个希腊神殿风格的教堂作为他新婚典礼的地方，却由于婚约解除未能举行。玛德琳娜大教堂的附近是著名的香奈尔总店和巴黎最昂贵价位的佛雄食品店。广场的南面是那条横贯巴黎东西的塞纳河，对岸依稀可见曾见证波旁王朝由盛到衰历史的波旁宫，这座有 12 根巨大圆柱的建筑物，如今则成了法国国民议会的会址。波旁宫当初是为国王路易十四的女儿波旁女公爵建造。1764 年，波旁宫易主，孔代亲王入主这里并加以扩建，使其更加庄重华贵。正门前广场亦称作波旁广场。广场的东面是蒂伊勒里花园和国家美术学院，隔着蒂伊勒里花园，遥相呼应的就是艺术的殿堂卢浮宫了。这些精美的建筑构建了法兰西的古老文明和高超的艺术成就。

广场的西面是能让每一个来巴黎的人沉醉而痴迷的香榭丽舍大街。我从许多文学作品中看到过对这条大街的描绘。小仲马在《茶花女》中，不止一次提到过香榭丽舍大街："记得我过去经常在香榭丽舍大街遇到玛格丽特，她坐着一辆由两匹栗色骏马驾着的蓝色四轮轿式小马车，每天一准来到那儿。她身上有一种不同于她那一类人的气质，而她那风致韵绝的姿色，又更衬托出了这种气质的与众不同。"这形象的描写让我的眼前展现了这条古色古香的大街一幅活灵活现的画面。我印象中这条位于巴黎中轴线上的香榭丽舍大街果真充满着法兰西的浪漫与美丽。郁郁葱葱的梧桐树，整洁典雅的草坪长椅，芳草如茵的别致花园，相拥漫步的亲密情侣，还有夹杂着浓烈香水味的空气，让我顿时生成了心旷神怡的感觉。17 世纪

70 年代，法国国王路易十四修建这条大街的最初想法是能够沿着太阳的轨迹从日升到日落都可以从这条大街前往杜伊勒里宫。到路易十五时，这条大街按照这一思路被进一步拓展，基本成形。直至 1899 年，这条大街已是一条宽广的林荫大道，两旁建有宫殿、府邸和别墅，是达官贵人兜风漫游的乐园。今天的香榭丽舍大街的布局以及它的许多建筑都出于 20 世纪初法国现代建筑师的杰作。在香榭丽舍大街旁的停车处，我发现路边有水不时流出，随着地势流到低处。原以为是管道坏了漏水了，经杞先生解释才知道是城市清洁方法之一。

杞先生再三招呼大家去协和广场北边的"老干妈"中餐馆去吃晚餐，可许多人还和我一样在广场中踯躅徘徊，久久不愿离开。在落日的余晖映照下，我凝视着这个法国人自诩为世界上最漂亮的广场，心里并不以为然。论气魄，它不如北京的天安门广场；论精致，它不如布鲁塞尔的黄金广场；论典雅，它不如法兰克福的罗马广场。但我却沉迷于协和广场自身的历史和周围的人文环境之中。这里所见到的一切可以说是一部立体的法国大百科全书，几乎囊括了千百年来法兰西国家所走过的道路。

# 晚风吹过的香榭丽舍大街

浪漫之都录梦

吃过晚餐，夜幕已经降临在这座璀璨的都市里。夜巴黎的美是令人陶醉的，华灯初上时分，我们从餐馆走出来，恍然步入了一个光怪陆离的世界。夜色下的巴黎街头微风轻拂，香风扑面，惹人迷醉。这一带没有摩天大厦的雄伟，却有无法替代的都市繁华。五光十色的灯火，像开不败的礼花在广场绽放；霓虹灯的变幻，让本已亮若白昼的街头越发耀眼。作为巴黎最时尚的高档商业区，世界顶级的大公司、大富豪都想在这里占有一席之地。这里称得上寸土寸金，若想入住这里的三星级旅馆，普通标间的起价便是 400 欧元，听得我们直咂舌。为了省钱，我们还是选择了只需 100 欧元，远在郊外的 MERCURE 旅馆。

我们乘车西行从香榭丽舍大街穿过，俨然置身于一道流光溢彩的灯河。大街两侧，高档写字楼、富豪俱乐部、高级饭店、大银行、航空办事处、时装店、食品店、咖啡厅、夜总会、餐馆、影剧院等应有尽有，且都是高消费的场所。世界的著名品牌都在这里设有分店，招引得满世界的富人们蜂拥而至，来享受一掷千金的购物乐趣。车子过了繁闹的商业区，就来到了如诗如画的绿色田园。从车窗望去，灯火映照下的芳草如茵的别致花园也是别有一番情趣的。我猛然想起来巴黎之前，听北京朋友的介绍。原来"香榭丽舍"的法文意为"田园乐土"。香榭丽舍大街以横街隆布万街为界，分成了田园与乐土两个截然迥异风格。东段有以绿阴花草为主情调的田园式幽静，西段有以时尚娱乐为主情调的乐土般喧闹。不管你是什么样的性格，在这里都可以找到一片适合自己的休闲之处。如今身临其境，真的感受颇多。

香榭丽舍大街不愧是世界上最繁忙的大街。宽阔的大街能并行10辆汽车，可仍然每天都是川流不息的车流。我们行车没走出多远，便碰上了近几月以来最大的一次塞车。事后才知道，我们偏巧赶上了巴黎中小学开学的日子，很多都是接送孩子的车子。于是，我们的车走走停停，光是在香榭丽舍这条不到4公里的大街就走了近一个小时。不过，也好，借着塞车的机会，我可以有更多的时间来观赏香榭丽舍大街的夜景了，所以也就没有了以往在国内塞车时的那种坐卧不安的焦虑。我俯在窗口，见到喜好夜生活的法国人围坐在街边的咖啡馆或酒吧门前的小桌旁，悠闲自得地品味着人生的乐趣。他们或倾心交谈，或相视举杯，似乎并不在乎喝了多少咖啡和红酒。法国人喝咖啡或喝红酒，用一个"品"字似乎更恰当。几乎看不到在国内那种狂饮狂喝的场面。也许法国人真的将这种休闲方式当做了一种文化。有许多著名的诗人、学者、作家都是在这里寻找灵感的。夜色中的巴黎是年轻人的天地，不时有恋人在街边拥抱接吻，也不时有时髦的金发女郎倚在橱窗边悠闲欣赏时尚的首饰和珠宝。夜生活是巴黎人生活中的一个不可或缺的组成部分，而香榭丽舍大街则是巴黎人夜生活的首选之地。

香榭丽舍大街逶迤起伏的地势让这条街愈发增添了迷人的魅力。望不断的车流，望不断的灯河，望不断的风景，在我的眼前跳跃着，闪烁着。极目望去，香榭丽舍大街的尽头就是那座位于戴高乐广场最高点，声名赫赫的凯旋门了。原来，戴高乐广场呈星状向四面八方延伸，故有星形广场之称，是巴黎12条大道的交叉衢口。1806年2月22日，拿破仑在奥斯特尔里茨战役中打败了奥俄联军，凯旋回国，在经过星形广场（后改名为戴高乐广场）时，拿破仑突然萌发在此建筑凯旋门，以迎接日后得胜归朝的法军将士的念头。这项工程几经波折，时建时停，历时30年，到了1836年7月29日，这座高50米、宽45米的凯旋门才全部竣工。凯旋门的建筑并非是拿破仑的独出心裁，最早始于古罗马人的创意。但如今，世人只记住了巴黎的凯旋门，这也许连拿破仑都始料不及了。我看到凯旋门的第一眼，就感到了它的宏伟和壮丽。两天后，当我又一次近距离地来到它的跟前，方知其设计的精巧与大气，它的规模超过了罗马的康斯坦丁凯旋门。原来，凯旋门并非只有一个拱门，其实南北都有门，门内镂刻有跟随拿破仑远征的几百位将军的名字。中心拱门宽 14.6 米，4 个门面上都有记载重大战役巨幅浮雕。修建凯旋门时，原计划门面前后的 4 块巨石浮雕全由法国著名雕刻家弗朗索瓦·吕德设计，但是大臣梯也尔又改变了主意，只让吕德完成其中一件。于是，吕德雕塑了《出征》，考尔托维雕塑了《凯旋》，艾尔克斯维雕塑了《抵抗》和《和平》。吕德的浮雕以其精心的创意、生动的形象和雄浑的气势远远超出了其它的作品，成为 19 世纪法国以至世界雕刻史上最重要的作品之一。浮雕以 1792 年法军从马赛出发为背景，塑造了 6 个志愿出征的战士和一个寓意的女神的形象。女神右手持剑凌空飞腾，在女神之下，一位老军人与裸体小孩处在中心位置，4 名勇士剑拔弩张，脸上充满了昂扬的斗志。整个浮雕不过 7 个人物，却反映出千军万马、一往无前的气势。门楼以两座高墩为支柱，中间有电梯上下。在拱形圆顶之上有三层围廊，最高一层是陈列室，这里展示着有关凯旋门的各种历史文物以及拿破仑生平事迹的图片；第二层收藏着各种法国勋章、奖章；最低一层则是凯旋门的警卫处和会计室。中心拱门的上方在炫耀拿破仑战功的浮雕顶端，还有 4 匹扬蹄飞跃的金马，以及一辆马车和一帧和平女神塑像。不过，那 4 匹金马如今只能算是赝品了，当年拿破仑命令从威尼斯的圣马可大教堂移来的原物早在 1815 年就已归还意大利了。

凯旋门所在的戴高乐广场地势较高，以至从香榭丽舍大街向西延伸时渐趋低下呈漫坡状，所以当我坐在车里从香榭丽舍大街远眺凯旋门时，有仰视之感，非常雄伟、壮观。在经过了一段漫长的塞车之后，我们的车才得以从凯旋门驶过。我也算"饱览"了一番香榭丽舍大街的风景。尤其是车临近凯旋门时，我在夜色中望见了拱门下簇簇跳动的火苗，想必这就是为纪念法兰西无名烈士而燃烧了。早在 1920 年人们在拱门下建了一处"无名烈士墓"，所以每到夜幕降临的时候，这里便燃起不灭的火焰。看来，在巴黎最具有法兰西民族自信心和自豪感的建筑物莫过于凯旋门了。拿破仑当年下令建造凯旋门的初衷，是迎接凯旋而归的出征将士炫耀自己的武略，并不会想到凯旋门会成为法兰西民族和国家的灵魂载体和寄托，以至于法国总统每年的国庆都必须从凯旋门庄重地走过，每次卸任都必须虔诚地向"无名烈士墓"献上一束鲜花。巴黎凯旋门是一座集思想涵寓、美学旨向和实体结构于一身的标志性建筑，代表了法兰西民族的荣誉、自信和骄傲。

过了凯旋门，我长长地出了一口气，在欧洲走了几个国家，还头一次在大街上碰到有这么多车，这么多人，简直可以和北京相比了。从协和广场到我们入住的 MERCURE 旅馆大约有 30 公里的路程，车子足足走了两个小时，可见巴黎街路拥挤的程度。来到旅馆已经是晚上 10 点多钟了，我方感觉到了疲倦，好像吃了安眠药似的，有点儿昏昏欲睡的样子，随手看了一眼日程表，明天我们将登船去游览塞纳河，下午参观巴黎歌剧院和逛市场。这会儿，团里有三十几个人依然兴致勃勃地去了红磨坊看演出去了，我和同室的凤君却没了这番雅兴，只是匆匆洗了个澡便蒙头大睡了。梦中的我还梦到了塞纳河和沿岸的迤逦风光，那样的美丽，甚至胜过了莱茵河。

# 现实与浪漫交织的塞纳河

第二天一睁眼，已经7点多钟了，我推开窗户一看，外面的街上湿漉漉的，看来昨天夜间还下了一场小雨。抬头看了看天空，还有些阴霾，不觉有些担心，可千万别碰上个阴雨天。来的时候，考察团就通知要准备好雨具，而我偏偏就给忘了，挨点雨浇倒无所谓，影响了游兴就不好了。匆匆吃过早餐，我们又踏上了新的旅程，看了看表，是巴黎时间9时10分。在车上，我看到许多人都在打瞌睡，细一看大都是昨晚上去"红磨坊"的那些人。刚上车时，有人还故意卖乖，说我们错过了最美的艺术享受，可转眼间，他自己就迷迷糊糊的了，正应了那句出国旅游的顺口溜"上车就睡觉，下车就尿尿，到处去拍照"的老模式。这也难怪，出国日程安排得那么紧，连个喘息的机会都没有，再加上一些"自选动作"，不犯困才神了呢！

车走出不远，就下起了淅淅沥沥的小雨，雨滴落在车窗上灰蒙蒙的一片，凯拉丽达打开了雨刷，还打开了车上的VCD，放了一支颇具欧洲风味的曲子。看来，艺术是没有国界的，虽然听不大懂，可那舒缓的乐曲，却像是潺潺流水的塞纳河，流入了车上人们的心田。我的心也"多云转晴"了。猛然想起凯拉丽达在法兰克福就讲过，9月初是来欧洲旅游的最佳时节，气候好，雨水少，风景美，而且日照的时间还长。她的话经过这几天的实践都应验了。尽管天还下着小雨，但还不至于造成无法出行的困难，倘若"细雨中游了塞纳河"还是蛮有情趣的一篇散文标题呢。

说也怪，车子一进巴黎的市区，小雨便停了。之后的几天，我们在去奥地利和罗马的路上都碰到过下雨，甚至很大，可一到目的地，雨也就停了，也算是天公作美吧。这次我们从 MERCURE 旅馆到协和广场时，只用了不到一个小时，基本上没有碰到严重的塞车现象。10 时 45 分，我们准时登上了预订的塞纳河游船，开始了难忘的塞纳河之旅。

法国是一个文化底蕴很厚的国度，巴黎是个艺术气息很浓的城市。美丽的塞纳河从巴黎城区蜿蜒穿过，将古老而灿烂的法兰西文化像珍珠般地穿了起来，并放射出绚烂夺目的光彩。这次能来欧洲进行文化交流和考察，是我梦寐以求的愿望。先前，我大都是从书本上了解一些法国，了解一些巴黎。譬如：法国思想上的启蒙运动，文艺上的古典主义和浪漫主义，政治上的法国大革命和人权宣言。但这些多是抽象的，作为一名作家，我企盼着能从这次旅行中感受一下欧陆风情，获取一些创作灵感。来巴黎之前，我曾为这次欧洲旅行翻阅了一些相关资料，意在更多地了解一下以巴黎和罗马为重点的欧洲文化。

我发现，大凡谈及法国文化，总离不开巴黎，离不开塞纳河。人们一向将塞纳河的左岸看作法国文化的象征，将右岸看做法国金钱和政治的象征。"左岸"，指的是塞纳河左岸圣日耳曼大街、蒙巴纳斯大街和圣米歇尔大街构成的，一个集中了咖啡馆、书店、画廊、美术馆、博物馆的文化圣地。"右岸"，指的是塞纳河右岸以金碧辉煌的卢浮宫和豪华气派的香榭丽舍街区为代表的金钱和政治领地。我对此则不以为然，如此的分法未免有些牵强。谁能说卢浮宫里陈列的艺术珍品和香榭丽舍街区的绝妙建筑与文化无关呢？来到巴黎虽然只过一天，我却已经从感观上领略到充满文化气息的巴黎了。当然，如今提及的"左岸"与"右岸"已经成了一个代表不同文化的概念。既然塞纳河从历史上就将一座美丽的城市一分为左右两岸，就必然会有不同的文化风景。如今的左岸和右岸，早已不是一个地域上的区别，不过是理念和象征意义的不同而已。如思想上的启蒙运动，文艺上的古典主义和浪漫主义，政治上的法国大革命和人权宣言。这一切似乎都成为了过去。

我们乘坐的游船分为上下两层，上船后大家便不约而同地跑到了上层的甲板上。但见静静的塞纳河流淌着悠悠的历史，流淌着浓浓的浪漫，流淌着幽幽的文思，从我的身边缓缓流过。这条发源于法国北部浪格尔高地的塞纳河不宽也不窄，不急也不缓，千百年来就这样义无反顾地流淌着，在流经巴黎时，还刻意转了几个弯，把城市分为了两半，一半的现实，一半的浪漫。我坐在露天甲板的橙色靠椅上，环顾两岸秀丽风光，心里不禁暗暗感叹：历史是何等地偏爱塞纳河，巴黎的艺术瑰宝大都汇聚于两岸之间。沿岸的古老建筑鳞次栉比，名胜古迹色彩斑斓，这些建筑大都经历了几百年的岁月风雨，像巴士底广场、巴黎圣母院、卢浮宫、旺多姆广场、协和广场、波旁宫、埃菲尔铁塔、凡尔塞宫、爱丽舍宫、巴黎当代艺术博物馆、戴高乐广场、自由女神塑像……每一个响亮的名字都称得上声名赫赫，每一个建筑都是留芳百世的历史画卷。游船从塞纳河顺流而下，只见一座座桥梁凌空飞架，仿佛设在河上的一个个巨型彩虹门；一幢幢建筑物拔地而起，犹如一页页立体的百科全书。塞纳河是充满智慧的长者，目睹着巴黎的沧桑岁月，城市的罪与罚、苦与乐、贫与富、兴与衰都留下了岁月的梦痕。巴黎，你经由了塞纳河水的冲刷才长成今天这个样子。

游览塞纳河，可以领略到这座世界名城的神韵和风采。登船不久，船上的扩音器便开始为来自世界各地的游客进行讲解。最初是英语，随后便是字正腔圆的汉语了。解说词讲述了塞纳河和两岸建筑的历史，它容纳了自古希腊以来各类建筑的风格，是人类艺术的结晶。说到建筑，就不能不提到塞纳河上连绵的大桥了，在市区短短 13 公里的水路上，就有 30 多座桥横跨在塞纳河上，宛如一道道天边彩虹，为巴黎增添了美丽的色调。说也怪，塞纳河上一座最古老的桥，偏偏叫做新桥。远在 1607 年由亨利四世主持落成仪式。新桥实际上是由西岱岛分别连接左右两岸的两座独立拱桥组成，一座为跨越大河汊的 7 孔拱桥，一座为跨越小河汊的 5 孔拱桥。

"像新桥一样旧"成了法国式的幽默，常常用来形容老古董，不知此典的人听到这个比喻往往会一头雾水。

在两座独立拱桥的空地上，有一座古代骑士的青铜塑像。据称原型是亨利四世，在法国大革命时期遭毁，如今的雕像是复制品。新桥最初是作为连接巴黎市政厅和塞纳河对岸居民区而建的。走过欧洲的城市，我才知道中世纪的欧洲城市的基本格局很简单，一座教堂、一个集市，一所市政厅，足矣。至于城市今后的发展和扩大，都要以此为中心。所以，新桥就责无旁贷地担当起沟通城市脉络的重任。它伴随着其它桥梁的诞生，见证了巴黎的变迁和发展。游船不时穿过一座座年代不同、风格各异的大桥，我的心也不禁穿越时空从现实走进了历史。亚历山大三世桥是塞纳河上最漂亮的一座桥，由沙皇尼古拉二世作为法俄亲善的礼物而捐建的，名称取自沙皇尼古拉二世的父亲亚历山大三世。这座桥的精美在于大桥两端入口处那4座高达17米的桥塔，每座桥塔的顶端都塑有分别象征科学、艺术、工业与商业的金色骏马雕像。桥面上有32座四周环绕着神态各异的小天使的雕塑灯架，桥身还装饰着水生动植物图案与一组花环图案，雕饰的精致和华丽以及整个桥显示出的雍容气派，给我留下了极为深刻的印象。在新桥西面是一座连接卢浮宫与法兰西学院的步行桥。1804年，拿破仑下令开始兴建此桥，桥面两侧种植了小灌木，还有供游人休憩的小石凳，堪称塞纳河上的空中花园。许多作家、艺术家都常来到这里休闲漫步，故又名艺术桥。气势雄伟，建于1791年的协和桥，与协和广场同名，桥身的一部分建筑石料取自巴士底狱，其寓意在"人民可以继续藐视旧城堡"。王桥建于路易十四时代，是法国国王路易十四自己掏钱建的，一度成为巴黎人举办庆典的地方。历史上法国伊丽莎白公主和西班牙菲利普王子结婚庆典以这座桥为中心，曾吸引了50万人前往观赏。阿尔玛桥以桥侧伫立着一座从埃及卢克索神庙搬来的巨型雕像而闻名，自从戴安娜在附近一个隧道入口处出车祸之后，这里竖起了一座金色火炬状的纪念雕像。雕像的基座上一度被涂抹满了各种留言，其英文多于法文。皇家桥的造型呈夸张的驴背状，由国王路易十三全额出资建的一座石桥，皇家桥由此得名。米拉波桥是 19 世纪末金属建筑物的代表，当年，法国著名诗人阿玻利亚站在桥头感叹时光流逝，而写了一首题为"米拉波桥"的诗，从此这座桥便名声赫赫了。伊纳桥是为纪念 1806 年普法战争胜利而建，桥上的鹰雕像和骑兵群雕像装饰非常有特点。除此之外，塞纳河上的玛丽桥、圣·米歇尔桥、兑换桥、索尔菲利诺桥等或古典，或现代，或宏伟，或精巧，或优雅，或质朴，其风格各异，兼收并蓄，体现了法国古老文化的辉煌和现代文明的灿烂。

当游船驶过西岱岛时，一座尖塔直插苍穹的哥特式教堂展现在我的眼帘。这就是被雨果称之为"巨大石头的交响乐"的巴黎圣母院。我最初了解到的巴黎，就是从雨果的小说《巴黎圣母院》开始的。刚刚十几岁的我，偶尔读到了这本既凄厉又浪漫的书。从此以后，那个长年流浪街头的吉普赛姑娘艾斯梅拉尔达和那个被父母遗弃的驼背敲钟人卡西莫多的形象便在我的心田里生了根。一个天真貌美、心地淳厚、能歌善舞的女人，一个长相十分丑陋且有多种残疾，却始终保持着一颗高尚、纯洁的心的男人，让我领略了人性的美。而那个道貌岸然的副主教克洛德·孚罗洛，以其极为卑劣的手段将艾斯梅拉尔达置于死地的伪善，让我也深悟到人性的丑与恶。我久久凝视着这座始建于 1163 年，历时 182 年方建成的天主教大教堂，高大冷峻，显示着天主的威严。其南北两座钟楼，各高 69 米，南钟楼巨钟重达 13 吨，北钟楼设有一个 387 级的楼梯直通高达 90 米的尖塔。船从这里穿过，我屏住了呼吸，仿佛听到了"敲钟怪人"卡西莫多愤怒的钟声。游船向西而行，高耸入云的埃菲尔铁塔从我眼前闪过。这种远距离观看埃菲尔铁塔，同一天后与其近距离的接触，感觉是不同的。在诸多建筑物簇拥下，它显得尤为壮观。我依在船的栏杆上，请人以其为背景拍了张照片，也只是收进了铁塔的塔基。

塞纳河水不舍昼夜，滋润着智慧的巨擘，洗涤着人们的心灵，哺育着生命的希望。我不禁想起美国作家海明威在半个世纪前说的一句话："如果你够幸运，在年轻的时候流连过巴黎，那么巴黎将永远跟着你，因为巴黎是一席流动的筵席。"我已经不再年轻，可我是幸运的。因为，我现在正坐在流动筵席的餐桌上品尝着满眼的文化大餐。承载着古老法兰西文化命脉的塞纳河，自东向西而过，形成一个弧形，在我眼里就像一条晶莹的玉带，将巴黎轻轻地揽在怀中。我曾在一本书上见过这样经典的话："法国人说，没有巴黎就没有法国；而巴黎人说，没有塞纳河就没有巴黎。所以巴黎人深深地爱着这条河。"当我真实地站在这条河上，我在品味着这句话的内涵。是的，塞纳河是巴黎的灵魂，造就了一个古老而智慧的民族。

　　有人说，"巴黎是塞纳河的女儿"。这条母亲河从东南方向流入巴黎，经过市中心，再从西南流出城外。它的源头离巴黎有 275 公里之遥，很久以来也曾流传着一个美妙的传说。那里是一片海拔 470 多米的石灰岩丘陵地带，在一个狭窄山谷里有一条小溪，沿溪而上有一个山洞，住着一位美丽而善解人意的降水女神，名叫塞纳。她将泉水从山洞里引出来，流向一个产生文明和智慧的地方。那个地方叫巴黎。这是"巴黎希人"的祖先高卢部族人的传说。考古学家根据此地出土的木制人断定，塞纳女神至迟在公元前 5 世纪已降临人间。塞纳河就是以她的名字命名的。如今那个山洞里还有一尊女神雕像，她白衣素裹，神色安详，姿态优雅，手里捧着水瓶半躺半卧在那里，小溪就从这位女神的背后悄悄流出来。可以毫不夸张地说，巴黎的历史就是蘸着塞纳河水写出来的，河水浸润着巴黎的土地，使巴黎古老的文明得以发展和升华。

　　在塞纳河西段不远的一个小岛旁，我见到了一尊耸立着的自由女神的雕像。但见白色大理石托起的风情万种的自由女神微微踮起右脚，高擎火炬，目视远方。杞先生告诉我，美国纽约的自由女神雕像是这个巴黎自由女神雕像的复制品，是法国政府以此为雏形放大制造并赠送给美国独立100周年的礼物。不过，它的名气还照纽约的稍逊一筹，在来巴黎前，我还只是知道纽约的自由女神雕像。差点儿闹出个"不知有汉，却知魏晋"的笑谈来。

塞纳河是一条浪漫的河，承载着千百年来沐浴在爱河中的人们。对面开过的游船上，有许多是前来度假的情侣或夫妻，从他们幸福的微笑里，我分享到了他们的快乐。当游船驶过河畔的堤道时，我看到有几对恋人依偎坐在河堤旁，似乎在喁喁细语。他们与在林阴路上牵手相伴的红男绿女遥相呼应，充满了诗情画意。正因有了这条浪漫的长河，在法国，在巴黎才会涌现出那么多浪漫的诗人、作家和艺术家。当年曾云集文化精英的塞纳河左岸，留下过文学大师雪莱、伏尔泰走过的足迹，滋养了海明威、加缪、萨特三位诺贝尔文学奖获得者，孕育出世界著名电影大师阿仑·雷乃和用文学作电影游戏的阿兰·罗伯格里叶，诞生了盛行一时的立体派、野兽派、印象派等画派。从1689年巴黎第一家咖啡馆落脚在塞纳河左岸以来，这里就逐渐形成了一个以咖啡馆林立为特色的文化圣地。几代法国人或旅居法国的诗人、作家、画家、哲学家在这里思索、阅读、讨论和写作。据说，美国作家海明威在二战后旅居巴黎，整天泡在左岸的咖啡馆里写作、聊天，留下了许多巴黎的往事。他晚年的散文集《流动的圣节》就写了他的那段清苦、爱和创作的日子。在左岸蒙巴纳斯地区最大的圆顶咖啡馆是知识分子、艺术家云集的地方，当年存在主义大师萨特和他的女友西蒙娜·德·波伏娃是这里的常客，以至于当他和这个从未正式结婚、但实际共同生活了51年的"契约式爱人"进门时，侍者首先递上的不是菜单，而是一大摞信件。热心的读者早已把这儿当做他们的通讯地址了。有些精明的咖啡馆老板甚至将某个名作家的座位钉上了写有姓名的木牌，以示这里曾是他的专座。

时值今日，你若有幸来到左岸，随便走进一家咖啡馆，也许就会落座于毕加索的咖啡桌旁，也许就会沉缅于海明威目光下，也许就会走进雪莱低吟的诗句中。至于为何那么多文人要到咖啡馆去交友、写作和思考呢？我在巴黎还听到了另外一个说法。当时巴黎的物价很贵，很多作家在成名之前是租不起工作室的，所以这些咖啡馆就成了他们交友、写作和思考的好地方。

在游船上，我见到一位华人留学生。交谈中，他告诉我，当年左岸的拉丁区就是因这里的大学的师生必须学会拉丁语，并用拉丁语写作、交谈而得名。文人的聚集，让左岸的咖啡馆、艺廊、书店、出版社、博物馆、美术馆、小剧场、古董店、艺术工作室充满了文化艺术气息。多少作家、诗人在此高谈阔论，多少画家、艺术家在此流连忘返。文学和艺术是高雅的，当游船从左岸驶过的时候，也迎面闻到了那种浪漫的艺术气息。今天的巴黎是现实的，今天的巴黎人说："过去的人们在咖啡馆谈艺术，现在的人们是在咖啡馆谈咖啡。"但无论谈什么，左岸的咖啡馆体现的都是一种文化，一种艺术。来欧洲的这些天，我几乎每天早餐都喝一杯咖啡，一开始还不大习惯，可到最后居然有些适应了。咖啡的苦涩是苦在口里，但却可以从中品味出另外的滋味来。它将世外的一片喧嚣和浮躁都隔绝于窗外，让人的内心得到了片刻的宁静，也许就是巴黎人乐此不彼的原因吧。左岸的文化，不仅来自于咖啡馆，而且也来自生活在那里的人群。在巴黎，几乎所有的大媒体、文艺机构、研究机构和政府机关都在左岸，还有数不清的画廊、影院、文化公司点缀其间。在那里，走出了许多作家和艺术家，当然还有从高等学府校园里走出来的教授学者，他们没有政治家的颐指气使，但却有文人洁身自傲的气质。生的时候，很多人并不得志。但百年之后，很多政治家成了过眼烟云，很多文人却因为他们的作品而闻名于世。

塞纳河又是一条现实的河。我乘的那艘游船在向西行了很长一段路程之后，又转了一个弯，沿原路返回。就像历史的轮回一样，在经历了漫长的世纪，又回到了历史的原点。巴黎曾代表了一个时代，就像雅典代表了古希腊灿烂的文明，古罗马代表了中世纪欧洲的文明一样，巴黎代表了西方近代的文明。但在20世纪，随着美国的崛起，纽约成了现代西方的像征，巴黎有些黯然失色了。历史曾经给予巴黎以辉煌，人们向往巴黎，更多是向往巴黎那种极富魅力的艺术和文化。其实，现实的巴黎，依旧称得上现代化的国家。

　　法国人是以面向塞纳河流入海的方向来划分左右岸的。有人说，左岸的传奇大都与文学和艺术有关，右岸的传奇大都与政治和财富有关。我在回程中，将目光都集中在了右岸。从一幢幢古代与现代相交融的建筑群落中，我在寻找右岸那边留下巴黎历史与现实轨迹的戴高乐广场、协和广场、旺多姆广场和巴士底广场。我不禁想到了德国诗人海涅说的一句话："整个法兰西都是巴黎的郊区。"诗人的思维都是跳跃性的，他这话的意思不外乎巴黎是法国至高无上的集权中心，一切都将围绕巴黎的意志来运转。正是这些广场的周围形成了今日巴黎主要的政治和商贸中心。以香榭丽舍大街旁的爱丽舍宫为圆心，环绕着左右法国经济命脉的各大银行、金融财团、保险公司、股票交易所都会让人意识到现实中的巴黎。爱丽舍宫是法国最高权力的象征，它与美国的白宫、英国的白金汉宫以及俄罗斯的克里姆林宫齐名，是法兰西共和国的总统府。在游船上，有人向我提起，从1989年开始，每年9月19日法国古堡节这一天，爱丽舍宫可以免费向公众开放。很可惜，我们在巴黎只能呆到9月7日，无缘进去，也只能在昨天路过时，一饱眼福了。从感觉上，爱丽舍宫从规模和气派上是难与我国的故宫相媲美的，但也不失为一个宏伟的建筑群。爱丽舍宫的主楼是一幢两层高的欧洲古典式石建筑，典雅庄重，两翼为对称的两座两层高的石建筑，中间是一个宽敞的矩形庭院。宫内共有369间大小不等的厅室。兴建于1718年的爱丽舍宫，最初是一位叫戴弗尔的伯爵的私人官邸，时称戴弗尔大厦。虽历经沧桑，几易其主，但都为达官贵人所享用。先是蓬帕杜尔侯爵夫人买下大厦，她死后，又转到法国国王路易十五手里。1773 年路易十五把宫殿卖给了金融家博让，13 年后又被新国王路易十六买下，后来他的侄女波旁公爵夫人成了宫殿的主人，大厦遂改名为波旁大厦。1805 年 8 月，拿破仑的内兄缪拉买下爱丽舍宫。3 年后他被封为意大利南部那不勒斯国王，把这座宫殿送给了拿破仑。奥地利战役爆发前，拿破仑和约瑟芬就住在宫内。1815 年拿破仑一世滑铁卢战役大败后，曾在此签降书逊位。1816 年路易十八把爱丽舍宫送给他的侄子贝里公爵，也就是后来的法国国王查理十世。1820 年查理十世遇刺身亡，这座宫殿就被抛弃了，一直空旷了 20 多年。1848 年路易·波拿巴（拿破仑三世）当选总统后，入住此宫，拿破仑三世称帝后，又将爱丽舍宫改为皇宫。法兰西第三共和国建立后，于 1873 年颁布法令，正式指定爱丽舍宫为法国总统府。此后 100 多年来，一直是法国总统办公的地方。法国从 20 世纪 50 年代起就是一个善于向美国权威挑战的西方国家，首先是戴高乐总统，在诸多问题上向美国叫板，并在西方世界中最早和中国建立外交关系。后来历任的法国总统大都奉行了独立的外交政策。前两年，在美国准备向伊拉克萨达姆动武之初，又是法国总统希拉克带头跑出来向美国叫劲儿，反对出兵伊拉克。

游船向东行驶了一段，临近了香榭丽舍大街的西段。这里是法国商业的中心地带，也是法国商贸和金融业巨头聚首的地方。法国是世界上金融业最发达的国家之一，现行货币为欧元。在塞纳河右岸，汇聚了许多大银行和大财团，以及他们的办事机构。法国的银行体制除了法兰西银行、各注册银行、法国大众银行和法国对外贸易银行外，还包括其他一些具有银行性质的公营和半公营的专业信贷机构和私营金融公司。法国四大银行是，有"世界银行业的巨人"之称的法国农业信贷银行，法国和世界大银行之一的巴黎国民银行，还有法国里昂信贷银行和法国兴业银行也都在这里占有一席之地。

现实中的巴黎是世界的时装之都。以香榭丽舍大街为代表的时装业享誉全球。据说,在巴黎有 2000 家时装店,老板们的口号是:"时装不卖第二件"。走在香榭丽舍繁华的大街上,很难发现穿着一模一样服饰的时尚女性。女人最崇尚的高级时装有:"吉莱热"、"巴朗夏卡"、"吉旺熙"、"夏奈尔"、"狄奥尔"、"卡丹"和"圣洛朗"。巴黎女人的裙子,是大街上一道靓丽的风景,色彩缤纷,争奇斗艳;巴黎男人的 T 恤,也是大街上别有一番风味的风光,样式众多,款式新奇。巴黎的香水誉声世界,被法国人称作"梦幻工业",连香榭丽舍大街都给香水熏陶了,扑面飘逸着香水的味道,难怪考察团里的"女生",一来到这里,就被香风"熏醉",钻进了大街的赛肤兰香水化妆品专卖店,挑选起价格不菲的名牌香水来。我带着一种好奇也步入了商店大门,一股香气扑鼻而来。店内装潢华丽,各种化妆品琳琅满目。赛肤兰品牌的各式化妆品摆放在中间的货架上,两侧则按英文字母的顺序摆放着其他著名化妆品。现实的巴黎是奢华的,这一点在塞纳河的右岸,尤其是香榭丽舍大街表现得淋漓尽致。也正因如此,香榭丽舍大街才屈尊美国纽约第五大道之后,以每平方米年租金 6287 欧元,列在世界上最昂贵的商业街排行榜第二位。

美丽的塞纳河将巴黎分为左右两岸,让我看到了两个不同的巴黎。一个浪漫的巴黎,一个现实的巴黎。尽管这种感观是片面的,但我也切切实实地从塞纳河的倒影中看到了一个活生生的巴黎。我们走下游船时,已经是 12 点多了。我们又一次在协和广场附近的"老干妈"中餐馆就餐,再次看到昨天中午在餐馆门前兜售小纪念品的小伙子。我有些好奇,便和他聊了起来,原来他是一位来自浙江的留学生,已经来 3 年了。我问他:"你卖钥匙链、打火机这类的小东西一个月可以赚多少钱?"他说:"大概可以赚 2000 欧元吧。"我有些吃惊,国内若能挣这些钱,恐怕早就步入"金领"阶层的行列了。难怪有这么多中国人来这里淘金。

吃过午饭,趁着团里好多人去逛街购物,我又兴趣不减地来到了市中心奥曼斯大街附近的巴黎歌剧院。原因很简单,几天前,我在法兰克福时，就对法兰克福歌剧院的金碧辉煌留下了深刻的印象，来到巴黎后，听说法兰克福歌剧院是巴黎歌剧院的复制品，就有了想见证一下的冲动。到此一看，果然是极其相似。整个建筑继承了古希腊和古罗马风格，占地11万平方米，可称得上是世界上面积最大的歌剧院。与法兰克福歌剧院是民间捐建所不同的是，巴黎歌剧院始建于1667年，由法国国王路易十四批准，获得了法国政府的资助，其前身是"皇家歌剧院"。1671年3月19日歌剧院落成，并由康贝尔献演田园剧《波莫纳》，此剧被公认为是第一部法国歌剧。巴黎歌剧院于1763年毁于一场大火。1875年重建的巴黎歌剧院又附设有一个举世闻名的芭蕾舞团和一个管弦乐团。如今，法国国家音乐学院和舞蹈学校也设在这里。巴黎歌剧院的建筑风格是传统的，尤其是建筑物的雕塑表现了很高的艺术水准。法国人很喜欢戏剧，戏剧大师莫里哀曾为法国的戏剧带来光辉的时刻。至于法国人如何听歌剧，我没有身临其境，也只能从小仲马的小说《茶花女》中对此绘声绘色的描写来了解了。不过随着人们生活节奏的加快和电视的普及，法国近些年也出现了人们对戏剧兴趣减弱的现象，很多人已经许多年不去剧院看戏了。看来，这种现象也不光是在我们中国才有的。不过，巴黎人至今还保持着良好的阅读习惯。我从巴黎歌剧院出来，走在大街上，看到了很多报亭，人们在买报刊杂志。像北京一样，在地铁里，在公共汽车上许多人都在读书、看报，尤其是在早晨上班的时刻。我信步走入一家书店，很清静，来买书的顾客不是很多，满目的精美装帧书籍，大多是法文版，也有少量的英文版。我随手翻了几本书，感觉要比国内的书纸张和印刷质量好得多，封面设计也挺有特点的。再看一下定价，大多在20欧元上下，要比国内同类的书高出10倍的价钱。想想也是，人家的工资不也是高了咱10倍左右吗？

在往回走的路上，我顺便逛了一趟巴黎最著名的老佛爷百货商店，进门便拿到一份由导购小姐发的导购图，上边标明了各楼层商品的方位。一楼的化妆品和皮具柜台大都是华人面孔的售货员，让我以为回到了国内的大商厦。我草草地转了一圈，总算真切领教到了巴黎的物价水平。这里几乎汇集了全世界所有时尚奢侈品，圣罗兰、兰蔻、香奈儿、DIOR 等世界著名品牌的化妆品价位一般要比国内专卖店稍低些，但时装却大都很昂贵。很普通的衬衣，都要 20 多欧元。一件上了档次的时装可高达一两千欧元。在这里的日用品也都要比国内高上七八倍。同行的凤君数码相机电池用光了，在这里买了两节索尼 5 号电池，花了 9.8 欧元，价格比国内高出了近 5 倍。

# 卢浮宫留下来的微笑

来到巴黎的第三天上午，我们又一次来到塞纳河北岸，从杜伊勒利广场附近下车，通过卡鲁塞勒长廊，前去仰慕已久的卢浮宫。来法国之前，我就从一部电视纪录片上领略了气势恢宏的卢浮宫。这个始建于公元 12 世纪末的博物馆与大英博物馆、纽约大都会艺术博物馆并称世界三大博物馆。可当初，它只是菲利普·奥古斯特二世在十字军东征时期，为了保卫北岸的巴黎地区，修建的一座通向塞纳河的城堡，用来存放王室的档案和珍宝，也存放他的狗和战俘，当时就称为卢浮宫。在查理五世时期开始作为皇宫，之后的 350 年中，王室不断扩充华丽的楼塔和别致的房间。但在其后 150 年间，法国国王却并不在卢浮宫居住。16 世纪中叶，弗朗西斯一世继承王位后，便把这座受到冷落的宫殿拆毁了，并下令在原址重筑一座宫殿。崇拜意大利派画家的这位皇帝重金购买或接受了当时意大利许多著名画家的绘画，包括达·芬奇的《蒙娜丽莎》等珍品。亨利二世即位后，将父亲毁掉的部分重新建造起来。亨利四世在位期间，花了 13 年的工夫建造了卢浮宫最壮观的部分——大画廊。这个长达 300 米的华丽走廊中，栽满了树木，还养了鸟和狗，甚至还有狐狸。路易十四在卢浮宫登基时只有 5 岁，在此做了 72 年的国王。他将卢浮宫建成了正方形的庭院，修建了富丽堂皇的画廊，还购买了欧洲各派的绘画，其中包括卡什代、伦勃朗等人的作品。路易十六在位期间，爆发了 1789 年的法国大革命，卢浮宫的"竞技场"领协和广场之先，设立了法国大革命的第一个断头台。1792 年 5 月 27 日，国民议会宣布，卢浮宫将属于大众，成为公共博物馆。6 年之后，拿破仑一世搬进了卢浮宫。他把欧洲其他国家所能提供的最好的艺术品搬进了卢浮宫。他对外征战，横扫欧洲，所获取的几千吨艺术品从被征服的国家的殿堂、图书馆和天主教堂运到了巴黎。并将卢浮宫改名为拿破仑博物馆。12 年后，拿破仑兵败滑铁卢，德国、意大利、西班牙和荷兰等国纷纷索回所失艺术珍品，约有 5000 件艺术品物归原主，但仍有许多掠夺的艺术品被留在了卢浮宫。拿破仑三世 1852 年登基称帝，在位期间在卢浮宫大兴土木，宫内新修的建筑比所有的前辈 600 多年间修建的还要多，至此，卢浮宫整个宏伟建筑群才告以完成。它的整体建筑呈"U"形，占地面积为 24 万平方米，建筑物占地面积为 4.8 万平方米，收藏有 40 多万件来自世界各国的艺术珍品。迄今，卢浮宫已历经 800 年的风风雨雨，是世界上最著名、最大的艺术宝库之一。

卢浮宫满眼的艺术瑰宝让我不禁想起了我国的故宫博物院。这座始建于 1406 年，至今已近 600 年历史的明、清两代皇宫，是世界上现存规模最大、最完整的古代木构建筑群。故宫占地 72 万平方米，建筑面积约 15 万平方米，拥有殿宇 9000 多间，宫内现收藏珍贵历代文物和艺术品约 100 万件。除却建筑历史晚于卢浮宫 200 年之外，故宫在规模和收藏方面都远远超过了卢浮宫，但如今还是有许多宫中瑰宝散失海外。我不明白，为何故宫未能进入世界三大博物馆之列。莫非就是因为故宫没有卢浮宫那带有殖民主义色彩痕迹的东方艺术馆、古希腊及古罗马艺术馆和古埃及艺术馆吗？

在卢浮宫的入口处，我第一眼便看到了中国人引以自豪的玻璃金字塔，旁边还有两个小的玻璃金字塔相陪衬。这个建筑的设计者就是著名的美籍华人建筑师贝聿铭。当年，法国总理密特朗以国宾的礼遇将贝聿铭接到巴黎，请他为博物馆设计新的入口处。贝聿铭大胆提出了"金字塔"造型的设想。当他在 1984 年 1 月 23 日把这个"钻石"方案提交给法国历史古迹最高委员会时，得到的结论是：这巨大的破玩意只是一颗假钻石。巴黎民众也空前激烈地反对在古典主义经典作品的卢浮宫上"画蛇添足"。事后，贝聿铭回忆说，在他投入卢浮宫扩建的13年中，有2年的时间都花在了连绵不断的争吵上。他不仅在报纸、电视上解说，接受专家、公众的意见，不停修改，还不惜在卢浮宫前建造了一个1∶1的模型，先后邀请6万巴黎人前往参观投票发表意见。结果，奇迹发生了，大部分人迅速转变了看法，这个"为活人建造"的玻璃金字塔设计获得了通过。贝聿铭怀着"让人类最杰出的作品给最多的人来欣赏"的自信，最终完成了这个近乎完美的艺术作品。我站到玻璃金字塔前，望着川流不息的游人涌入，不禁为阳光下熠熠生辉的建筑所打动。那是一个晶莹的世界，与周围"U"形的建筑群落形成鲜明的反差。我想，卢浮宫的历史是与法国的历史错综地交织在一起的。它既是法国一件伟大的艺术杰作，也是法国一部历史的教科书。这里居住过50位法国国王和王后，寿终正寝也好，死于非命也罢，也不过是匆匆的历史过客而已，只有人类创造的艺术珍品才是永恒的。

我进入玻璃金字塔，随着人流鱼贯而入，仿佛走进了神话般的世界。在接待大厅里，一个圆形的展台上摆放着有十几种文字的卢浮宫导游图。我从中取了一份由中国国务院新闻办公室赞助的中文导游图。人们从大厅这里可以直接去自己喜欢的展厅，而不必遇到先前那种去一个展厅要穿过其他几个展厅，甚至绕行七八百米的尴尬了。我从导游图上获悉，卢浮宫根据这些艺术珍品的来源地和种类，分为六大展馆，即古代东方艺术馆、古希腊及古罗马艺术馆、古埃及艺术馆、珍宝馆、绘画馆及雕塑馆。卢浮宫区有198个展览大厅，最大的大厅长205米。如此规模，若想细细品味全部的稀世珍品，没有几天的工夫，显然是不可能的，也只能是走马观花了。我徜徉在一个又一个富丽堂皇的大厅，发现大厅的四壁及顶部都有精美的壁画及精细的浮雕，艺术水准之高，让我叹为观止。

走进古代东方艺术馆，我感受到了远古时代的久远。那些来自西亚、北非地区的文物，将古老的东方文明之光照进了巴黎之窗。从遥远的叙利亚、黎巴嫩、巴基斯坦、伊朗等国运来的这些展品，似乎在诉说久远而凄凉的故事。公元前 8 世纪带翅膀的牛身人面雕像，代表了那个时代人们的想象力；公元前 2000 年用楔形文字刻在黑色玄武岩上的《汉谟拉比法典》，弘扬着人类最初的法律与公正。还有公元前 2500 年的雕像、公元前 2270 年的石刻、公元前 2000 年烧制的泥像……都令我感到了难以置信的神奇。

走进古希腊与古罗马艺术馆，我的心灵为那些不朽的艺术而震撼。早在公元前 3 世纪，"萨姆特拉斯的胜利女神"就给人类带来了美的享受。当 1863 年人们将女神雕像从萨姆特拉斯岛的神庙废墟中发掘出来时，雕像已失去了头和双臂，但翅膀犹存，栩栩若飞，她依然是完美的。从那动感而形象的身姿，轻灵而健美的体态，我想象得出古希腊雕塑家巧夺天工的智慧。随后，我来到爱与美之神"维纳斯"的身旁，置身于痴迷的各国游客群中。我愈发懂得了一个道理：美是没有国界的。这尊创作于公元前 2 世纪的希腊爱神塑像，并没因岁月的流逝而衰老，反而随着时间的推移，焕发出旺盛的生命力。她流淌着爱的目光，舒展着半裸的身躯，飘逸着折皱欲落的长巾，美的端庄，美的自然。据说，维纳斯是公元前 2 世纪末希腊人普拉克西特的作品，质地取材于帕里安大理石。早在 1820 年，希腊爱琴海米洛岛上的一位农民意外发现深埋地下的"维纳斯"。消息让泊在米洛港军舰上的法国舰长得知后，想买下来，却囊中羞涩，眼巴巴地看着一位希腊商人买下，并打算运往君士坦丁堡。他不甘心便驱舰前去阻拦。一场混战，致使雕像的双臂被打碎。后来还是米洛地方当局出面，让法国人出钱买下雕像。"维纳斯"就这样运回了法国，送到了卢浮宫，献给了国王，引起了朝野的极大轰动。据说，有人曾想将维纳斯的断臂复原，但无数的想象和试验都没有成功。断臂的维纳斯，那种残缺的美反而更能让人接受了，这就是艺术的魅力。在这里，古罗马的艺术品也灿若群星。当年，拿破仑金戈铁马，在意大利劫获了许多古罗马的艺术品，无数的青铜、珠宝、银器、玻璃器皿、陶器都流入了卢浮宫。后来，法国又从各方面不断充实里面的馆藏，使其雕塑在馆内占有了主导地位。

走进古埃及艺术馆，我脑海中尼罗河流域的文明又清晰地化为了现实。那公元前 3000 多年的狮身人面兽，那精美绘画千年不褪艳丽色彩的木乃伊尸棺，那牛头羊头鹰头分管祭祀的神像，那世界上最早的地球仪和完备的度量衡器材，都一件件历历在目，诉说着昨日的辉煌。从古尼罗河西岸居民使用的服饰、装饰物、玩具、乐器，到古埃及神庙的断墙、基门、木乃伊都在向世人展示着古埃及对人类发展所做出的不朽贡献。

走进雕像馆，我为眼前陈列的雕塑作品所陶醉：童年时期的路易十四、聆挐圣音的圣女贞德、惟妙惟肖的戏龟顽童、丰腴柔和的出浴仕女……走进王室珍宝馆，我为眼花缭乱的珍奇所惊叹：镶满宝石的路易十五加冕皇冠、波旁王朝的精美家具、王室 137 克拉的名贵钻石、镀金的圣母玛丽亚像、黄金雕刻的查理五世权杖……这一件件珍品，或多或少都有一个传奇的故事。法国王室对艺术的偏爱，成就了卢浮宫的辉煌。从 16 世纪弗朗索瓦一世大规模收藏艺术珍品为开端，法国的历代国王都承续了这个传统，拿破仑的对外扩张又加速了这个过程。卢浮宫的艺术藏品种类之丰富、档次之高堪称世界一流。

走进二楼的绘画馆，琳琅满目的绘画作品按照年代顺序陈列在 35 个展厅中，2200 多件展品构成一部西方绘画的精品大全。从 13 世纪意大利画家契马部埃到 19 世纪法国的安格尔、德拉克洛瓦，欧洲画坛上各大流派的名师巨匠们的杰作几乎尽收其中。我举起相机在不停地拍照，达·芬奇的《岩间圣母》、路易·达维德的《拿破仑一世在巴黎圣母院加冕大典》、德拉克洛瓦的《肖邦像》、安格尔的《土耳其浴室》、拉斐尔的《美丽的园丁》、富凯的《查理七世像》……都尽收我的镜头之中。这真是一种美的享受，一条长长的画廊从 13 世纪铺到了 21 世纪，何等的辉煌，何等的壮美。我在倾心膜拜历经文艺复兴，历经浪漫主义洗礼的不计其数的欧洲绘画瑰宝。

在一个被人墙环绕的展厅里，我寻觅到了那幅梦中的《蒙娜丽莎》。整幅画用玻璃罩在墙上，四周射出柔和的灯光。我的眼前是一片森林般的手臂擎着一片闪着光芒的相机。直到这时，我才知道，想在蒙娜丽莎身边照张相，几乎是不可能的事情，人们所能做到的只是将这幅画拍下来而已。我在人流中显得是那般微不足道的渺小，几乎看不到那幅挂在墙中央的蒙娜丽莎的微笑。我在中国美术馆也曾参观过美术展览，但却没有看到过如此壮观的场面。人如潮水，却无喧哗，只有闪光灯和快门发出的声光。人们是在用心灵来感悟欧洲的绘画艺术，涌现出的那种冷静中的狂热，让我感到了艺术价值的真谛。我相信即使是对绘画艺术一窍不通的人，来到这里也会受到艺术的感染和熏陶的。原来沉浸在艺术的海洋里，居然可以忘掉自我。我于是开始随着人群往前涌，想真切地看一眼达·芬奇手中的画笔何以有这般的魔力。我接近这幅并不大的油画时，内心有种莫名的激动。在国内，我曾无数次欣赏过这幅画的照片，但从来没有产生像今天这样的共鸣。蒙娜丽莎端庄俊秀的脸上那种深沉、温和的微笑，让我在欣赏中陶醉；我在小说人物描写中也曾用过，"像蒙娜丽莎般的微笑"这样的字眼，可我从来也没有像今天这样深地理解这种微笑。面对蒙娜丽莎的画像，我从不同的角度来凝视着她那双迷人的眼睛和嘴角，发现她都在以那种醉人的微笑来注视着我，活生生的，仿佛就在我身旁。有人说，《蒙娜丽莎》是西欧画史上首幅侧重心理描写的作品：有时仿佛内含哀愁，似显凄楚；有时又略呈揶揄之状，虽则美丽动人却又有点儿不可接近。有人说，《蒙娜丽莎》的微笑是用影子表现出来的，将视觉集中在蒙娜丽莎脸上就会看不出她在微笑，观赏者只有把视线转移到这幅肖像画的其他部分时，才会注意到蒙娜丽莎在微笑，所以用辅助视觉看效果最好。有人说，在蒙娜丽莎的脸上，微暗的阴影时隐时现，为她的双眼与唇部披上了一层面纱，不同的观赏者在不同的时间去看，感受都似乎不同。真可谓

"横看成岭侧成峰"。《蒙娜丽莎》是 16 世纪西方绘画史上神话般的作品。500 年来，围绕蒙娜丽莎的身世，美术界也一直是争论不休。人们都在用各自的思维方式来破解这神秘而永恒的微笑。我不在乎她是佛罗伦萨商人的妻子，是米兰正被爱情困扰的公爵夫人，还是达·芬奇的秘密情人。我只相信我的眼睛，我眼中蒙娜丽莎的微笑是沉默的，这种微笑蕴涵了太多的故事和想象，也许永远也不会有人能真正破解这种微笑，但她的微笑却闪着人性的光辉，将留给世界一个永恒的美丽。

# 埃菲尔铁塔见证了什么

内蒙古作家艺术家赴欧考察团在当天下午应法中文化协会之邀来到巴黎市中心一座古老的建筑"法国工业之家"，与法国的文学出版界人士举行文化交流。说是"法国工业之家"，可我们在这里却没有感到工业的气息，倒有几分艺术的氛围，尤其是会议厅那几幅人物油画，非常逼真，让我联想到刚刚去过的卢浮宫。也许这里是法国企业家交流的场所吧，我想当然地想。

法中文化协会的翻译黄赛向我们介绍说，"法国工业之家"是人类第一部电影的拍摄场地，法国的卢米埃尔兄弟当年在此开创了一种新的艺术形式，因而，这里也常常是文人聚会的地方。法中文化协会创办主席高醇秀女士是位旅法华人，擅长绘画艺术创作。她对中国，对内蒙古都有非常深的感情。她在法国积极宣传中国的文化，致力于中法两国的文化交流，倡导举办过中国电影周，放映了中国影片《悲情布鲁克》。当年牛玉儒在包头担任市长期间，曾邀请她去过内蒙古，蒙古民族的盛情好客给她留下了非常深的印象。她也曾两次邀请内蒙古的艺术团体来法国演出，还在巴黎接待过牛玉儒。她在座谈会上深情地回忆起巴黎期间和牛玉儒的一段往事。在一次晚宴上，牛玉儒教她唱蒙古族民歌《敖包相会》，怕她记不住歌词，就随手写在一块餐巾纸上。这次，她还特意将那块餐巾纸带过来，让我们看。她没有想到，这块留有牛玉儒手迹的餐巾纸成了一个永久的纪念。

生于葡萄牙的法国女作家艾丽斯对具有悠久历史的中国文化表现了浓

厚的兴趣。她告诉我们，她的父亲是西班牙人，她生活在法国，先后出版过4部小说，两部诗集。作品翻译过多国文字，但还没有译成过中文。她说："我愿意了解中国文化，了解他人也是了解自我的过程。我这次还特意将我的出版商带过来，希望日后能有合作的机会。"曾是喜剧演员出身的法国作家EDOUWD BRASEY出版过20多本书。他说，我的小说更多是童话世界，用童话、传说来进行创作。中国人的想象力是很高的，出版发行了许多传奇的书，我很喜欢。ELISABETTA TREVSAN是法国出版公司的代表，她为了参加这次交流活动，特意穿了一件深红色的中国旗袍。她告诉我们，她刚刚在北京参加过中国图书展，听到这个消息就赶来了。她对北京有着很好的印象，北京有许多神奇的地方，让她流连忘返。她所从事的小说版权工作，让她有机会和中国出版界建立直接的联系。中法出版界的合作前景看好，希望能看到有更多的中国作品介绍到法国来。座谈会上还有几位法国朋友发言，其中有位舞蹈艺术家说她虽是法国籍，可却是巴西人，她的母亲还有蒙古血统。内蒙古文联副主席、内蒙古作家协会副主席、考察团长满都麦代表中国内蒙古作家艺术家考察团发言，对法国作家协会和出版界的热情接待表示了诚挚的谢意，并表达了加强交流，相互了解的真诚愿望。座谈会上，双方互赠了礼品，内蒙古作家艺术家赴欧考察团的礼品是装有蒙古刀的礼品盒和小型的考察团旗。法国朋友向考察团赠送了礼品书籍。

中法两国的作家艺术家在座谈会上进行了热烈的交流。作家许淇谈了中法文化源远流长的历史；舞蹈家包扎那从走到巴黎大街到处都是造型，到处都是艺术，谈到了蒙古族的舞蹈艺术的造型美和艺术美；美术家吴厚斌谈到了文艺复兴时代的法国对中国绘画艺术的影响；来自北京鲁迅文学院的教授毛宪文还即席赋诗，将座谈会推向高潮。中国和法国都是古老文明的国度，中法文化都有着悠久的历史和美好的未来。来到法国，来到巴黎，让我更深切地感觉到文学与艺术的无穷魅力。它可以将素不相识的人们相聚在一起，不分种族，不分信仰，以其各自的民族文化来展示自己的文明。因为，只有民族的，才是世界的。

9月8日，是我们在巴黎的最后一天，大家都有种意犹未尽的感觉。巴黎古老的传统文化和艺术对于我们这些文化人来说，是非常宝贵的。当然了，我们想去的地方还有很多，可也只能是留下遗憾了。早晨8时30分，我们驱车来到了塞纳河右岸的埃菲尔铁塔，在战神广场附近下车，迎面是一大片开阔的绿草坪，一片绿色，映衬出铁塔的高耸和伟岸。

埃菲尔铁塔是巴黎的象征，置身在328米高的塔下，愈发感觉到了自己的渺小。这座雄伟建筑，是为迎接1889年法国大革命100周年和万国博览会而于1887年7月28日动工兴建的，为了赶工期，仅用了27个月就竣工了。埃菲尔铁塔，除了4个柱角是用钢筋水泥浇铸外，全部采用钢铁构筑。据说这个用了18000件钢材，重7000吨的庞然大物，仅7年换一次铆钉，便需要250万枚之巨，7年油漆一次便需用50吨漆。

我远远望去，埃菲尔铁塔形成钢架镂空结构，塔基分为东西南北4座半圆形大拱门，坚实的塔基拔地而起，直到57米的平台。平台以塔座支架的结构为基础，形成了4个区域，中间有通道连通。塔身分为四层，前三层设有豪华饭店、酒吧、旅游商店、影剧院，以供游客小憩，还分别设有平台高栏供游客俯瞰巴黎市区，四层为气象台，顶部架有电视天线。从塔座到塔顶共有1711级台阶，专门设计的玻璃外壳电梯，可以沿曲线上升到塔顶。

杞先生告诉我，如今的埃菲尔铁塔成了巴黎的标志性建筑，但在建筑之初，巴黎市政府却并未打算将它永久保存，曾计划在万国博览会结束后拆除。巴黎人挑剔是出了名的，尤其是巴黎的文人，不能容忍在巴黎这样古色古香的城市树起这样一个钢铁组合的不伦不类的东西来。铁塔的设计者埃菲尔先生，当初也受过不少的责难，就像尔后贝聿铭先生设计卢浮宫的金字塔一样。据说，大作家莫泊桑就看不上这个铁塔。于是，就有巴黎人幽默地说，莫泊桑时常在埃菲尔铁塔的一层上用餐，理由就是这里是巴黎唯一看不到铁塔的地方，而埃菲尔先生则在塔顶设了一间自己的办公室，可领略独具风采的巴黎市区全景。如今，埃菲尔先生不在了，可他的塑像却立在了铁塔的附近，他为自己留下了一座永久的丰碑。随着时间的推移，巴黎人开始感到离不开埃菲尔铁塔了，以至于再也没有人站出来说拆掉埃菲尔铁塔了。埃菲尔先生成了名副其实的结构设计大师，连法国赠送美国的自由女神像的结构都是由他来完成的。

来巴黎的人，有几个地方是不能不去的。一个是香榭丽舍大街，一个是塞纳河，一个是卢浮宫，还有一个就是埃菲尔铁塔。这几个地方，你无论何时去，都会人满为患，我的感觉是，埃菲尔铁塔尤甚，远远就可看到几条等候登塔的游客长龙。在铁塔的广场前，我见到了几名头戴钢盔，身穿防弹衣，手持冲锋枪的武装警察。这是我在欧洲唯一的一次见到这种场面。看来，法国对于恐怖袭击的防范还是很重视的。尤其是一个多月前伦敦发生的地铁爆炸案，也给巴黎敲响警钟。面对人潮如涌的游人，这种担心也是必要的，一旦发生了不测，后果是不堪想象的。我们随着人流走进铁塔的入口，还要像上飞机一样进行一次安检，看看是不是带了什么违禁品。

铁塔上的玻璃观光电梯，上上下下穿行着，每间电梯可以站上三十几个人。我们进去后，先要在铁塔内的大厅里等候，然后依次登上电梯。到一层 57 米的门票是 3.70 欧元，到二层 115 米的门票是 6.90 欧元，到顶层 276 米是 9.90 欧元。如要登顶，就需要在二层换乘小电梯了。我随着电梯平稳地向上升，视野变得开阔起来。电梯在钢铁的结构中按着曲线攀升，转瞬间，高大的建筑都变得矮小起来。这种感觉有点儿类似飞机起飞时的样子。我望着这规矩方圆的铁架在我的面前划过，塞纳河在我面前化作了一条彩练隔开了两岸的绿带和楼群。我从电梯走出来，站在了巴黎的制高点上，看到了一个浓缩的巴黎。那位于巴黎中轴线上，横贯东西的香榭丽舍大街，流淌的是不尽的车流与人流；那左岸和右岸簇拥着的，不舍昼夜的塞纳河，流淌的是不尽的历史与文化。来到巴黎，可以尽情享受巴黎的艺术和文化。如果将香榭丽舍大街比做一个时尚女郎，将塞纳河比做一个历史老人，那么埃菲尔铁塔就是他们忠实的仆人，挺着钢铁的脊梁，在日日夜夜守护着这块美妙的土地。巴黎是古老而又年轻的，从平台鸟瞰巴黎，我发现市区几乎到处都有宫殿、教堂、城堡、雕塑，这些历史的遗迹，都留下了岁月的梦痕，所以才会吸引那么多的人来到这里寻梦。我也发现市区几乎到处都有鲜花、草坪、广场、绿荫，这些生活的浪漫，都种下了现实的绿色，所以才会让人们感到巴黎充满了活力。我端起相机，从不同的角度居高临下地拍摄了巴黎的风景，将广阔的城区、密集的建筑从近处一直延续到天地相连的地方。在法国，我听过一句通俗的谚语："巴黎不是一天建成的。"巴黎有20个大区，光是大小街道、马路就有5000余条。从塔上眺望，市区东西南北建筑轮廓分明，街路脉络清晰，在埃菲尔铁塔所在的旧城区建筑都不是很高，多是用白色石块筑造宫殿、教堂和楼宇，远郊的新区才是高耸的现代化楼群林立之地。我想，当初"高卢部族"的"巴黎希人"在那个叫"西堤"岛的地方定居时，一定不会想到这个城市会发展到今天这个样子。

　　站在埃菲尔铁塔，凝望着巴黎如诗的街区和如画的景观，我蓦然想起当年我国著名诗人徐志摩初到巴黎时的感觉："到过巴黎的一定不会再希罕天堂；尝过巴黎的，连地狱都不想去了。"当然，这是诗人的浪漫与夸张，可也反映了巴黎令人怦然心动的神秘魅力。巴黎的确是个颇具吸引力的城市，娇娆的塞纳河，承载历史的大桥，气势不凡的广场，如诗如画的园林，古色古香的建筑，充满时尚的街市，奏出一曲巴黎特有的城市交响乐章。在这里历史与文化，现实与浪漫，时尚与沉稳都一股脑地涌现出来，或静或动，亦梦亦醒，千种风姿，万般风情。可是，这种印象有时也会为外界的纷繁情形所打乱。巴黎也并非天堂，也有阳光下的罪恶，听说巴黎的扒手也很厉害，只不过我逗留的时间短，没有碰见而已。在巴黎的闹市区，我的印象是有儿点乱，仿佛全世界的人都跑到这儿来观光了，有时也会碰到一些不文明的现象。我发现，巴黎的女人抽烟的比较多，大街上，不时有叼着烟头的女人急匆匆地从我身边走过。这种现象在欧洲的许多城市也很常见，也许这对于她们来说是种时尚，可我眼中却有些不雅。就在我回国后写这部长篇游记有关巴黎章节的时候，从巴黎传来了骚乱的消息，颇让我有些吃惊，因为在我的印象中，骚乱往往发生在一些民主法制比较薄弱的欠发达国家，而法国的巴黎是如此的繁华，我甚至连乞丐都没有见到过。事件的起因是：2005 年 10 月 27 日，巴黎北郊克利希苏布瓦镇两名非洲裔穆斯林少年为躲避警察追捕，慌不择路，跑入一所变电站，触电丧生，当天引发当地数百名青少年走上街头抗议，并与警方发生冲突，随后引发骚乱。次日，骚乱继续蔓延，克利希苏布瓦街道多辆汽车遭到焚毁，骚乱造成 23 名警察受伤，13 人被捕。之后，警方采取强硬措施，向克利希苏布瓦镇一座清真寺投放催泪弹，骚乱进一步升级。11 月 2 日法国总统希拉克首次就骚乱事件发表讲话，呼吁民众保持冷静。11 月 3 日，骚乱进入第 7 天，冲突愈演愈烈。参与骚乱人员向警察和消防人员开枪。在巴黎北部和东部 9 个贫困城镇，参加骚乱的青少年焚烧了约 40 辆汽车、两辆公共汽车、多个垃圾箱和一些巴士站。暴力冲突愈演愈烈，一所小学和一个购物中心也遭到了严重破坏，连法国总理都跑了出来救火。这次骚乱持续了十几天，蔓延到法国 300 多个城镇，甚至殃及到了邻近的德国和比利时，造成的危害十分严重，有数千辆汽车遭到焚毁。期间，骚乱者焚烧楼房和仓库。十几个华商仓库受到了焚烧。参加骚乱的一位 19 岁青年在接受《卫报》采访时表示："这里的人也不想生活在暴力之中。我们不是流氓。但是巴黎没有人知道这里的真正情形，这里积聚了太多的失败。所有的一切都等着爆发的一刻。"像法国这样的发达国家，发生了此类事件，也暴露了法国许多隐蔽在深层次的社会问题。法国媒体也透露，在闹事的重点地区，巴黎郊区民众失业率为 10%，为法国其他地方失业率的两倍。如果只是照顾到富人的利益，而忽略大多数人的生存权利，那么，不管这个国家外表有多么的浮华，实力有多么的强大，导致不同阶层的利益冲突，就会变成不可避免的了。照顾弱势群体，缩小贫富差距，确保社会稳定是一个全球性的社会问题。长期以来，引发地区冲突、民族冲突和世界冲突的导火索都源于民生和经济问题。看来，对每一个国家来说，无论是富国，还是穷国，这都是一个现实而急迫需要解决的问题了。

浪漫之都录梦

第三辑
穿越阿尔卑斯山

浪漫之都录梦

# 卢森堡，大峡谷的回声

我们告别了巴黎，经由凯旋门，前往有"千堡之国"之称的卢森堡。这是我们到巴黎 3 天之中，3 进 3 出凯旋门了。每一次从这里经过，我的心都不免漾起一种说不出的情愫。巴黎留给我的印象是难忘的，其悠久的历史和文化，这几天一直在我的脑海里萦绕，让我产生一种身不由己的创作冲动。卢森堡，将是我们前去的第六个国家。我在想能为这次旅行留下点什么？几天来，我一直在为这个问题所缠绕，如鲠在喉的感觉。车子一出凯旋门，便飞一般地穿行在东行的高速公路上。8 天间，不知不觉中，我们已行程近半，走了近 2000 公里，领略到了如诗如画的欧陆风情。"十五日穿行欧洲"，一部长篇游记的题目伴随着凯旋门的飞逝，在我的脑海里跳跃地一闪，我仿佛找到感觉了。别了，凯旋门；别了，巴黎。你激活了我这部书的最初灵感。

凯拉丽达这几天一直没有离开她的车，也许是这条线路跑得太多了，所以在我们游览的时候，她就会在附近的大街上转，有时还会买回一些零食来吃。由于语言的关系，我们的交流不是很多，但她那种会心的微笑，常常会感染考察团里的人们，让我们忘记了旅途中的疲劳。在休息的时候，时而有人邀请她合影，她每次都欣然应允，并把微笑留在了相机里面，尽管她知道这些照片很难寄到她的手中。我并没有去请她合影，总感觉还没有到分手的那个时候。

我问过杞先生，凯拉丽达开的车是自己的吗？他摇了摇头，说："她也是在给旅游汽车公司的老板打工，不出车是没有工资的。""那收入呢？"

我问道。"那就要看效益了，现在是旅游旺季，收入就高一些，但到了淡季，就难说了，可能还要到别的公司去做。"他对我说。我参照欧洲的物价算了一下，这里的月平均工资收入如果没有两三千欧元，也会很拮据的。在国内 1.6 欧元的比价可以买 10 斤水果，可在这里只能买一个 3 两重的苹果。看来，这就是欧洲的现实。凯拉丽达端的并不是铁饭碗，但我却看到她整天都很快乐。

从巴黎到卢森堡，大约有 300 公里的车程，却要再次穿越比利时边境。汽车行驶在高速公路上，一开始还有些阴云密布，偶尔从几片云彩中还飘下几粒雨滴，可大家的心情都不错。巴黎已经远去，很多人在车上还念念不忘说不尽的卢浮宫。考察团里有几位搞美术和摄影的艺术家，他们是带着一种朝拜的心情来感悟那种精美绝伦的绘画和雕塑艺术的。他们在拼命地拍照，恨不得把整个卢浮宫都拍个遍似的。是的，巴黎是文学家、艺术家的摇篮。巴黎的城市建筑之美、人文艺术之美、自然风光之美都是取之不竭的创作源泉。所以，巴黎才涌现出那么多的大文豪、大画家、大艺术家。

走出巴黎不远，就是另外一番风景了，连天也放晴了。那种天赐地送的自然美，也许因为现代化高速公路的穿越而破坏了原有的宁静，但仍不失为另外一种异国风情。法国村野的幽雅风光虽然不如荷兰那么美妙，可也足以让人陶醉了。蔚蓝的天空，碧绿的原野，苍翠的山峦，晶莹的小溪，欧式的乡舍，构成了这里乡村的主色调。在这儿几乎见不到裸露的土地，除了绿色，还是绿色。让我不得不惊叹这里的环境保护水平。

车上，有人提出请杞先生介绍一些卢森堡的风土人情。杞先生笑了笑说："说起卢森堡，可是个袖珍的国家，只有 40 多万人口，多数的欧洲地图都容不下它的名字，如果你开上车，在一小时之内可以到达卢森堡国内的任何一个地方。但是，卢森堡作为国家，还是分为 3 个省，辖 12 个区和 118 个乡镇。这个省有多大，区有多大，镇有多大，你们就可以想象了。"

看到我们诧异的样子，他说，"不过，等会儿你们看到卢森堡就会发现，卢森堡秀美而险奇的风光足以弥补它面积上的不足了。这是一个历史悠久的国家，早在公元前 50 年，高卢人部族就在此活动。公元 3 世纪，已有人在此定居。卢森堡地域很小，可却是遍地城堡，首都卢森堡市本身就是卢森堡最大的城堡。这座城市被阿尔泽河和佩特罗斯河分为两部分，中间是河谷地带，而新旧两城就被河谷分为两部分，其中有古色古香的砖墙，亦有现代化的铁桥。尤其是阿道夫大桥下的卢森堡大峡谷，更是魅力无穷，等一会儿，你们就可以见到了。"

杞先生仅仅短短的几句话，便将卢森堡风光的亮点概括出来。卢森堡以谷深、林密、桥多、堡多而著称，且风光旖旎、气候宜人，因而有"欧洲公园"的美誉。卢森堡的城堡让我联想起在莱茵河上所见到的古城堡。欧洲城堡之多，大大超出了我的想象，就连我们在高速公路上行车，也时而可见古城堡的身影。从神圣罗马帝国之始，城堡便作为一种防御手段而风行欧洲大陆了。古老的欧洲，群雄割据，烽烟四起，卢森堡地势险峻，易守难攻，古堡众多，就不足为奇了。在全盛时期，卢森堡城曾经有过三道护城墙，数十座坚固城堡。卢森堡古堡在历史上曾数次经历血与火的考验，是兵家必争之地。

回国后，我带着对卢森堡浓厚的兴趣，翻阅了许多资料，对在卢森堡期间所见所闻，逐一对照，方发现卢森堡不光是一个充满神奇历史的国家，还是一个屡遭入侵，多灾多难的国家。由于卢森堡地处西欧十字路口，也是法、比、荷进入中欧和德、奥、意到西欧的重要走廊和军事要塞。所以，在欧洲历史上竟然一直是西班牙、法兰西、奥地利和普鲁士等列强称雄欧洲时的纷争之地。公元 400 年，日耳曼部族入侵，这里先后成为法兰克王国和查理曼帝国的领土。公元 963 年，古罗马帝国阿登公爵之弟西烈弗鲁克，在河畔建了一座城堡，称为卢泽尔堡，意思是小城堡。后渐成市镇。公元 1347 年，卢泽尔堡升格为大公国。从 15 世纪至 18 世纪卢森堡先后受西班牙、法国、奥地利统治。1815 年欧洲维也纳会议决定卢森堡为大公国，由荷兰女王兼领，同时又为德意志同盟成员。1866 年脱离德意志同盟，1867 年成为中立国家。第二次世界大战中卢森堡被德国占领，卢森堡大公流亡英国。1946 年，卢森堡签署了联合国宪章。1948 年卢森堡彻底放弃了名存实亡的中立，并在一年后加入北约。1951 年成为欧洲煤钢联营成员，后来还成为欧共体的创始成员国之一。

我们的双层客车在法国境内行驶了近 4 个半小时，途经法国城市凡尔登和梅斯，于 17 时 30 分来到了法比两国高速公路的交界处，照例没有见到边境检查站。自从西欧各国签署"申根协定"以来，国与国之间的车辆往来，比国内省际间的往来还要简单。我们现在已走了几个欧洲国家，在高速公路上竟没有见到一个收费站，所以车子可以一路畅通无阻，区别法、比国界的唯一标志是两端印着国名的蓝底五角星圆环。杞先生告诉我们从这里到卢森堡还有 30 公里，原以为半个小时便可以到了，没想到又多走了一小时。原来，前方修路，需绕道而行。当我们进入到卢森堡境内时，果然看到了一番秀丽的风景。密林郁郁葱葱，河流纵横交错，村舍半隐半现，田园幽静迷人。难怪车上有人惊叹："随意拍张照片，就是一道风景。"

进入卢森堡市区的时间是 19 时，凯拉丽达将我们送到了卢森堡大峡谷边上的宪法广场。迎面进入眼帘的"第一次世界大战阵亡战士纪念碑"高高耸立，两侧是卢森堡国旗飘扬。此时，已经临近黄昏，西斜的落日给美丽的卢森堡大峡谷披上一层金辉，别有一番韵味。在有"欧洲最美丽的阳台"之称的宪法广场，我深深地吸了一口在都市中难寻的清新的空气，不禁给眼前的风光吸引住了。"阳台"这个比喻简直太形象了，广场面对大峡谷真的就像一个宽敞的大阳台，可以极目远眺，将美景尽收眼底。大峡谷是世界著名的风景区，呈东西走向，宽约 100 米，深约 60 米，将卢森堡市拦腰分成南北两个城区。宪法广场则是观赏大峡谷风光的最佳地点。广场南边的步行道下面，就是大自然鬼斧神工造就的断崖峭壁，和对面的悬崖遥相呼应，仿佛对垒的两道铜墙铁壁，将幽深的山谷紧紧地守护在身边。

我俯瞰对面的陡峻山岩几乎呈垂直线直下近百米深的谷底，下面是一片绿茵茵的平川，绿草如毯，小径通幽，还有一条小溪在静静地流淌。此情此景，在黄昏的光线下，愈发显得雄浑、深邃、秀美与飘逸。对面的万绿丛中坐落着一座宫殿似的建筑，宏伟壮观，引人注目。一问，方知是卢森堡国家储蓄银行。其北端有一座高大的尖顶圆形钟楼，绿荫两侧掩映着隐现屋顶的中世纪建筑。这是一座峡谷中的城市，一道大峡谷将风格各异的古老和现代的建筑群组合起来。城市就建在这条深五六十米的峡谷两岸，南岸是新城区，北岸是旧城。大峡谷的两端从谷底到山顶，覆盖着郁郁葱葱的乔木和灌木，将整个城市点缀得如诗如画。

我凭栏远远眺望卢森堡新区，楼房林立，生机勃勃，一些高大的银行大楼和商业大楼静静地耸立着，展示着这个小国的金融实力。金融业是卢森堡的支柱产业，也是世界第七大金融市场。卢森堡政府以其稳定的宏观经济政策，健全的法律制度和优惠的税收政策和良好的从业人员素质，使金融业得到了迅猛的发展。卢森堡实行严格的银行保密法，对本国居民和外国公民存款不征收储蓄利息税，进而吸引了大量外来存款。在卢森堡这样一个小国，注册的各类银行达 200 余家，拥有员工 2 万多人，所创产值约占其国内生产总值的 20%，上交税收约占国家财政收入的三分之一。卢森堡证券交易所的清算中心负责处理世界 67 个国家 2600 多家公司的 24000 多种有价证券，成为欧洲证券交易的一个重要媒介。随着欧洲一体化建设进程的发展，以企业为服务对象的会计、审计、咨询、市场调查、网络技术等服务行业，以及旅游、餐饮等业务，在卢森堡也出现了迅猛的发展。难怪中国银行要在这里设分行了，我在广场就看到了中国银行卢森堡分行的宣传橱窗。

宪法广场所在的旧城随处可见古色古香的街道和楼房。广场旁边旅游观光的小火车给这座城市带来了几许浪漫和生动。旧城有许多中世纪风格的建筑物，或尖顶的哥特式建筑，或石砌的双层小楼。置身其中，脚踩石板铺就的小路，你会在浑然不觉之中，为古城的情调和韵味所陶醉。临近黄昏，街上的行人很少，车也不多。听说市区的人口还不足 10 万，若在中国，就人口来说，顶多算是个小县城而已。城市最初是沿着河谷两岸的丘陵上发展而成的，所以走在窄小高低起伏不平的街道上，可以看到几座跨河大桥，并有许多矮小民房点缀着青翠的河谷，显得格外的恬静幽雅。杞先生告诉我，从卢森堡向北有许多古老城堡藏匿在森林里。从 15 世纪开始，卢森堡多次遭受异邦的入侵、分割和吞并。当年修建的城堡遗迹只剩下很少一部分，有的已被修建成公园和幽静的小道。昔日刀光剑影的古战场，又恢复其本来的秀美，只有这残留下来的古堡才会让人想起那段血雨腥风的历史。建于 1644 年的卢森堡古堡，是西班牙统治时期修建的，40年后由法国人扩建其建筑网络，随后由奥地利人补建完工。古堡下面有 20多公里长的地道、暗堡，是从坚硬的岩石中开凿而成的，其中地下防御通道是建立在几个不同的地质层面上，并同时向下延伸 40 米，工程之艰巨可见一斑。这些地下通道与暗堡、炮台相连，地道弯弯曲曲延伸着，约一人多深，像是一座迷宫。这个复杂的防御体系在卢森堡被称为"北部的直布罗陀"。可惜的是这个堡垒在 1867 年拆除了，但 17 公里长的城墙内炮台还保存良好，1994 年被联合国教科文组织列为世界遗产。

我在广场上漫步，居然看到了好几个华人旅游团，看来中国人走出国门的机会是越来越多了。随着人们生活水平的提高，人们已经不满足在国内旅游观光了。在广场上，我也看到了许多当地人在繁花似锦的广场上休闲散步。有位母亲推着一辆童车，上边坐着两个可爱的小宝宝。我还看到一个男孩儿在夕阳下痴情地拉小提琴，感观上非常美妙。我不由想到了一句卢森堡谚语，"一个卢森堡人一个玫瑰园（国花），两个卢森堡人一次咖啡聚会，三个卢森堡人一支乐队。"卢森堡国小，但经济发达，人民生活富裕，人均 GDP 高达近 30000 美元，排在世界前列。卢森堡人文化程度高，一般会说两种以上外语，银行雇员一般会说三五种外语。欧洲议会秘书处及欧洲审计院、欧洲统计局和欧洲法院等国际组织或机构也都设在这里。因而有人说，没有比卢森堡人更国际化了。

我坐到广场边摆放的木质休闲长椅上，将目光投向了那座连接峡谷高地的阿道夫大桥。这是一座据称是世界上跨径最大的圆拱型石桥，弧线优美，造型精巧，圆拱上有大小不一的桥洞，长约 80 多米，桥面为 6 车道，悬空飞架南北，落地气势不凡，将峡谷两边的新旧城区连接起来。我端起相机，一连拍了好几张照片。听说卢森堡市的新城旧城之间有 100 多座桥梁连接，其中既有古色古香的木桥、石桥，也有现代化的铁桥、钢桥。都说大峡谷是卢森堡的灵魂，来到这里，我才有了切深的感受。这种雄伟壮观，摄人心魄的景色，将一座城市变得很有风格，很有魅力。我真想站起来大喊上一嗓子，让整个峡谷响彻我的回声。但我还是没有这样做，大峡谷太安宁了，没有人忍心来破坏这里的宁静。可此时，我的心中已经产生峡谷的回声了。

我们团里的许多人和我一样沉缅于这绝美的风景之中，不知不觉，天已黑了下来。大街上，万家灯火通明，方让我们感到饥肠辘辘了。我们这才带着未尽的游兴上了车，来到了一个听起来非常亲切的"北京酒家"。不用问，酒家的老板一定是位北京人了。走进酒家，有种回家的感觉。从随处可见的汉字到熟悉的乡音，从大红的灯笼到高悬的字画，从北方的菜谱到南方的清茶，都让我感受到家乡的亲切。酒家的生意真的很不错，我们来时，已经是顾客盈门了，刚好有一个华人旅游团吃完饭了，我们才能来到餐桌上。我问老板，平时来这里的中国人多吗？他告诉我，大凡来欧洲的旅游团几乎都要来卢森堡，所以这里中国餐馆的生意格外的好。我们在这里吃上了久违的红烧鱼、红焖肉、小鸡炖蘑菇和白菜炖粉条，瞧，清

第三辑 穿越阿尔卑斯山

一色的北方菜。

　　吃过饭，我们漫步在卢森堡旧城的大街上，与繁华的巴黎相比，感觉到少有的清静。但露天咖啡座和酒吧却很红火。这里的咖啡座或酒吧大都用木质护栏围成一个空间，放置上小桌和靠椅，上面再拉一顶帐篷。入夜，这里便成了人们聚会和聊天的去处。街上的行人不多，多的是穿梭而过的轿车。在卢森堡，我似乎找到了乡野的气息，刚刚走出巴黎喧嚣的人在这里找到了清新的乐园。卢森堡有太多的宁静，太多的优雅，夜色下的卢森堡那种深沉而又飘逸的气氛让我难忘。

　　当晚 20 点 50 分，我们乘车前往入住的旅馆。车子沿环城高速路走了一段，然后在峡谷之地上下穿梭一阵，驶过了一片小树林，前方的车尾灯烛火般闪烁，沿途不时滑过一个个透着隐逸之气的村落。21 时 30 分，我们乘车赶到卢森堡机场附近 CAMPANILC 旅馆。这个旅馆条件不错，也是三星级的，只是房间略显窄了点，我住进了 322 房间。考察团的领队孙俪告诉大家，明天要去瑞士，路途较远，明天一早 6 点就要起床，最好早点儿睡。

# 瑞士，精雕细刻的自然风光

在卢森堡美美地睡上一觉，我们又坐上了去瑞士的双层客车，看看手表是 7 时 30 分。应当说，这是我们到欧洲以来，出发最早的一天。一个漫长的旅途在等待着我们。我们还要途经德国和法国，前往瑞士最大的城市苏黎世和最美的城市琉森。瑞士风光在我的脑海里是秀美绝伦的，其源于在朋友家看到的一本瑞士风光画册。瑞士，一个风光旖旎的国度，境内高山林立，河流纵横，湖泊棋布……先入为主地占据了我想象的空间。我当时曾想，我若能去那里亲眼看看该有多好啊。如今，愿望即将化为现实，我反倒有些淡然了。杞先生在车上如数家珍地向我们谈起了瑞士的 ABC，譬如，带有神秘色彩的瑞士银行，风行全球的瑞士军刀，身份象征的瑞士手表。最后，他还不忘告诫我们，瑞士的物价奇高。

从卢森堡出来后，仅过了 20 多分钟便进入了法国国境。然后沿着离法德边境线不远的高速公路行驶，途经了法国第六大城市斯特拉斯堡。这是一座有着悠久历史的城市，自古罗马时代开始就一直是欧洲贸易及政治中心。千百年来，位于法德边境上的斯特拉斯堡在法德之间数度易手，成为欧洲两大民族恩恩怨怨的见证。但也将本来彼此相邻却又泾渭分明的德意志和法兰西两个民族的文化有机融合在了一起。斯特拉斯堡现为欧洲理事会和欧洲议会的所在地，现代化的欧洲办公大楼前面插满了欧盟国家的旗帜，让斯特拉斯堡凭添了有异于其他欧洲城市的风采。出境时，法国警察对我们面带微笑地招了招手。尔后，我们进入到了德国境内，大约过了一个多小时，我们经由了德国的城市弗赖堡，又于中午 12 时进入了瑞士国境。在瑞士国境线，我第一次见到了欧洲国家的边防检查站和飘扬的瑞士国旗。在瑞士没有看到军队，但警察还是挺威武、挺认真的。考察团的领队孙俪和中文陪同杞同兴拿着我们的护照签证以及相关文件规规矩矩地走进了边防检查站。在此期间，我们开始琢磨起瑞士的国旗来。对于瑞士国旗的图案，历来都众说纷纭。有心细者解释说，1848 年，瑞士制定了新联邦宪法，规定红地白十字旗为瑞士联邦国旗。白色象征和平、公正和光明，红色象征着人民的胜利、幸福和热情；国旗的整组图案象征国家的统一。这面国旗在 1889 年曾作过修改，把原来的红地白十字横长方形改为正方形，象征国家在外交上采取的公正和中立的政策。当场有人夸赞这位仁兄知识渊博，谁知他不好意思地说，这是他昨天晚上刚刚从带来的一份瑞士资料中读到的。

说话间，孙俪他们已经回来了，原以为验证是很繁琐的事情，谁料瑞士的警察只抽验了来自锡林郭勒大草原的作家阿拉坦一个人的护照，也许他名字的英语字母是以 A 打头的缘故吧。看来，一向谨慎心细的瑞士警察对来自中国的作家和艺术家还是挺放心的。杞先生也显得很兴奋的样子说："真没想到他们这么痛快就放行了。"凯拉丽达也高兴地冲杞先生伸起了大拇指，说了声"OK"。她说，原以为要等上半个小时呢，想不到会这么快。

车进瑞士，便让我感受到了名不虚传的瑞士风光。人说，天然去雕饰，但瑞士的风光却是大自然鬼斧神工精雕细刻的杰作。瑞士的天空非常纯净的蓝，像是欧洲婴儿的眼睛。除了房屋、街道、湖泊，无处不在的碧绿，让人叹为观止。高速公路沿线都有修得异常规整的绿坡，蓝天白云间的阿尔卑斯山青翠欲滴，连村舍也掩映在花草绿树丛中。

进瑞士境内不久，我们途经了位于莱茵河湾和德法两国交界处的瑞士第二大城市巴塞尔。巴塞尔是座有着悠久历史的瑞士名城，自古以来就有发达的工业和很高的学术研究水平。巴塞尔是瑞士的制药中心，瑞士最古老的大学巴塞尔大学也在这里。城内随处可见各式各样的小博物馆，很多人慕名到这里只是为了到巴塞尔美术馆看一幅自己喜欢的画。这里的音乐学院也闻名于世。可巴塞尔的人口也只有20万。写到这里，我不仅想起国内盛行一时的建"国际化大都市"热。各地都在扩大城市规模，搞基本建设，好像没有几百万人口，就成不了大都市似的。可我在欧洲所见，像法兰克福、科隆、阿姆斯特丹、卢森堡，都不到百万人口，布鲁塞尔的人口也只有100万。这些城市，谁又能说不是国际化大都市呢？在我看来，一座城市是否能成为国际化大都市，并不完全取决于城市的规模，其关键在于自身的功能和发挥的作用上。正应了一句中国的古话："山不在高，有仙则名，水不在深，有龙则灵。"巴塞尔，不过20万人口，可又有谁会忽视它的国际地位呢？

大约中午12点的时候，我们来到了瑞士最大的城市苏黎世，下车后，这里给我的第一感觉是水天一色，人景合一，非常自然，非常和谐。苏黎世位于苏黎世湖的北面，美丽的利马河贯穿城中，站在利马河的桥头眺望，可将中世纪的街景收入眼帘。

苏黎世的旧市区沿着蜿蜒流入苏黎世湖的利马河两岸展开，沿利马河岸行走，可领略到旧城区用鹅卵石铺出的街道的古老韵味。苏黎世的教堂颇多，对岸的圣彼得教堂建于1534年，其最引人注目的是它的大钟，直径为8.7米，超过了英国的大笨钟，在运转了460多年的今天，仍走时很准确。与之相邻的妇女大教堂原本是贵族妇女养老院的教堂，圣坛上有5扇彩绘玻璃窗举世闻名，是俄裔犹太人画家马克·夏加尔历时15年绘制的总计达百米长的宗教历史画。格罗斯大教堂是城市中最古老的教堂，据推测建于加洛林王朝时期，教堂墓窖建于11世纪末到12世纪初期，其余部分建于罗马人十字军东征时期，内部的雕像是12世纪的作品，其巍峨独特的双塔是苏黎世城的象征。

苏黎世是革命导师列宁曾经工作过的地方。1916年至1917年，列宁

第三辑　穿越阿尔卑斯山

在苏黎世镜巷 14 号，从事革命活动，在那里完成了著名的《帝国主义是资本主义发展的最高阶段》一书。十月革命前夕，他从这里返回俄国。这里还留下过许多历史名人的足迹。如大文豪歌德、科学巨人爱因斯坦、核物理创始人沃尔弗同·波里、音乐家瓦格纳、小说家托马斯·曼、国际红十字会创始人亨利·杜南特等等。这些名人生活于此，是不是从这优雅而古朴的环境中寻到不少创作的灵感呢？

登上苏黎世的最高点玉特利山可以俯瞰市区全景、苏黎世湖和远眺阿尔卑斯山。苏黎世在克里特语为"水乡"之意，似乎挺贴近城市的名字，可我又从一个资料中见到另外一种解释，说是公元前罗马皇帝开始在林登荷夫山丘设置税收关卡，古拉丁语"军事收税"一词后来到了日耳曼语中，读音就变成"苏黎世"了。两种解释各有道理，究竟谁更具有权威性，似乎并不重要，就权当是两种语言的巧合罢了。

苏黎世远在 2000 年前就形成了村落，1218 年成立城邦，1351 年加入瑞士联邦。到 18、19 世纪，苏黎世成为瑞士主要讲德语民族的文化中心，这种传统保存至今。现拥有 20 多个博物馆，20 多个图书馆，100 多家画廊，音乐厅及歌剧院。进入 20 世纪，苏黎世不但成了瑞士的经济中心、贸易中心，而且还成为了国际金融中心，集中了 120 家银行，半数为外国银行。在来的路上，杞先生就说过瑞士是世界上物价最高的国家，所以来到苏黎世，没有人提出去逛逛瑞士乃至世界最繁华的购物街班霍夫大街。那里是富人的天堂，连摆放在繁华的路口那架巨大的钢琴，也是为有钱人提供的。班霍夫大街集中了有"苏黎世精灵"之誉的五大银行总部和尽显豪华的世界顶级名牌商家，在这条街上每天调动的资金都是天文数字，甚至有世界富豪乘飞机飞越半个地球来此购物，以至被认为是世界上最富有的街。西尔波尔特大街和交易所大街的银行和证券所林立，证券交易额占到了西欧的 70%。苏黎世的城市人口尽管还不到 40 万，但却颇有世界大都市的风范，被誉为全世界"最小的大城市"和全欧洲"最富裕的城市"。

浪漫之都录梦

我们在利马河边漫步，但见河畔成群的鸥鹭在浅蓝色的河面上起飞，五颜六色的游艇在河面上行进，成群的白色水鸟就在距岸边不到一米的水上游荡着，我甚至都能用手触摸到这些可爱的精灵。我让同行的伙伴拍了张我与鸟的合影照片，背景是一望无际的碧水和蓝天。鲜花在河堤上盛开怒放，河边长椅上坐着情深意笃的老年夫妻，树荫下站着情意缠绵的少男少女。与河毗邻的大街上随处可见历史悠久的中世纪建筑物、绘着壁画的墙壁、高耸的钟塔、多彩多姿的街头雕塑。街旁的露天咖啡座上，三三两两的人们休闲地呷着咖啡，或在聊天，或在读报。在这里古老与现代文明情景交融地凝在一起，扑面而来是经过河水见证，如此沧桑的历史踪迹和经过河水荡涤，一尘不染的现代生活。

我国北宋文学家苏东坡在观赏西湖之后，对西湖有句精彩的比喻，"欲把西湖比西子，淡妆浓抹总相宜。"他将美丽的西湖比做了倾国倾城的西施，相当形象。无独有偶，在瑞士也有人将苏黎世湖比做了妩媚优雅的西洋少妇。赞叹其天生丽质与浓妆艳抹浑然一体的美。有人说苏黎世是建在水上的花园城市，有种天赐的美，无论从何种角度去欣赏它，都会感到风情万种，赏心悦目。苏黎世是繁华的，也是宁静的。城市没有大都市的嘈杂，街区非常整洁清静，满是精心修整的花园。利马河安然地倒映着天光云影，水中天鹅与野鸭与人为舞，显得闲适自在。来到瑞士，我领略到了大自然的本色，以及人与自然和谐完美结合的魅力。

这时，杞先生像发现新大陆地对我们说，你们看看那边。我们顺着他的手指望去，原来在河的对面，有许多青年男女在水中裸泳。他们的身后像是一个休闲的浴场休息厅，有人一丝不挂地在上边走动。裸泳在欧洲是种时尚，但对于我们这些东方人来说，则有些难以接受。大多数人，尤其是女同胞只是扫了一眼，便将目光移开了。

在苏黎世街头，我们迎面遇见一位华人少妇推着一辆坐着小男孩儿的儿童车，她的身旁跟着她丈夫。她见到我们便主动上前打招呼，一口的东北乡音。一问方知，她来自辽宁的丹东，在苏黎世定居已有好几年了。听说，我们也有人来自东北，便表现得格外亲切，来到路边和我们聊了起来。从她的脸上，我看到了那种绵绵的思乡之情。这种情感，只有走到国外才能真正体会到。是的，国外不管生活有多富裕，环境有多么好，但那毕竟不是家。我们虽才出来10天，便满是思乡的情怀了。她告诉我，她已经有四五年没有回家了，春节前一定要回家看看。

我不禁想到，在我走过的欧洲城市中，几乎随处可见走出国门闯荡的年轻人。听说仅在巴黎的温州人就有十几万。在阿姆斯特丹，我曾见到过一位来自北京的小伙子，他在当地一家电脑公司打工。他说，女朋友在国内，他挣上几年钱就回国去。在苏黎世街头，我们还碰到了来自台湾的旅游团，大多是年长者，还带有十几岁的小孩子。他们对来自大陆的游客，表现的非常热情，毕竟是血浓于水啊。

游览了苏黎世的市容，我们又登车前往只有一小时车程的琉森市。来到瑞士方发现这里风景的奇特。到处有山，到处有湖，到处有河，到处有树。大自然给了瑞士太多的厚爱，精雕细刻的自然风光，让人仿佛走进了童话般的世界。我透过车窗饱览着美不胜收的风景，雄浑的阿尔卑斯山、星罗棋布的高山湖泊、茂密的原始森林、欧式风格的山间小屋，都在我的面前电影镜头般地闪现，真令人心旷神怡。

瑞士是个神奇的国家，没有统一的历史、没有统一的语言、也没有统一的文化和传统。翻开瑞士的历史，就会发现一个奇特的现象，全国分为26个州，几乎每个州都有过一段属于自己的历史。瑞士人是古代凯尔特、罗马和日尔曼民族的后裔，所以瑞士仅官方语言就有德语、法语、意大利语和拉丁罗曼语四种。公元3世纪阿勒曼尼人（日耳曼民族）迁入瑞士东部和北部，勃艮第人迁入西部并建立了第一个勃艮第王朝。公元11世纪瑞士受神圣罗马帝国的统治。1648年瑞士摆脱神圣罗马帝国的统治，宣布独立，奉行中立政策。1798年，拿破仑一世侵吞瑞士，将其改为"海尔维第

浪漫之都录梦

共和国"。历史的渊源，让瑞士受到德国、法国、意大利等国家和民族文化相互交织的影响，但这并没有影响到瑞士成为一个统一的国家。相反，瑞士是个独立性很强的国家。1803 年，瑞士恢复联邦。1815 年，维也纳会议确认瑞士为永久中立国。1848 年瑞士制定新宪法，设立联邦委员会，从此成为统一的联邦制国家。在两次世界大战中，瑞士均保持中立。瑞士自 1948 年起一直是联合国的观察员国。2002 年 9 月 10 日，第 57 届联合国大会一致通过决议，正式接纳瑞士联邦为联合国新的会员国。但是瑞士至今仍然没有加入欧盟，因而也没有正式流通欧元。时值今日，瑞士人十分珍视不同语区人民的民族、历史和文化传统，文化和传统的多样性构成瑞士建国兴邦的基础。瑞士各民族和睦相处，成为世界上最富裕，最安定的国家之一。

我们穿行在湖光山色之间，细细品味山野间的清新，慢慢感受湖水畔的浪漫，静静观赏异国情调，俨然有了种世外桃园的感觉。瑞士素有"欧洲花园"的美誉，尤其是在茫茫的山野之中，打开车窗，敞开心肺，尽享呼吸纯净如初的新鲜空气，可以将世间的一切烦恼都甩在脑后。望着遥远的阿尔卑斯山，我在翠绿中寻找那片白色的雪峰，可却一无所得。来之前，就听说瑞士地势高，南部阿尔卑斯山脉海拔 3000 至 4000 米，有"欧洲屋脊"之称，阿尔卑斯山有终年不化的积雪，可我眼前的一切却与想象的大相径庭。我的一个同伴也和我一样的思维，竟指着山上的一块白色问杞先生，"那是不是积雪？"杞先生笑了，说，"那不过是一块白色的墓碑。"

临近琉森的时候，杞先生又讲起了一个我们耳熟的故事，记得在大学英语课本上，我就曾读到过瑞士民族英雄威廉泰尔的传奇故事。13 世纪末，奥地利哈布斯堡王室，派遣总督治理琉森湖一带的地区。这位总督的苛政猛于虎，让当地的人们喘不过气来，尤其是重赋使他们不堪重荷，苦不堪言。总督甚至下令所有经过集市的人要向一顶象征绝对权力的帽子致敬。生活在琉森湖边的乌利州的威廉泰尔带着儿子从此走过，却拒绝屈从于总督的命令而遭到逮捕。总督为了惩罚他，命令他射下放在他儿子头上的苹果，否则就必须受死。结果这支箭不偏不倚地射中了苹果，当场民众齐力高声欢呼，威廉泰尔高兴地跑向前去抱住了儿子，但总督发现了威廉泰尔身上藏的另一支箭，便进行盘问。威廉泰尔说，如果第一支箭失败了，那么第二支箭就会射向总督。接下来的民间传说结局有三个版本，一是总督在他的箭下一命呜呼，二是总督不得不放过威廉泰尔一马，三是威廉泰尔劫持总督为人质，得以从容逃逸，不料中途遇到抗暴老百姓伏击总督，威廉泰尔为守信用，营救总督脱困，后在另外一次起义中，一箭射杀了总督，不但为自己报了仇，也为琉森地区的人民除了大害。这个家喻户晓的故事被认为是瑞士人反抗奥地利王室，解放瑞士革命的引信。我想了想，还是第三个结局更富有戏剧性，但也有更多演绎的成分。不过，威廉泰尔"苹果与箭"的故事却是真实的，体现了瑞士人威武不屈的个性。在琉森湖畔东南端的阿特杜夫树有一尊瑞士民族英雄威廉泰尔带着儿子的铜像，在琉森有以"威廉泰尔"命名的"威廉泰尔号列车"行驶于瑞士境内，在琉森湖也有以英雄命名的"威廉泰尔气船"供游客游览湖光山色。德国著名的戏剧家和诗人席勒以此为题材曾写过英雄史诗般的《威廉泰尔》剧本，后经旅居法国的意大利剧作家罗西尼改编为法国风格的歌剧，首场演出便轰动了巴黎，罗西尼也由此获得法国国王所颁发的"名誉勋章"。

由此，我不禁想起早在第二次世界大战之初，纳粹德国占领奥地利后，希特勒曾计划顺道一举拿下小小的瑞士，但希特勒身边的参谋却告诫他不可轻率这样做，理由是瑞士全民皆兵，德国至少要有五比一的优势兵力才有胜算。希特勒考虑再三，才打消了那个念头。我想希特勒是不是也受到了威廉泰尔故事的影响呢？

瑞士是个地处欧洲腹地的弹丸小国，仅有730多万人口，但两次世界大战都能幸免劫难，这在欧洲也是绝无仅有的。正是这种和平安宁的环境，使得瑞士充分享受到大自然的厚爱，才变得如此美丽。也许出于这一原因，瑞士国内曾有过取消国家军队的思潮，并由一个名叫"无军队瑞士组织"提出了倡议。瑞士曾在 2001 年全民投票否决了这项议案。我对此曾有过困惑不解，不明白为什么仅仅一个组织的一项倡议就劳全民公决呢？请教一位研究国际法的朋友，才得知瑞士早在 1874 年就形成了一套极富特色的直接民主制度，即"全民公决"和"人民倡议"制度，并载入了联邦宪法。如果公民要在联邦宪法中增加新的条款，或者提出新的宪法文本，可发起全国倡议。从发起倡议之日起，18 个月内若征得 10 万人签名，则可向联邦办公厅递交"人民倡议"，联邦政府有义务受理提案，并在一年内提交议会，议会决定后交付全国公民投票表决。凡修改宪法条款、签订期限为 15 年以上的国际条约或加入重要国际组织，必须经过公民表决并由各州通过后方能生效。结果这项议案没有得到多数人的赞同而搁浅，随之，这股风浪也就一扫而过去了。居安思危，让瑞士一直保持一支全民皆兵、全民动员的民兵制军队。瑞士宪法规定，20 岁至 42 岁的男性公民只要身体健康，无论从事什么职业，也不分职位高低，都必须依法服兵役。瑞士全境已建成各种规格的地下掩体，可供全部常住人口使用。地下掩蔽工程里建有各种生活必须的基本设施，储存着可供生活 10 天以上的所需物资。杞先生告诉我们，说不定我们行走线路的山坡上就藏有地下暗道和军事设施呢。

瑞士是个非常奇妙的国家，不光表现在瑞士的自然风光，还表现在瑞士人的生活方式和人文理念上。在瑞士和许多欧洲国家都有一个有别于亚洲国家的观念，那就是"度假神圣不可侵犯"。想起自己来有些可笑，我们国家也有休假制度，可自实行以来，作为我个人来讲，却从来也没有休过假。这并不是单位不允许我休假，也不是我的敬业精神有多强，其实我身边大多数人也都是这样做的。在我的潜意识里，好像与生俱来就没有休假这个概念似的。可在瑞士，不论你的职务有多高，你的工作有多繁忙，到了休假时候，就一定要离开岗位去休养的。所以，在国内才有专家提出要推行强行休假制度。我在瑞士还听到过一件有趣的事儿，根据瑞士1848年通过的宪法，瑞士联邦委员会是瑞士最高行政机构，由联邦议会两院的国民院和联邦院联席会议选出7名委员组成，任期4年。这7人同时兼任7个部的部长，并从中选出正副主席各一人，联邦主席是国家元首兼政府首脑，任期1年，不得连任，期满由副主席接任。联邦主席任职的一年里，除必要的国事访问外，必须整年留在瑞士主持工作。主席和各委员之间地位是平等的，对内负责主持会议，对外代表委员会行使国家元首的各种礼仪性的职责，职权极其有限，无任何特权。由于瑞士联邦主席一年一换。一年过大半了，不但像我这样的外国人不知道谁是瑞士联邦的主席，就连许多土生土长的瑞士人还都不知道今年的主席是谁呢。

进入琉森，方发现位于瑞士中部高原的琉森是个湖光山色相互映衬的美丽城市，三面环山，绿色葱茏，峰峦起伏；一面临湖，波光粼粼、碧波无垠。琉森湖水来源于阿尔卑斯山脉的瑞吉峰和皮拉特斯峰上融化的冰雪，所以冰凉入骨，清澈见底。罗伊斯河由着它的性子蜿蜒曲折地从城中穿过扑入琉森湖的怀抱，琉森湖边的群山映在一池碧绿之中。天是湛蓝而洁净的，像是用湖水洗过的一般。我国著名散文大师朱自清在1932年曾经到过瑞士的琉森湖，他在《欧游杂记》的瑞士篇中是这样描写湖泊的："瑞士的湖水一例是淡蓝的，真正平得像镜子一样。太阳照着的时候，那水在微风里摇晃着，宛然是西方小姑娘的眼。"我沉缅于琉森湖畔，一种舒畅、轻松、优雅的感觉。琉森的确很美，很宁静，也很温柔。一种自然的美充溢于我的心灵空间，我的整个身心都仿佛被融化成空气间的水汽，在湖光山色中升腾，飘逸。我从遥远的东方来到这里寻找我所崇拜的文学艺术大师的足迹，在琉森湖畔曾留下多少他们的身影？

遥想当年他们许多人徜徉在此，留下了太多的奇闻轶事。离琉森湖不远的希尔斯广场有德国诗人歌德住过的旅馆，琉森湖的几公里之外耸立着美国作家马克·吐温誉为"群山之后"的瑞吉峰，琉森的秀美曾让法国作家大仲马喻为"世界最美的蚌壳中的珍珠。"琉森市的"理查德·瓦格纳路"，是为纪念酷爱琉森的德国作曲家理查德·瓦格纳而建，他曾说，"琉森的温柔使我把音乐都忘了。"法国作家雨果多次到过琉森，他居住过的楼房至今完好地保存在罗依斯河北岸。他曾对着河水吟咏，"琉森幽雅、静谧，碧水轻轻地拍着河岸，柔水在我的脚下流淌……"德国哲学家尼采，法国作家司汤达也曾先后慕名来过琉森漫游这个人间仙境。比利时籍影星奥黛丽·赫本深爱着琉森，不仅在这儿的教堂举办过婚礼，而且晚年还在这里隐居。西班牙画家毕索深爱这个地方，将凝结着最后 20 年心血的作品留在了这里成就了这里的毕加索博物馆。

大文豪列夫·托尔斯泰早在 19 世纪 50 年代就站在湖边称琉森是瑞士的一个最浪漫的地方。他曾两度来这里旅行考察，在 1857 年写下日记体小说《琉森》。小说除了作品本身揭露的西欧资本主义社会对名利的奴性崇拜的主题之外，给人印象最深的就是对琉森湖美景的描绘了："琉森的这片水，这群山，这蓝天，给我的是那样强烈的美的刺激。我全身蔓延着某种神秘的焦虑，某种杂乱的、不可名状的感情，以至使我想抱住某人，紧紧地抱住他，搔他，掐他，并做出某种超常的举动。"这是一种发自内心情感的倾吐，真切而自然，唯美而浪漫。大师们曾吟咏琉森的幽雅、静谧，亲身感受碧水轻拍的湖岸和静静的湖面，为这仙境般的一池湖水而陶醉。我不知道，但我可以想象，这样的水，这样的山给了这些文艺大师怎样的震撼，才让他们将如此华贵的称谓慷慨赠与给这座城市。

不过，在列夫·托尔斯泰的小说《琉森》中，这个唯美而浪漫的琉森却与社会的现实形成巨大的反差，人与人之间的矛盾与不平衡，在湖光山色的外表下，奔涌着愤怒的熊熊地火，一旦接触了外边的空气，便会瞬时间喷发和燃烧。可我站在今天的琉森湖畔，看到的却是另外一番景象。琉森的美是恬淡的、舒缓的，因为它与湖相拥，与山相依，与人相伴，人与自然的和谐，弥补了当年列夫·托尔斯泰所留下的许多遗憾。这种湖光山色中的和谐、富庶和安宁，在让我羡慕的同时，也让我想到瑞士人民的奋斗史。瑞士曾经是个贫穷的国度，多山多水，耕地匮乏，所以才造就了替人征战，卖命为生的瑞士雇佣军。但瑞士的人民在几百年间用自己的双手改变了这一切，使之成为世界上首富国家。当年，列夫·托尔斯泰笔中所刻画的那个衣裳褴褛，蓬头垢面，到处流浪的歌手不见了，不管昨天的日子是多么的阴暗，历史毕竟在不断地将人类推向进步与文明。由此，我想到，一个国家，一个民族，一个人只有靠自己的奋斗与自强，才能改变自己的命运，就像《国际歌》中所唱到的，"从来就没有什么救世主，也不靠神仙皇帝，要创造人类的历史，全靠我们自己！"

琉森是个只有 7 万人口的瑞士小城。据文献记载，琉森最初是个小渔村，其名字源于光的传说，天使以这缕光给第一批居住在此的人们，并指引他们建造小礼拜堂的位置，直到今天，人们还是以"灯光的城"来比喻琉森。公元 8 世纪意大利商人越过阿尔卑斯山来此经商，遂形成一个小城镇，1178 年建市。1230 年圣哥达隧道开通后，成为联接中欧和南欧的重要交通枢纽和莱茵河流域与意大利伦巴第地区之间的重要贸易中心，18 世纪曾是瑞士的首都。流入琉森湖的罗依斯河将城市分隔为南北两区，像是一块晶莹剔透的碧玉闪烁在城中。客车行进于城中，宛如走进了一座有着悠久历史的博物馆。中世纪的教堂、古巷，文艺复兴时期的塔楼、府宅仿佛都在诉说着中古时期的瑞士国都所历经的沧桑岁月。我们在老城中的一个停车场下来，来到了罗依斯河的岸边。河水是深邃而清澈的，如绿如蓝，在阳光下反射出翡翠似的亮点，娉婷一水间，成片的白云在远山间缭绕，像是白色的哈达缠在了阿尔卑斯山的脖颈上，非常富有诗意。成群的野鸭和天鹅在水面上嬉戏，与穿梭而过的游船相映成趣，让镜面似的河水泛起一道道波光。河畔也停泊着许多彩色的游船，随着微风轻轻地摇曳。

我站在河畔，悠游其间，望着远山近水，呼吸着芬芳的空气，有种似梦非梦，疑真疑幻，置身世外桃园的轻悠感。我身后的湖畔有一排巴洛克风格的建筑群，大多只有五六层高，古色古香，但又不乏现代气息。建筑很讲究造型，也很讲究色彩，墙壁或白色、或粉红色、或米色、或蓝色、或灰色、或棕色，而斜形的屋顶却一律的鲜红色。楼宇前的广场上散落着几处露天的咖啡屋和酒吧，和大多数欧洲城市一样，咖啡桌和座椅的上方都支起一顶圆形的小帐篷，人们随意地坐在桌旁，一边喝咖啡，一边聊天，一边欣赏水光山色。一杯咖啡就可能让这里的人们呆上个大半天。

琉森城中的幽静让我在惊叹其超凡脱俗的美丽之余，有种发思古之幽情的感觉。当杞先生将我们引到旧城罗依斯河北岸的一座公园时，我寻找到了那略带忧郁的宁静。这是一道陡峭如削的岩壁，在一池清水的环绕下，一头濒临死亡的狮子将身体的大部分深深镶嵌在岩壁里，只露出一只前爪和一截尾巴。它的另一只前爪紧紧持着一节折断的长矛，头依着一个镶嵌着瑞士国旗的盾牌。矛头已经深深插入它的脊背，它奄奄一息地侧卧着，眼睛和嘴流露出痛苦的哀伤。雕像上方用拉丁文写着"献给忠诚、勇敢的瑞士年轻人"。这就是丹麦的雕刻家特尔巴尔森设计的"琉森之狮"纪念碑。记述的是为保卫巴黎杜勒利王宫中的路易十六世家族的安全，瑞士雇佣兵葬身异乡的悲惨故事。

1792 年 8 月 10 日，巴黎市民在革命党的带领下，举行暴动，冲进了法国国王路易十六和他的家人躲避的杜勒利宫。786 名瑞士雇佣兵组成的王宫卫队，拼命抵抗，集体战死。当年，瑞士人为生活所迫，纷纷跑到欧洲各国充当雇佣兵，其中就有许多琉森人。瑞士士兵以其忠于雇主，英勇善战而受到欧洲教廷和王室的青睐，都愿招瑞士人去当皇家卫士。可怜这些卫兵至死也不知道，当他们竭尽忠诚，用生命保卫王室的时候，他们已经成了王室衰亡的牺牲品。路易十六如一只丧家之犬，早就跑到议会请求保护去了。这个事件让瑞士举国感到震惊和悲痛，金钱和荣誉掩盖不住雇佣兵制度的残酷，也让人们在反思自己，昭示后人。19世纪初，由那次阵亡将士的亲友策划，并于1821年请丹麦雕塑家创作了这个纪念碑。"琉森之狮"是世界上最著名的纪念碑之一，以其撼人心魄的悲壮和凄凉之美，感动了无数前来驻足的人。美国作家马克·吐温当年来到这里，将其誉为"世界上最令人难过，最让人动情的石头"。我久久凝望着那凿刻在山麓岩石上凄哀的雕像，默默无言，心情异常地沉重。那头垂死的雄狮痛苦的面部表情，是如此的哀伤和无助，让我仿佛看到成群倒在血泊中瑞士士兵死不瞑目的眼睛。他们用生命唤醒了沉睡的思想，为后人赢得了做人的尊严。从此，瑞士便停止了出卖雇佣兵，为了让后代记住这一历史，远离战火的涂炭，瑞士宣布成为永久中立国，倡导和平，反对战争。"琉森之狮"让我真切感受到了鲁迅那句震聋发聩的话，"沉默啊沉默，不是在沉默中爆发，就是在沉默中死亡！"石雕的沉默，胜过了无数的鼓噪，给人留下无尽的想象空间和思索。离开这个纪念碑很远，我的脑海里还充溢着那垂死雄狮的哀伤。

我走在旧城窄窄的石街上，随处可见中世纪的古城墙的遗迹。城市建筑多为人字形的屋舍，设有天窗，颜色都很明净艳丽。这里有典雅的"霍夫大教堂"，古朴的市政厅，珍奇的毕加索博物馆，都明显带有文艺复兴时期的建筑风格。一路所见的五谷广场、鹿儿广场、美酒市场及谷物市场大都以鹅卵石铺砌。小城琉森，像受过琉森湖水清洗似的，整洁而精致，小巷深处，不时现出色彩斑斓的尖顶小屋。

穿过小巷，我走进了一条繁华的商业街，满眼飘扬着五色的彩旗，像是在开展一项什么活动，或是在欢迎什么贵宾的到来。街上的人很多，但成群结队的，大都像是我这样的外国人。瑞士是世界上著名的名表制造产地，既然来到了瑞士，钟表店是不可不去的。尽管我来之初就没有购表的计划，但我还是随同伴进了几家名表店，也算开开眼界。走进号称"欧洲最佳购买钟表珠宝之商号"的BUCHERER，琳琅满目的华贵手表足以让人眼花缭乱，像我所耳熟的劳力士、欧米茄、梅花、雷达表、英格纳等等，更多的是我叫不出名字的品牌表。一看价格，低的要折合人民币几千元，高的要几万、几十万，甚至上百万元，有的足可以换上一台顶级轿车了。我手上戴的是十几年前买的英格纳表，当时才300多块钱，要是在今天，恐怕要花上几千元了。当今的世界已经进入了数码时代，十几年前就曾有人预言机械手表的时代即将过去了，谁知，瑞士的机械手表至今仍然占据着顶级手表的位置。瑞士手表有着遍布全球的价格联网和售后服务，杞先生告诉我，几年前，他曾在瑞士给人代买过一只手表，后来，手表出了点问题，写了封信，人家二话没说，便让当地代理商给换了一块新表。我走到一家规模不大，但却很高档的表店，从旋转门一进到店内，就将身后的人阻隔在门外了。店内的保安戒备森严，限人放入，只有出去一位，才能放入一位。我感觉有些不好意思了，既然不买，还耽误了外边的顾客，只看了一眼，便匆匆地出来了。

　　来瑞士之前，我印象里世界手表的顶级名牌当属劳力士了，到了瑞士才晓得劳力士表在世界名表排行榜上连前10名都进不去。而排在前4位的品牌我却没听说过，它们是百达翡丽（Patck Thilippe）、江诗丹顿（Vacheronconstantin）、伯爵（Piaget）和爱彼（Audemars Piguet），也许是这些名牌的价格与人们的支付能力相差太悬殊的关系吧。譬如，有160多年历史的百达翡丽表，是日内瓦制表业至今仍采用手工精制的手表，只在原厂内制作完成，并恪守了传统的7种工艺（即结合设计师、钟表匠、金匠、表链匠、雕刻匠、瓷画家和宝石匠的传统工艺）。而现代工艺讲求分工合作，很少有一家工厂会包办一项产品的全部制作过程。欧美人购表看重的是其稀有和精湛的制作手工，以欣赏和珍藏为主。由于几乎是纯手工制造，这类表产量极少，几乎是天价，劳力士是无法比拟的，所以，凤毛麟角的百达翡丽自然成为了顶级名牌。再想想国内的某些富豪，大都将名贵手表作为财富和身份的象征，喜欢戴出来炫耀，至于制作上的工艺就不大感兴趣了。劳力士正是抓住了中国人的心态，成为了中国人心目中的顶级名表。在瑞士购表，同类的名表毕竟要比国内便宜，所以中国人的购买力还是很让瑞士人吃惊的。文人虽穷，但团里还是有几个人买了价格在万元左右的名表。来到瑞士，除了手表之外，人们感兴趣的商品就是瑞士军刀了。正宗的瑞士军刀为"Voctorinox"牌，小巧精致，分为红黄两种，我对瑞士军刀的行情并不知晓，但见同行的人都在买，便也买了几把，每把约合120元人民币。

　　走出商业街，天色将晚。我们又一次来到了罗依斯河边，夕阳将琉森笼罩在一片柔和馨暖的金色氛围之中，又是另外一番风景。我们在附近吃过晚饭，便驱车前往下榻的LUZERNERHOF旅馆。晚上睡不着，便出来散步，晚风习习，明月高悬，不觉生出几分思乡之情。想起异乡入眠之时，恰是故乡次日的黎明。6个小时的时差（若过了夏时制就是7个小时时差了）就足以将人与家乡相隔万里之遥。尽管琉森的夜很美，也很温柔，但还是无法取代家乡在我心中的位置。蓦然想起自己曾收入散文诗集《爱的雨巷》中的几句："家，就是远行千里之外，那个梦里泊过的宁静港湾；家，就是朦朦烟雨中，孤独的人儿手里攥着的那把遮风避雨的小伞；家，就是冰天雪地的原始森林里，那座燃着融融炭火的木屋；家，就是不管沦落到何方，那颗心依旧牵挂的土地……"琉森的夜那般宁静，宁静得让我有种难述的感觉，仿佛整颗心化作轻云随风飘荡……

　　第二天早餐后，我再次来到了琉森湖的东岸，去感受琉森湖最美的一刻。望着薄雾之中的琉森湖和阿尔卑斯山脉，我仿佛生成了一种梦幻般的感觉。层层叠叠的山峦似隐似现，脚下的琉森湖水湛蓝湛蓝。云雾中的山脉和湛蓝的湖水，与绿色的森林、山间的小路、红顶的房屋组合成一首富有情调的交响诗。

　　我的身后便是美丽多姿的琉森城，顺着那条与琉森湖融为一体的罗依斯河边的小路，我来到了老城边上，穿过贩卖新鲜水果和蔬菜的早市，再

跨上几个石阶，转个弯，就来到了有"教堂桥"之称的卡贝尔桥下。建于
13世纪的卡贝尔桥是欧洲最古老的木结构桥，褐色的木桥古色古香，桥身
上罩有木顶，故也称卡贝尔廊桥。与其他廊桥所不同的是，卡贝尔桥蜿蜒
曲折，在河中转了许多弯，像是一条长蛇盘在河面上。我来到桥边，见到
廊桥外侧种有色彩艳丽的鲜花，伴随着弯弯的长桥，仿佛是一条飘在长河
上的绚丽彩绸在微风中摇曳。卡贝尔桥是琉森市历史的见证，也是琉森市
的象征。这座斜跨两岸的大桥建于公元1333年，全长245米，是座有着优
美长廊的廊桥。我踏上廊桥，用心观赏绘在廊桥上方横梁上的那120多幅
色彩逼真的古画。绘画借用琉森圣人一生所经历的往事，其中包括那场骇
人的流行黑死病，用绘画的语言讲述了琉森州和瑞士联邦的历史，每幅画
的下方还有一首德文题诗，我虽说看不懂，可也能想象出其中的韵味来。
我恍然联想到北京颐和园中雕梁画栋的长廊来。虽说一个在水上，一个在
陆地，可却有异曲同工之妙。一样的蜿蜒曲折，一样的色彩缤纷。

　　卡贝尔桥的东侧连有一座用石头砌成的八角形尖顶水塔，红顶白墙，
十分美观。据说，此塔是当时城墙的一部分，塔身是非常坚固的墙砖，曾
先后做过古代军事用的瞭望塔、战利品保管室、监狱和审讯室。这座石砌
的水塔承受着时光流水的冲刷，早已不见了中世纪时令人齿寒的水牢。如
今则变成了旅游纪念品小卖部。今天的卡贝尔桥已经超越了一座桥的意
义，它是架在历史长河上的一座桥，留下了诸多记忆的碎片。

　　几百年来，卡贝尔桥一直为琉森市的标志性建筑。只是不幸在1993年
8月的一次大火中桥身一半被焚毁。后来，由市政府出资，精选瑞士工匠
加以重新修补，前后用了两年多的时间，将古桥的古朴典雅风姿近乎完美
地再现于卡贝尔河上。十几年过去了，琉森的居民至今仍清晰地记得那个
被火光映红天空的傍晚。从此，市政府下令禁止任何人在桥上吸烟，以保
护这个琉森市的标志。

　　在罗依斯河右岸的老城与河左岸新城之间有7座桥梁相连。卡贝尔桥

是一座最著名的，也是最大的桥。驻足卡贝尔桥上，我贪婪地呼吸着清晨的新鲜空气，享受着琉森送给我的这份诗意。卡贝尔桥是古老的，虽不如身旁的钢桥那么有气势，但我还是宁愿从这座桥上走过。这座木桥的一头连着琉森的历史，一头连着琉森的现在。让我从中体味到了琉森自身的无穷魅力。走过卡贝尔桥，对面有个圣彼得教堂，也许因为有这个教堂，卡贝尔桥才又称教堂桥吧？从教堂前面的教堂广场西行，大街两侧都是中世纪和文艺复兴时期的建筑，也有稍后出现的巴洛克式楼宇。最著名的有旧市政厅和阿姆·吕恩宫等。我从桥的这一端走向那一端，就走向了琉森的历史，我再从那一端返回这一端，就又从琉森的历史走到了现在。早市上人们在选购他们的蔬菜和水果，穿着花格 T 恤衫的老人推着自行车在人群中穿行，跟在母亲后面的小女孩儿牵着一只可爱的小狗，来来往往的游客端着相机在不停地拍照，年轻的小伙子在河边一边读书一边将手中的面包屑投入水中，引来一群白色的水鸟……这一切的一切是那般的悠闲自在，与桥下成群游在水面上的白天鹅、野鸭和在天边翱翔的水鸟构成了天成合一的图景和另样的风情。

我漫步于琉森旧城窄窄的小路上，放飞着自己的心绪。我想，这种田园式的城市，正是最适合人居的地方，没有喧哗，没有浮躁，有的只是古朴与宁静。有人将 Luzern 翻译成卢塞恩，可能要比琉森更直译些，可我却喜欢琉森这个名字。琉森给了我更多的想象，是个很有韵味的名字。在琉森，我听到了这样一句话："琉森是被时光遗忘的地方，永不会老去。"这话说的何等形象啊。这时薄雾已经开始渐渐散去，但天空却飘起细细的雨丝，我感到心头一阵清爽，像湖水一般恬静……

# 列支敦士登，山腰上的袖珍王国

我们是在濛濛细雨中离开瑞士琉森的。琉森的山，琉森的湖，琉森的绿，甚至琉森的雨都让我见识了天地之间的美。凯拉丽达将车开得很慢，车窗前的雨刷来回地摆动着，雨雾中挺拔的瑞吉峰、皮拉特斯峰和多情的琉森湖已渐渐地远去，但那条阿尔卑斯山脉却在连绵地伸延着。窗外的景物是静谧的，仿佛一切声音都融入到广袤的山野中去了，被雨丝打湿的路边野花开得好艳丽，与山脚下那好大一片苍翠欲滴的树林连缀成一幅雨中的油画，真的好美。我喜欢琉森独有的典雅和宁静，就像是一首散文诗，富有情调，耐人寻味，又令人遐想。琉森尽管没有法兰克福那样的深沉，没有阿姆斯特丹那样的潇洒，也没有巴黎那样的浪漫，但这座瑞士秀美的小城却以其静谧而含蓄的神韵让我痴情，让我迷恋。琉森和整个瑞士一样，是个讲究礼仪和秩序的地方。我们昨晚入住的 LUZERNERHOF 旅馆规定不许吸烟，不许喧哗，连早餐都有固定的餐位。团里有几位老兄不以为然，觉得在自己房间抽烟，无伤大雅，结果全被监控设备记录下来，早晨结账时，每人都接到罚款 100 欧元的账单。于是有人半开玩笑地说："你以为是在国内呢？"

车子顺着阿尔卑斯山脉的盘山公路蜿蜒前行，前往约 100 公里之外的袖珍小国——列支敦士登。大约走出几十公里，细雨便停了下来，淋洗过的山野变得更加优美怡人了。云雾缭绕在连绵起伏的山峦，天际间甚至还现出一道彩虹，远处的山坡密布着翠绿点缀紫红的葡萄园，山脚下奔流着湍急的河水，一望无际的原野上隐现着牛羊的牧场和农家的小院，空气中溢满了山间野性的清纯。这种瑞士的山野风光雄伟之中又凸显瑰丽。我们沿途不时会见到形成村落的乡间别墅，深灰色的墙身和鲜红的屋顶与中国乡间的青瓦红墙形成鲜明的反差。欧式村舍的尖顶通常都是呈大三角形的阁楼，阁楼开着天窗，窗户通常较小。来到欧洲方感觉到了中国的人多。在这儿的路上，很少见行人，好像是车比人多似的。在这儿的乡野，也很少见到耕作和放牧的人，好像牧场和田野都有人在遥控似的。

车上，有人禁不住向杞先生问起了列士敦士登的历史。杞先生便饶有兴趣地向我们谈起了这个建在山崖上的袖珍王国。列支敦士登在公元4世纪前曾有罗马人在这里构筑过城堡，到了公元5世纪，成了阿勒曼尼族人的聚落地。18世纪初，来自奥地利维也纳的列支敦士登大公约翰·亚当向一个破落的伯爵买下了这一带的许内勒贝格庄园和瓦都兹郡，使之成为神圣罗马帝国的加盟成员。1719年，神圣罗马帝国皇帝查理六世将这两地合并为独立的大公国，赐名为列支敦士登。19世纪初帝国瓦解，列支敦士登便加入了拿破仑掌控的莱茵联邦。1815年拿破仑失败后，列支敦士登加入新成立的日耳曼联邦。1866年列支敦士登宣布独立，并宣布为永久中立国。目前，列支敦士登与瑞士的关系密切，形成共同经济区，并将瑞士法郎作为官方流通货币。我在车上打开了随身的世界地图，发现列支敦士登是位于瑞士和奥地利之间的一个小国，国土面积仅160平方公里，人口不足4万，整个国家只有首都和11个村庄。列支敦士登只有地方警察，没有军队，国际事物均由瑞士代为处理。我所奇怪的是如此之小的国家，在当年欧洲列强争斗下是如何在大国之间走钢丝，生存下来的呢？

大客车在阿尔卑斯山脉之间行进了一个多小时，开始接近列支敦士登的国境了。说是国境，也不过是与瑞士隔了一条莱茵河而已。美丽的莱茵河就发端于瑞士境内的阿尔卑斯山，由南向北恰好流过列支敦士登西面的边境线，然后穿越德国、荷兰等国，注入北海。列支敦士登位于瑞士的东南部，与瑞士隔莱茵河相望。背靠阿尔卑斯山的列支敦士登从地理上讲是瑞士的延伸部分，所以有人说处在瑞士和奥地利之间的列支敦士登是瑞士风格的城市乡村。说到列支敦士登国之小，仅用一组数据就足矣：它的南北长 26 公里，东西平均宽约 6 公里。这就是说，我们这辆客车绕着国境线开上一圈，一个小时也就足够了。列支敦士登是个山峦中的国家，领土的三分之二由挺拔的山地组成，秀美壮丽的阿尔卑斯山和莱茵河给这个国家增添了许多魅力。

我们乘坐的客车穿过山腰的高速公路，宛转于茂密的林木之间，芳草萋萋，山色清丽，植被保护得非常好。在山坡上的绿草树林中有小楼房式的农舍、别墅和教堂，农舍房前房后种满鲜花，呈现一派山区农村的田园景色。列支敦士登人大多为诚恳朴实的牧民，养育了大约 7000 多头乳牛。他们往往在夏天把牛赶到阿尔卑斯山那边去放牧，到了秋天再赶回到居住的山谷里来。杞先生告诉我，列支敦士登很多人的外貌和生活习惯与邻国瑞士或奥地利的山民极为相似，男子着细毛呢帽、短上衣和紧身裤，蓄着两大撇八字胡子，口中含着一支曲柄的阿赛式烟斗。妇女爱穿深皱格的连衣裙，戴一种很别致的帽子，忽闪着一双蓝色的眼睛，就像我们在影片中看到过的那样。我透过车窗望着越来越近的莱茵河，愈发感受到了它的神秘。列支敦士登大公国世袭的大公亲王一般称为国王，在这个君主立宪的国家里，却有着现代的文明和民主。国家以直接民主的形式选举出议会，再由议会选举产生政府内阁的 5 名成员，并由国王任命首相、副首相和内阁成员。听说国王和他的臣民相处很好，一切都按宪法治理国家，未曾有过王室和政府之间的重大纠纷。列支敦士登是一个没有军队和不设防的国家，全国仅有 20 多名警察和 20 多名助理警察来负责维持社会治安，监狱也仅能容纳 20 个囚犯，这里一向很少发生刑事犯罪案件，晚上走在山路或大街上也不会有什么危险。在我的印象中，山区，一般来讲都是比较贫穷的地方，可列支敦士登却荣登世界富国排行榜的前列。从 20 世纪 90 年代以来，它的年人均国民收入就超过 3 万美元，高于美国和其他一些欧洲发达国家。全国拥有电话机约 20000 部，电视机 12000 多台。每千人拥有小汽车近 700 辆。全国也只有 300 多位失业者。所以，别看列支敦士登国小人少，可移民到此却是件很难的事情。一位列支敦士登的前首相说："我们并不希望人多，现在人口已经很够了，而且正在逐渐增加中。"若想申请列支敦士登国籍，要先在这个国家住满 5 年，并缴纳一笔数量不菲的钱，还要征得国会批准。因此，一年也不会有几个人获准入籍。"列支敦士登"在德文中意为"闪光的石头"。那么，这块"闪光的石头"是如何发光，如何富裕起来的呢？我带着这个疑问走进了列支敦士登的首都瓦杜兹。

我们从一座连接瑞列边境的莱茵河桥上进入了列支敦士登，远远便看到了群山怀抱中的瓦杜兹。这是一座屹立在山腰间的城市，背依阿尔卑斯山，南临莱茵河，山谷与河流纵横，森林与绿野交错，楼宇与街市相连，宁静与整洁相伴。我们在瓦杜兹市中心的一个广场前下车，发现整座城市都建筑在山腰上。环顾这个小国的首都，称得上一览无余。一条清静的大街，两排花园式的洋房，四处花红草绿，满目树木成荫。瓦杜兹的商场、酒店、邮局、银行、钟表店的规模都不大，缺乏一国之都的风采，却有几分典雅的田园风光。瓦杜兹的街道很窄，多是白颜色的尖顶房和两层高的楼房，但看上去却很整洁。列支敦士登的政府办公楼，也不过是一幢三层小楼，算是瓦杜兹的高层建筑了。有人形象地说，要是你在瑞士境内点燃一支烟，乘车穿越列支敦士登，到达奥地利时，烟可能还未燃完。所以在列支敦士登有许多瑞士和奥地利人工作。他们早上开车到这里上班，傍晚又驱车赶回各自国家的家中，路途绝不会比那些在北京市内上班人花费的时间长。

我们下车时，恰好有一辆蓝红相间的公交车在站点停下来，这辆仿火车样式的无轨汽车挂有两节车厢，有点像放大了的儿童乐园那种小火车，鲜艳的色彩，夸张的图案，也显示了列支敦士登人的情趣和幽默。面对我们这些黑头发、黄皮肤的东方客人，司机刻意多停了一会儿车，很多乘客摆出姿势让我们拍照，有的人还不断向我们挥手致意。在这个不知名的广场上，有一个小小的售邮亭，挤满了购买邮票的外国人。于是团里有人不想排队，转而去寻找大一点的邮局，却无功而返，原来今天恰逢周六，邮局是不上班的。

说到列支敦士登的邮票，那可是赫赫有名的。列支敦士登素有"邮票王国"之誉。这个小国 1912 年开始发行邮票，每年要向世界发行数套、几十种新邮票。列支敦士登为了发展邮票业就广罗国内美术人才设计邮票，还出高价邀请欧洲的画家为它设计邮票图案。首都瓦杜兹也以印刷邮票精美而闻名于世，其印制邮票的工艺先进、题材广泛、设计新颖、装帧精美，因而成了世界集邮爱好者心中的圣地。这里每年正式注册的订户就有 10 万之多，一年中有几十万张精美的邮票从这里发向世界各地。可不要小看这一张张小小的邮票，在历史上，邮票曾经让列支敦士登安然度过了经济危机。那还是在二战之后，列支敦士登国王忧心于全国经济萧条，便拿出他珍藏的全部名画，印刷邮票，大量发行。没想到的是，这些邮票深受各国集邮爱好者的喜爱，国家因此获得大量的外汇收入，经济也获得好转，国王也因此赢得人民的拥戴。据说，在列支敦士登发行邮票要由首相亲自核对，并对图案负最后责任，足见邮票对于这个国家是何等重要。如今，列支敦士登的邮票收入已占了这个国家国民收入的 10% 以上。

在列支敦士登有世界独一无二的邮票博物馆，尽管只有一间 70 平方米左右的展厅，但却让我大饱眼福。一进博物馆的大门，迎面便可见到一张大桌上摆着最新的集邮书刊，四周的墙上悬挂着从列支敦士登发行的第一套邮票起，近百年来发行的邮票和收藏的世界上 100 多个国家和地区发行的邮票及首日封。这里陈列的邮票数量之多，展品之精居世界之首，很多邮票都成了绝版，非常珍贵。在室内陈列的展柜里摆放着列支敦士登最早的邮递员用具，像手提灯、邮包、喇叭等。还摆放着最初印制邮票的活字板、邮戳等。

我来到售邮亭前，见到许多外国人在拿着手中的护照加盖邮戳。先前，我还只看到在首日封上加盖邮戳的，没想到护照上也可以的。考察团里的人也都排起长队，或买邮票，或邮寄明信片，毕竟来一趟"邮票王国"不容易，人们都想留下点纪念。袖珍王国的袖珍邮票，成全了这个没有多少资源的国家。当然，列支敦士登的富裕也并不完全依赖邮票。它的国民收入主要靠的是外资工商业的税收和蓬勃发展旅游业。近年来，列支敦士登的旅游业势头迅猛，来此旅游观光的外国游客每年都达十几万人，相当于这个国家人口的4倍。旅游业也同时带动了传统手工艺制品的发展，列支敦士登的发展走上了良性循环的道路。

　　瓦杜兹不愧是"田园首都"，漫步在瓦杜兹的大街，抬头可见绿树掩映的用山石垒起的别墅和旅馆。那错落有致的花园，像挂在山坡上的盆景，花花绿绿，令人瞩目。但在瓦杜兹格外抢眼的还是矗立在崖壁之上的王宫。这是一座白色的城堡，由数个塔楼组成。墙垣紧贴着山崖，掩映在山顶的苍翠之中，彰显着王室的威严。我仰望着建在山崖上的王宫，似乎正在进行修缮，局部的墙面上搭起了脚手架，还用透明的苫布遮盖着。在中国古代汉语中，经常可以看到"君临天下"这个字眼。在列支敦士登，这个字眼可以说是名副其实了。据说，这座城堡建于700年前，前后多次进行过扩建，历尽了岁月的沧桑，1719年建立列支敦士登大公国后便改建成了王宫。听说从瓦杜兹有一条盘山道可以通往古城堡，专供国王和皇室家族上下山使用。王宫是国王和王室成员的住地，并不对外开放。在这条王室专用通道口竖立着"游人止步"四个大字，给游人留下了许多遗憾，也留下了许多想象。

　　列支敦士登的王宫高高在上，戒备森严，人们平日里很难见到国王一面，可国家的首相就比较贴近平民了。我在这里听到过这样一个有趣的故事：列支敦士登大公国政府设在瓦杜兹大街的北端一座很不起眼的三层白色楼房内，楼上是首相府，楼下是法院，楼房的地下室竟是临时关押犯人的"监狱"。政府的公务员不多，连值班人员也没有设，所以傍晚下班后，由最后一个人把大门锁上。一天晚上，副首相因公务缠身，一直在办公室忙到夜间9点半。想回家时，大门却上了锁。他于是用力敲打大门，希望能找个人帮他出去，但却毫无回应。正在他焦急万分时，从大楼的地下室里摇摇晃晃地走出一个睡眼惺忪、蓬头垢面的人，他手里拿着一串钥匙为副首相打开了大门。副首相不解地问他是谁，他说："我是被关押的囚犯。""你怎么会有大门钥匙？"副首相惊愕地问。囚犯不以为然地说："当然有了。""你要干什么去？"副首相有些不放心地问。囚犯的回答是："回地下室牢房再把自己锁起来呀。"副首相问："你就不想跑吗？"囚徒叹口气说："我们国家那么小，人人都认识我，我能跑到哪儿去呢？跑到外国去吗？唉，去外国干什么，世界上哪个国家比我们好？"对这个故事的真实性，我无从考证。这也许是列支敦士登人的幽默，但将监狱放在政府大楼的地下室，却并非虚构。这在别的国家是不可想象的事情。

列支敦士登人的幽默还有很多。相传列支敦士登人参加的最后一次战争是1866年进行的普奥战争。由于列支敦士登家族在一战前与一战中同奥地利渊源很深，便站在了奥地利的一边。据说当时派出了支援奥地利军队的80名士兵挥动着军旗，吹着喇叭出征去了。但是，在这场残酷的战争中，这支部队不仅没有战斗到最后一个人，回国时，士兵反而比出征时还多了一名投奔者。原来，这些士兵们在战争期间都躲进了阿尔卑斯山的山谷中，根本就没有和敌军交过火。在归国时，一名奥地利陆军驻列支敦士登分遣队的联络军官还选择了加入列支敦士登军队。1868年日耳曼邦联解散后，这个小国就放弃了自己的军队，和瑞士一样成了永久中立国。1939年，列支敦士登的最后一名士兵去世。他就曾参加过1866年的普奥战争。当时，列支敦士登政府为表示小国不再存在一兵一卒，成为真正无军人的和平国家的决心，便为这最后一名老兵举行了隆重葬礼，还修建了一座大理石墓碑。碑上刻着死者的姓名和生死年月，以昭示后人。在第二次世界大战中，瑞士联邦曾宣布对列支敦士登的入侵等同于对瑞士的入侵，这一声明最终让德国军队止步于瓦杜兹城外。

　　这就是一个小国寡民的生存方式，列支敦士登人用他们的幽默来享受人生，使之安然度过了世界上一个又一个风浪的颠簸，谁又能否认他们的智慧呢？我正在想着，迎面走过一队由老师引领，戴着黄领巾的孩子们，他们一个个活泼可爱，穿得非常鲜艳，脸上洋溢着灿烂的笑容。

浪漫之都录梦

# 奥地利，充满音乐的梦幻

12 时 30 分，我们离开了袖珍王国列支敦士登，20 分钟后，便进入了奥地利边境。如果不是凯拉丽达的提醒，我还真没意识到这么快就来到一个新的国家了。奥地利，我心目中充满音乐的美丽国度，伴随着凯拉丽达放出的一曲施特劳斯的《蓝色的多瑙河》，进入了我的视野。我眼前闪过了一片片绿色的森林和原野，闪过了一道道苍翠的群山和溪流；我的耳边流淌着音符的潺潺溪水，流淌着优美的音乐旋律，真是如梦如幻的感觉。车上那些能歌善舞的艺术家们，听着乐曲也动了情，轻声地哼唱了起来。我这才深深体味到什么才是声情并茂，什么才是情景交融。奥地利，这个拥有雄伟的阿尔卑斯山和蓝色多瑙河，拥有千姿百态自然风光和人文景观的国家，在历史上也造就了像莫扎特、海顿、舒伯特、施特劳斯父子，还有出生德国但长期在奥地利生活的贝多芬等世界级音乐大师。我们这些东方的客人在这里也感受到许多美妙的艺术享受。

奥地利，一个遍布神圣音乐殿堂的国家，人们喜欢音乐是出了名的。在这里，音乐就像是空气一样渗透到每个角落，如萨尔茨堡音乐节、复活节音乐节、新年音乐会等等。这里的古老音乐传统、久负盛名的乐团、歌剧和音乐厅都给人们带来了欢欣和快乐。有几年，央视在元旦的那一天转播过一年一度的维也纳新年音乐会，我作为一名忠实的观众，多次坐在金色音乐大厅之外的电视机旁和全世界的人们一道共同分享这份艺术的大餐。这次到奥地利，由于计划行程所限，未能去维也纳，也给我带来很大的遗憾。不过，我们这次去的是奥地利第二大城市因斯布鲁克，在 15 世纪至16世纪的文艺复兴时期，也曾经一度成为欧洲艺术和文化的中心。佛兰芒乐派作曲家伊萨克曾有一首著名的歌曲《因斯布鲁克，我必须离开你》，至今还在世界范围内广泛流传着。这首歌曲的主旨与题目背道而驰，却独到而成功地表达了作曲家对因斯布鲁克眷恋之情，形象地表达了这座像天国花园一般美丽的城市，却容易让最坚强的人丧失斗志。那里还诞生过德国著名的作曲家舒特纳，那里至今还在举办久负盛名的因斯布鲁克古老音乐节，那里还有一所著名的音乐学院在秉承着奥地利的音乐传统……所有这一切多少也会弥补一些我的遗憾。

客车驶过奥地利边境，一路东行，很快便进入到了有着中世纪风貌的小镇——费尔德基希。这里距费拉尔贝格州首府布雷根茨大约30公里，从中世纪起就是一个商贸集散地。我们在这里做了短暂停留。费尔德基希的镇中心有一座Dom大教堂，保留着13世纪哥特式的建筑风貌。山坡下还有几处猫眼塔楼，虽说破旧了些，但还是很惹人注目，其中一个尖顶的塔楼仿佛还立着一根电视天线，让这个古老的建筑有了几分现代气息。小镇被群山环绕着，窄窄的街路，风格迥异的小楼，随处可见的鲜花，很清静，也很漂亮。不过，行人却很少。杞先生告诉说，这里也是奥地利的音乐之乡，每年都要举办"舒伯特音乐节"，吸引来大量的国内外音乐人士。

我的几个同伴发现附近有一处花店，摆放着很多叫不上名字的鲜花，有的花盆足有一米高，便信步走了进去，纷纷在里面拍照。花店只有一个二十几岁的女孩子，见到这么多来自东方的外国人涌了进来，闪光灯频闪，有些莫名其妙，一时竟不知所措了。她静静地看着这伙人走出去，见外边还有人要往里边进，便连忙将店门反锁了起来。我想，她大概以为碰到什么不速之客了吧。

我们在费尔德基希镇一个叫莲花饭店的中餐馆吃了午餐。饭店的装饰是完全中国化的，挂着中国式的宫灯，摆着中国式的陶器，悬着中国式的字画，老板和服务生也都是华人。我们围坐在圆圆的餐桌上，吃着家乡的饭菜，看着熟悉的摆设，感到非常亲切。开饭店的夫妇是浙江青田人，来这里闯荡也有20多年了。来到欧洲方得知，这里到处都是以温州人为代表的浙江人。他们非常能吃苦，能经营，通常是两手空空闯天下，许多年后，都成了腰缠万贯的富商。我问老板娘，来这里吃饭的都是中国人吗？她摇摇头说："当地人很喜欢中国的菜，也经常光顾的。"我这才注意到临窗的桌旁就有一对奥地利夫妇带着两个漂亮孩子在用餐。那两个长着金黄色头发的孩子马上引起了满桌人的注意。那个大的女孩儿穿着白色蓝边的背心和短裙，大概有十几岁；小的男孩儿穿着浅橙色的带有动物的卡通衫，只有四五岁的样子。看起来，女孩儿文静优雅，男孩活泼可爱。他们用着中国式的瓷碗，使起筷子来，虽说还不熟练，可还蛮像那么回事呢。我在征得主人的同意后，便抄起相机，为两个孩子拍起照片来，小女孩儿有些不好意思，目不斜视，正襟危坐地吃着饭，小男孩儿倒挺配合的，不时在椅子旁跳上跳下，对着镜头还现出调皮的模样扮着鬼脸。回国后，我发现这组照片的一张中，那男孩儿蓝色眼睛的瞳孔里竟然闪出梦幻般的红色。

　　走出费尔德基希，离开这个古色古香的小镇，我猛然发现阿尔卑斯山在云雾缭绕中的秀美。轻柔的云像是硕大的棉絮飘浮在山腰和山顶，满山的翠绿在云的轻拂下，若隐若现，给人种朦朦胧胧的感觉。车子路过的街道边，那天鹅绒般草坪上的酒吧，坐着三三两两的顾客，喝着本地新酿的葡萄美酒，品味着小镇的宁静和优雅。在一处绿荫下，我见到了一个女孩儿在拉着小提琴，如痴如醉的样子。奥地利是个用音乐环绕的世界。当年，我曾看过一部由20世纪福克斯公司拍的影片《音乐之声》，奥地利的美丽田园风光与音乐、风情、爱情巧妙地结合，让我看得如梦如幻。后来，我还看过一部不朽的经典影片《茜茜公主》，从德国巴伐利亚州来的美丽而聪慧的茜茜公主，就是在我们即将前往的因斯布鲁克与奥地利国王充满诗情邂逅的。

奥地利迷人的乡间风光再一次让我对奥地利产生了美感。看来，一个国家徒有美妙的风光是远远不够的，只有与这个国家悠久而美好的历史文化结合起来，这种美丽才会让人倾倒。听说，在奥地利大多数人都会演奏一种以上的乐器，孩子们从小就开始接受学校的音乐教育，教给他们该如何欣赏音乐，怎样享受音乐。听说，在奥地利几乎每天都有大大小小的演出，尤其是在每年的 9 月到第二年的 6 月，音乐和歌剧会一场接着一场。尽管音乐会的票价不菲，水平不错的演出，中等票价也要 50 欧元，然而仍有许多人保证至少一个月去听上一场。奥地利有许多世界一流的乐团，如维也纳爱乐乐团、萨尔茨堡莫扎特音乐学院乐团、维也纳交响乐团、维也纳男声合唱团、维也纳童声合唱团等。奥地利的音乐厅和欧洲的教堂一样的普及，几乎无处不在的歌剧院、音乐厅给这个仅有 800 万人口的世界音乐之乡带来了无尽的欢乐。施特劳斯家族轻松、欢快的华尔兹舞曲，小约翰·施特劳斯和弗兰茨·雷哈尔美轮美奂的轻歌剧，莫扎特明朗愉快、充满诗意的交响乐，舒伯特富有古典浪漫气息的小夜曲……让整个世界都为之倾倒。奥地利音乐学院和专科学校的音乐教育在世界上名列前茅。现代指挥家赫伯特·卡拉扬、卡尔·伯姆为树立奥地利的现代音乐形象，作出了杰出的贡献。在我们这个星球上，任何一个优秀的音乐家都不会错过来奥地利一试身手的机会。两年前，宋祖英就曾在维也纳的金色音乐大厅举办了个人独唱音乐会，至今还给我留下深刻的印象。

由奥地利的音乐，让我又联想到奥地利的历史：早在公元前 400 年，克尔特人就在此建立了诺里孔王国。公元前 15 年它被罗马人占领。公元 996 年，史书中第一次提及"奥地利"。12 世纪中叶巴奔堡家族统治时期形成公国，成为独立国家。1276 年被神圣罗马帝国侵占，1278 年哈布斯堡王朝开始了长达 640 年的统治。1815 年，维也纳会议后，成立了以奥为首的德意志邦联。1866 年在普奥战争中失败后，被迫解散德意志邦联。翌年与匈牙利签订协议，成立二元制的奥匈帝国。第一次世界大战中，奥军战败，帝国随即瓦解。1918 年 11 月 12 日奥地利宣布成立共和国。1938 年 3 月被纳粹德国吞并。同盟国军队解放奥地利后，奥地利于 1945 年 4 月 27 日成立临时政府。同年 7 月，德国投降后，奥地利又被苏、美、英、法军占领。1955 年 5 月，4 国与奥地利签署条约宣布尊重奥地利的主权和独立。1955 年 10 月占领军全部撤走。同年 10 月 26 日奥国民议会通过永久中立法，宣布不参加任何军事同盟，不允许在其领土上设立外国军事基地。从这段漫长而又曲折的历史中，我看到了一个极度辉煌，又极不安定的国家。从称霸欧洲，到屡次战败，奥地利有过一段不光彩的历史。哈布斯堡家族曾长期统治着奥地利。这个盛极一时的家族当时称霸的野心很大，到了 18 世纪初，哈布斯堡王朝的领土空前扩大，远至法国、比利时、西班牙等大片土地，领土达到 50 多万平方公里，人口达 5000 万。但最终还是以失败而告终。不过，正是在这段历史时期中，奥地利的文学艺术达到了一个高峰。18 世纪奥地利是欧洲古典音乐"维也纳乐派"的中心，19 世纪初是舞蹈音乐的主要发祥地，世界各地许多著名音乐家曾来这里居住，从事创作和演出活动。奥地利的美术、文学、科学也得到了长足的发展，在世界文学艺术史上占有一席之地。有人说，这与哈布斯堡王朝的几位皇帝酷爱文学艺术有关。也许吧，"楚王爱细腰，宫中多饿死"。咱们中国的历史不也有国王引领风骚的先例吗？只是可惜没有用到正地方罢了。

一路行程，我领略到奥地利是个遍布崇山峻岭的国度。几个小时的车程，居然没有离开连绵的群山。难怪奥地利国歌歌词的第一句就是"群山巍峨"。下午的旅行，我们是在细雨濛濛走过的。奥地利的雨中风景真的很美，巍巍壮观的高山、郁郁葱葱的低谷在雨中苍翠欲滴，水洗般的晶莹洁净。还有雨中的因河水泛动着波纹，像一条银练飘逸在阿尔卑斯山的绿色丛中，犹如一幅活灵活现的水墨画。我们走在去因斯布鲁克的路上，路过了一个又一个不知名的小镇。我们的眼前，不时闪现过一座座哥特式的教堂和中世纪的城堡。那些源远流长的历史和文化古迹，让我预感到因斯布鲁克离我们越来越近了。因斯布鲁克是座有着近 800 年历史的文化古城。从 1363 年起，这座城市由哈布斯堡王朝的一支旁系管辖。从 1420 至 1665 年，那里一直是奥地利皇帝的居住地，在这里人们可以见到很多昔日皇亲国戚遗留下来的宫殿、墓地和建筑群，因而被世人誉为"皇帝的都市"。在马克西米利安一世皇帝在位期间，因斯布鲁克成为欧洲艺术和文化的中心。如今的因斯布鲁克是奥地利蒂洛尔州的首府。

我们在欧洲旅行的这 10 天里，先后有好几天都碰上了雨天，好在不是雨季，所以大多是下着濛濛细雨。而且，好像是天公作美似的，往往路上下雨，可一旦快到了目的地，雨便住了。这不，我们临近因斯布鲁克的小镇蓝德克时，雨就骤然停了。在这条通往因斯布鲁克的公路上，凯拉丽达高超的技术让我们开了眼。我们的汽车行驶在盘山路上，远看就像在山岩上攀援一样。我从车上往下看，脚下就是万丈深渊，坐在车上，心高悬着，可她却能娴熟地转过一道又一道弯路，车行得非常平稳，毫无颠簸之感。不觉之间，我们走了 3 个多小时，不时穿过一条又一条山间隧道，其中一座是号称欧洲最长的阿尔卑斯山隧道，听说有 10.3 公里之长。

我们大约在下午 5 时进入了因斯布鲁克郊外，从这里眺望坐落于阿尔卑斯山谷中的因斯布鲁克，方发现这是一座美丽的山城，四面环绕着阿尔卑斯山，中间有条因河从城中穿过流向了多瑙河。杞先生指着从我们身边闪过的一片恢弘的建筑群说："这就是因斯布鲁克的奥林匹克中心，曾经在 1964 年和 1976 年举办过两届冬季奥运会。那边建有冰上体育馆和人造雪橇比赛场。附近那座海拔 749 米的贝尔伊塞尔山前，有容纳 6 万人的奥林匹克跳雪台，山上还有一座蒂洛尔军事指挥官安德列斯·霍法的纪念塑像。当年，巴伐利亚人对这片土地垂涎三尺，安德列斯·霍法曾于 1809 年率领蒂洛尔民兵，同拿破仑指挥的法国和巴伐利亚联军进行顽强战斗，成功抵御了入侵者。但因斯布鲁克仍然落入了巴伐利亚人之手，直至 1814 年维也纳会议期间，因斯布鲁克才重新回到奥地利的怀抱。我顺着他的手指，放眼那座高耸的山峰，禁不住想，奥地利的阿尔卑斯山，犹如它的音乐一样闻名遐迩，而因斯布鲁克所在的蒂洛尔州则是阿尔卑斯山的心脏。如此秀美而壮阔的风光，也只有在这里才能真正享受到。尽管我们来此的时间是在 9 月，可这里依然满眼绿色，看不到一丝秋景，那种白雪皑皑的雪峰，就更难见到了。不过，我也能想象得到几个月后，当大自然将银装素裹赐给这座美丽的山城，白雪将层层叠叠的山峦和森林装扮起来，那景色一定会更加清新脱俗，赏心悦目的。

凯拉丽达放缓了车速，将车驶入了这座带有几分宁静的城市。因斯布鲁克得名于那座连接市区因河两岸的古桥。德语"因斯布鲁克"即"因河上的桥"之意。这座城市建于 1239 年，远道的外国商人纷纷途经于此，这里便有了最初的通行税所和少数旅社。15 世纪末，罗马皇帝马克西米大兴土木，建设宫殿、教堂、馆舍，城市才初具规模。19 世纪下半叶，布伦纳山口铁路通车后城市变得繁荣起来，经济、贸易、文化、艺术都得到了长足的发展。

车行进在依旧保持着中世纪城市风貌的大街上，古老的街道上，哥特式风格的楼房、巴洛克式的大门和文艺复兴式的连拱廊组合成一幅年代久远的古城画卷。我们在有着悠久历史的弗里德里希大街停车，顺着一条用鹅卵石铺砌的街道，走到了建有"黄金屋顶"的楼宇下。这是因斯布鲁克的标志性建筑，是当年马克西米一世为纪念他与米兰大公的女儿玛丽亚·碧安卡的订婚，于 1496 年建造的。这幢五层的大屋顶建筑时称旧宫，外部呈浅色调，每个窗户前都整齐划一地摆放着紫红色的鲜花，并无特殊的富丽堂皇之感。但在五楼凸出的阳台上，有一片金光闪闪的遮雨屋顶，面向大街的广场，在阳光下熠熠生辉，屋顶的下方装饰有浮雕，耀人眼目。阳台上的黄金屋顶由 3000 块左右的镏金铜板贴面而成。整个墙面及阳台雕梁画栋装饰非常讲究。传说几百年前，意大利商人历尽艰辛，登上阿尔卑斯山远眺，如果能看到闪闪发光的屋顶，便会高兴得手舞足蹈地高喊：奥地利到了！这个熠熠生辉的阳台栏板还饰有浮雕，上边雕有这位君王被一群仰慕他的女人围绕的场面。当初，国王和王后站在上边观看广场上的赛事、戏剧表演和庆贺活动，好似剧院里的包厢。后来我翻《简明不列颠百科全书》查阅，原来这所谓的"旧宫"也叫"菲尔斯滕堡"，那"黄金屋顶"则是"覆以镏金铜瓦的阳台"。在旧宫的周边汇聚着文艺复兴时期的古典建筑，既有有教堂，也有王府，其上面的浮雕大多为历代奥地利国王的画像。广场上矗立的白色大理石柱就是著名的景观"圣安娜柱"，这是为纪念18世纪初那场西班牙王位继承战争的记功柱。在黄金屋顶的对面是一座雍荣华贵的建筑——海尔布陵屋。这是18世纪晚期哥特式建筑的杰作，墙面装饰非常精细。在因斯布鲁克的王宫花园里，有一尊奥地利皇帝弗兰茨·约瑟夫的塑像。人们对这位皇帝的尊崇有很大的成分源于对茜茜公主的喜爱。1853年8月，奥地利皇帝弗兰茨·约瑟夫与茜茜公主偶遇，演绎了一场美丽的爱情。1854年4月，茜茜成为奥地利皇后，受到了奥地利人民的深深喜爱及怀念。2002年，在她诞辰165周年的日子，奥地利特地为此发行了背面图案是茜茜公主的2欧元硬币。

在因斯布鲁克，我还见到另外一种意义的凯旋门。有人称之为"悲喜凯旋门"。奥地利的玛利亚女皇原本是为庆贺儿子列奥波特二世与西班牙公主的婚礼而建，但就在婚宴之中，女皇的丈夫佛朗茨却意外猝死。于是，在凯旋门的南面浮雕上就记述了婚礼庆典的喜庆场面，而北面却记述了悲痛的场面。从而就有了这座亦喜亦悲的凯旋门。

在奥地利的历史中，马克西米一世对因斯布鲁克可以说是情有独钟。当他在1493年成为神圣罗马帝国皇帝时，就下令在因斯布鲁克大肆扩建皇宫，并打算在死后葬在因斯布鲁克，但最终却未能如愿以偿。当年，人们在霍夫堡皇宫教堂里为他修建了豪华的墓地，历时近一个世纪。墓地的中央是一具带有皇帝铜像的大理石棺。石棺四周刻着24块记述皇帝生平的浮雕。围绕着石棺的28尊巨型铜像是马克西米一世的祖先和后代。这座皇宫在玛丽亚·特蕾西亚时代被改建成巴洛克风格的建筑，在艺术造型上，有了新的特点。来到了因斯布鲁克，让我看到了音乐之外的绘画与雕刻艺术。从这些艺术当中，我看到了奥地利自身浓厚的文化底蕴。在这些雕塑中，流畅的线条和曲线让我不禁想到了一句很经典的话："建筑是凝固的音乐"。是的，艺术都是相通的。如果把建筑比做凝固的音乐，那么，那些线条和曲线不就是凝固的五线谱吗？

奥地利人不光喜欢音乐，还喜欢鲜花。走在因斯布鲁克那并不宽敞的石板路上，并没有那种城市的喧嚣和浮躁。沿街不管是几层高的楼房，还是低矮的别墅，家家户户的阳台和窗台上都被各种鲜花簇拥着，门前的庭院里也都摆满了争奇斗妍的鲜花，形成了一条条花的长廊。这些娇娆的鲜花，或低垂向下，或昂首朝天，在微风轻拂下轻轻摇曳，好像在向路过的人们举手致意。在因斯布鲁克，评价一家的主妇的标准，就是以阳台是否整洁，鲜花是否新鲜来评判的。如果有哪一家的阳台没有新鲜的鲜花，那么这一家的主妇就会遭人嘲笑。难怪在因斯布鲁克走了一遭，到处都是一片花的海洋呢！我恍然省悟到，音乐是美的，鲜花是美的，阿尔卑斯山是美的，因河也是美的……如此多的美，是需要人们来呵护并创造的。将如此多的美汇聚到了一起，就成了美的大海，给人的美感自然就是很难忘的了。

说到美，就不能不提到美的晶莹，美的耀眼的奥地利水晶了。如果将奥地利的建筑誉为"凝固的音乐"的话，那么，奥地利的水晶就是"晶莹的音乐"了。奥地利的水晶饰品一向被认为是全世界档次最高的水晶制品。而奥地利享誉全球的水晶制造商——施华洛思奇公司总部就设在因斯布鲁克。施华洛世奇的水晶制品畅销世界，其"天鹅牌"水晶更是家喻户晓。我们在欣赏过古城的建筑风貌之后，又慕名来到了距"黄金屋顶"不远处的一家豪华的"天鹅牌"水晶专卖商店。还没有进去，便在商店的橱窗前领略到了水晶的魅力了。那个水晶制作的地球仪以金色和蓝色为主色调，玲珑剔透，闪闪发光，格外的美。走进商店，我仿佛置身于一个扑朔迷离的水晶宫殿中了。以水晶为原料制作的花草鸟鱼惟妙惟肖，飞禽走兽栩栩如生。真不知道那些透明无瑕的水晶原料是如何做成这般美妙艺术品的。这里从大到几米高的水晶吊灯，小到几克的水晶项链和耳坠都应有尽有。在七彩灯光的照射下，经过切割后的晶体现出几何图形的幻化和迷人的色彩。走在这多姿多彩的晶莹世界里，我方发现美是多元的，声与光，色与形，景与物，都能展示出自身的美丽。成立于 1895 年的施华洛世奇公司引领着世界水晶饰品的时尚之风，在许多国家的大城市都有连锁店。如此造型丰富，工艺讲究的水晶制品，也让我大开了眼界。再看看标价，从十几欧元到上万欧元的水晶制品均有。在水晶商店里，还有一种昂贵的用水晶点缀的服饰，用了许多水晶颗粒，耀眼夺目，晶莹多彩。很多好莱坞的影星都来此量身定做礼服，以便在一些重要场合亮相。

我们的晚餐是在老城区的一家"台湾美食"餐馆吃的。想必一定是台湾人开的了，味道充满了闽南特色。当晚 8 时 30 分，我们入住了因斯布鲁克郊外的 BON ALPINA 旅馆。这家旅馆是我在欧洲期间印象最深的一家旅馆。它建在一个半山腰上的小镇里，所以又叫山庄旅馆。去的时候，因为天色已晚，还没太在意，只知道我们的客车在山上转了一道又一道弯。第二天一大早，我和同室的凤君出外散步，才发现我们昨晚原来是住在这样一个人间仙境中。晨曦中，小镇美丽得让人心跳，宁静得让人心动。一条窄窄的水泥小路，两边风情各异的乡间别墅，花草爬满庭院，绿树掩映群峰，美极了。我匆匆跑回房间拿起相机与凤君结伴走下山去。在路上，又碰到了也让这美景陶醉了的散文作家尚贵荣。此时，红日还在东方的山脚下隐藏着，只是隐约看到东边的一抹似红非红的色彩。我们离开了身居的小镇，离开了身后的树木，来到了一块临近山脚的开阔地上。我们的视野开阔了，我们的心野也开阔了。远处的阿尔卑斯山脉，让一团团白云簇拥着，或顶在山尖，或挂在山腰，或浮在天地之间。山坡上有几处浓荫遮掩

浪漫之都录梦

下的乡间小屋，白色的墙，红色的顶，色彩搭配得非常美妙。山脚下是一片绿毯般的草场，游动着白色的羊和悠闲的散马。满眼的绿色都有鲜花点缀。扑面的清风带着温馨的清香。我们几个人完全给这样的乡间景色所迷醉了，手中的相机不住地响着快门的声音。在这样的良晨美景之中，摄影的技术反倒不那么重要了。因为不管你怎么变换角度，怎么去构图，拍出来的照片都是很美的。不知不觉中，已经过了早餐的时间了，可我们还迟迟不愿离去，我们终于等到了期盼已久的红日喷薄欲出的那一刻，三架相机同时对准了那美丽的阿尔卑斯山，对准了那像长练一样飘动的彩云，对准了那绿毯一般迷人的草地……我相信这几张照片一定拍得很美，会像一曲奥地利的交响乐，会像一幅卢浮宫的油画，会像一首惠特曼的散文诗。因为，生活本来就是这样美的。

浪漫之都录梦

第四辑
# 走近亚得里亚海

浪漫之都录梦

# 威尼斯，浮在水上的城市

上午 8 时，我们带着对因斯布鲁克美好的印象，离开了这座迷人的城市，下站将是意大利的威尼斯。提起威尼斯，车上的人都不约而同地兴奋起来，这可是个举世闻名的水上之都啊！先前，我曾无数次从影像和图片资料中看到威尼斯梦幻般的风采。这座位于意大利半岛东北部的古老水城，四面环亚得利亚海，由 118 个岛屿组成，以一条 45 公里长的运河为主街，170 多条水道为支街，再用 2300 多条水巷，400 多座桥连接起来。城中没有马路，只有水道，往来的交通工具是水上巴士、水上的士和"贡多拉"，水城唯有一条 4 公里长的海堤连接着外部的大陆，真像是一座浮在水上的城市。

我印象中的威尼斯，最早源于那位中国人熟悉的意大利旅行家马可·波罗。生于威尼斯商人家庭的马可·波罗，在 17 岁时跟随父亲和叔叔，途经中东，历时 4 年多艰辛来到中国，并游历了 17 年，回国后写了一本《马可·波罗游记》。那是一本传世的游记，不光让许多西方人知道了遥远的东方有个中国，还有个元大都；也让许多中国人知道了在遥远的西方有个意大利，还有个威尼斯。车上，有人问杞先生，现在国外有人提出置疑，马可·波罗是否真的来过中国？杞先生笑了，说："马可·波罗是个旅行家，而不是个历史学家，他游记中的有些描述与事实有出入并不足奇。况且他是在一间牢房里写下的游记，有些资料仅凭脑子装，有的还来自于同牢房难友的口述，肯定会掺杂一些想象的成分。不过，他描写的大部分情节还是有据可查的。美国国家地理频道的摄影师麦可曾用了一年时间，重走了马可·波罗走过的路，得出的结论是：'一旦踏上他曾走过的道路，你就会不由自主地对马可·波罗深信不疑。因为，他的描述太准确了。'"我想，700多年前，马可·波罗离开了这座水城，踏上了漫长的冒险之旅，他也许不会料到，如今欧亚两大洲之间的旅行会变得这般容易和通畅。尽管从奥地利进入意大利要走很长一段山路，但现代化的高速公路使得险路也变成了通途。

我们从因斯布鲁克出发，向南行驶了40分钟便进入了意大利境内。先后途经了意大利的北部城市布雷萨诺内和博尔扎诺。车子在阿尔卑斯山北麓的高速公路上飞奔，一路穿过了接连不断的隧道。从车窗望去，两侧的群山环抱，峰峦叠起，近山的灌木丛郁郁葱葱，远山的森林苍如烟海。早上起来就发现阴云密布，气温骤降，到了意大利境内又淋上一场雨，这也是我们来到欧洲所遇到的最大一场雨，但持续的时间很短，大约20分钟就过去了。雨后的山峦，变得更加迷人了，在平缓的山坡上，散落着村舍和田园。据说，这是一条"葡萄酒之路"，沿途连绵着挂满紫色果实的葡萄架和大片大片的绿草地。偶尔也可见半山腰上的城堡。想必在古罗马帝国时，这里作为军事要塞，有过一番昏天黑地的厮杀。

谈到意大利，杞先生有个形象的比喻，说它的形状像只靴子，插入到了地中海，脚尖则是个球，是西西里亚岛，而镶嵌在靴腰上的一颗水晶就是威尼斯。还有人将威尼斯的形状比做了海豚，说它游到了亚得里亚海的西岸之边便不走了。威尼斯城的起源可以追溯到公元452年，最早有人为了躲避匈奴王阿拉提的入侵而来到这个潟湖的岛屿上。公元726年，城市选出了第一位总督，负责管理由几个居民聚集区组成的一个松散联盟。公元687年威尼斯共和国成立，最初隶属于拜占庭帝国。10世纪末获得独立。13世纪初，强大起来的威尼斯人在十字军东征时，攻陷了君士坦丁堡，成了地中海的海上霸主。威尼斯军队征服了北意大利后，又远征小亚细亚沿岸国家，凭借实力纵横海上所向无敌。自十字军东征始，威尼斯成了运送士兵去东方的海运中心，这里就成了东方商品的集散地和转运中心，进而繁荣了跨地区的商贸活动。应运而生的威尼斯商人也活跃了起来，成了莎士比亚笔下的经典人物形象。威尼斯也一度成了繁荣与财富的象征。威尼斯海上帝国的衰退始于14世纪土耳其人的崛起，他们在逐渐蚕食着威尼斯的疆土，意大利和周边的欧洲强国也对威尼斯虎视眈眈。到了18世纪，威尼斯彻底走向了衰落，一度被拿破仑攻占，并随手送给了奥地利。1797年威尼斯共和国解体，1866年并入意大利。

从奥地利到意大利，我们走过一段漫长的山路，接近威尼斯时，阿尔卑斯山渐渐远去了，久违的平原出现了。威尼斯不愧是欧洲的旅游圣地，沿途随处可见前去的游客车辆。屈指一算，原来今天又是一个周日，难怪路上会有这么多的私家车和流动的房车。在意大利，周末的商店是不允许营业的。所以，我们路过一些小镇的商店都关着门。欧洲人的习惯就是如此，度假是高于工作的。在进入威尼斯前，我们还遇见件新鲜事，那就是进入威尼斯的旅行车都需要交纳180欧元入城费。我们在隶属于威尼斯的梅斯特雷市停车，并在一家名为中华饭店的地方就餐。这里距离威尼斯水城只有十几分钟的车程。我看了一眼手表，此时正是当地时间13点。听说这家中华饭店原来是一家由中国国民党投资开的餐馆，规模相比我们以前就餐的中餐馆规模大了许多。如今时过境迁，国民党也从台湾的执政党演变成了在野党，财力也大不如前了。前几个月连战率国民党代表团访问大陆，拉近了与祖国大陆的关系，也提高了国民党的声望。毕竟是血浓于水，我们坐在"中华餐馆"里，也觉得有了几分亲切感，离家又近了许多。

饭后，我们乘车前往去威尼斯的码头。远远便望见那条长长的海堤和数不尽的游船、游艇。码头上的游客也出奇的多，一问方知，第62届威尼斯电影节在昨天刚刚落下帷幕，来自世界各地的影星和影迷们有些还没来得及离开这里，所以显得格外热闹。我们随游船在水面上劈波斩浪行驶了二十几分钟，便到了威尼斯水城。我至今仍忘不了那蔚蓝的天空下湛蓝的海水，那耀眼的阳光下涩涩的海风，像诗一般的浪漫，像画一般的秀美。几艘超豪华的大不列颠王国巨型游轮像摩天大厦般地停泊在海面上。听杞先生说，这几艘有十几层楼房高的乳白色大游轮，内部的设施相当奢华，几乎相当于一座流动的城市，其船票也非常昂贵，一般人是坐不起的。

站在游船上，我在寻觅着当年那个称雄地中海的海上帝国踪影，威尼斯所展现的大气仍然有很大的视觉冲击力。意大利文艺复兴时期，威尼斯是继佛罗伦萨和罗马之后的第三大中心，遍布全城的教堂、钟楼、修道院、宫殿、博物馆等艺术及历史名胜有 450 多处，其中精美绝伦的教堂便有 100 多座，还有 120 多座钟楼，几十座修道院，几十座宫殿。汇聚了拜占庭式、哥特式、文艺复兴式、巴洛克式、威尼斯式等建筑风格。临岸的水中，许多又粗又大的木桩，听凭着海浪肆意地拍打，像是在诉说着水城的悠悠岁月。很多临岸的古老建筑，在海水的冲刷下，已经显得有些苍老，可那些多半建于 14 至 16 世纪的建筑任凭岁月潮夕侵蚀，却风光依旧，还是那么富有魅力，那么令人神往。

威尼斯是一座充满神奇的水城。英国诗人伊莉莎白·巴雷特·布朗宁 1851 年曾深有感触地说："再没有与它相似或相同的城市，世界上没有第二个威尼斯"。美国作家赫尔曼·梅尔维尔于 1857 年游过这里之后说："我宁可在雨天游览威尼斯，而不愿在晴天参观其他中心城市。"这些话虽说有些偏激，但却是发自肺腑。在此稍早的 1817 年，英国诗人拜伦初到威尼斯时，便目眩神迷于水都的风光，以诗人的浪漫，忍不住送给威尼斯一个"亚得里亚海之后"的封号。那些浮在海面上宫殿般的华丽建筑，以其独特的风姿增添着威尼斯的光彩。

威尼斯的游客之多，超出了我的想象。我们走下游船，见到岸边到处都是各种肤色，各种语言，各种服饰的行人。迎面那些星罗棋布的商店和售货摊点，让我不禁想到了莎翁笔下的威尼斯商人。不过，我所见到的大都是价格不菲的商品，至于那个躲在商品背后的犹太奸商夏洛克的形象还是很难寻觅的。沿岸的广场上建有许多非常优美的城雕，街头也有许多画家在作画卖艺，体现出威尼斯深厚的文化底蕴。文艺复兴时期，威尼斯画派作为后起之秀在欧洲艺术史上书下了浓浓一笔，像乔尔乔涅、提香等人在欧洲艺术界也是声名赫赫。他们的艺术成就对威尼斯城市的后续发展注入了新鲜的活力。很多这一时期的建筑已经开始摒弃哥特式的设计思维，而改用文艺复兴式的设计理念了。这其中最大的变化就是建筑的正面装饰不再采用哥特式的精雕细琢，而是痴迷于运用闪光的大理石做成柔和的圆形设计。

上岸后，我们沿着外滩向依水而建的圣马可广场走去。一路上，各式各样的古代建筑映入我们的眼帘，让人们领略到了威尼斯曾经有过的辉煌。圣马克广场只有一条大道通向海边，站在那里可以看到湛蓝色的大海和如云的航船。两根高高的石柱矗立在街道中，一根顶端立着一只展开双翼的雄狮，曾经作为威尼斯的权势象征，君临广场。圣马可广场当年是个权势集中的地方，是威尼斯的心脏。我走进广场，发现其形状呈梯形，看起来并不很大，长约 170 米，宽 60 米，总面积也不过 1 万平方米左右，但却是当年威尼斯的政治宗教中心。广场三面汇聚了圣马可大教堂、威尼斯王宫、行政宫邸和马可图书馆等风格迥异的建筑。广场东面有拜占庭风格的圆顶，哥特风格的尖拱窗户，文艺复兴风格的栏杆，外形为横直相等的希腊十字形的圣马可大教堂，它融拜占庭式、哥特式和罗马式风格于一体，既宏伟庄重又造型独特，称得上是天主教最富丽和最重要的教堂之一。旁边耸立着一座高达 96 米的钟楼，非常雄伟壮观。据说，最早的圣马可大教堂建于公元 832 年，当时，耶稣的圣徒马可的遗骨被人从北非埃及亚历山大城偷运到这里，为了收藏圣人的遗骨，便建造了教堂。在宗教上，圣马可的象征是一只长翅膀的狮子，后来便成了威尼斯的象征，当威尼斯成为一个共和国后，元老院就决定圣马可为城市的新守护神，所以威尼斯的城徽是一只巨大的狮子抱着福音书。我数了数，仅在圣马可广场的周围就有 14 座长着翅膀的狮子雕像。

圣马可大教堂也曾经历了建而复灭的坎坷，历经 200 多年才最终建成，为中世纪欧洲最大的教堂。大教堂门前面矗立着三根"立柱"，人说这是三根古船的桅杆，早在 15 世纪末就存在了。我们来到这里的时候，杆顶就扬起威尼斯红色、蓝色和绿色的旗帜。大教堂同时也是一座欧洲最富丽华贵的艺术宝库，收藏有早期威尼斯画派著名画家们的绘画。他们很多人是在拜占廷帝国灭亡后从希腊逃亡到威尼斯，并最后成了威尼斯画派的先驱。这里有许多美妙绝伦的艺术品、壁画和雕像，陈列着威尼斯十字军四次东征掠夺来的战利品。还有许多收藏品来自世界各地，因为从 1075 年起，所有海外归来的船只都必须为装饰这间"圣马可之家"缴交一件珍贵的礼物。正因如此，它才吸引了无数游客排着长长的人龙前来驻足观赏。我在这里还见到了一件纯金的驷马车，觉得有点儿眼熟，想了一下才明白，这不是当年拿破仑征战到此看中的宝物，掳去放在凯旋门上的那件吗？好在现在已物归原主，巴黎那边也只好用赝品替代了。

圣马可大教堂旁边的威尼斯总督府的执政厅原建于 814 年的一座拜占庭式建筑，由于遭遇过多次火灾而毁。12 世纪威尼斯工匠建筑了新的总督府。这正是威尼斯共和国强盛时期。他们认为建立了庞大的舰队和海上霸权，已经没有必要将宫殿建造在坚固的城堡和围墙之中了。他们甚至停止了建造炮台。到了 14 世纪初，这座宫殿因年久失修几乎衰败。于是，在 1309 年，当时的国家元首吉亚尼又建了一座新的宫殿，就是我们今天所见到的总督府雏形。到 16 世纪，这座宫殿曾多次扩建，创造了这座无与伦比的建筑。我站在总督府下，端详着这座造型别具一格的建筑，发现下面两层白云石的尖卷列柱敞廊，具有浓厚的哥特式风格。总督府的主体建筑都仿佛是搭建在无数根廊柱之上的积木，有点儿头重脚轻之感。这里的一楼是开放式拱形长廊，仅一面便大约有二十几个拱门；二楼的长廊是一座空中阳台与南面和西面的办公用房连为一体；三层以上的墙面用小块的白色和玫瑰色的大理石片贴成斜方格的席纹图案，有些伊斯兰的建筑风格。总督府下面两层的镂花长廊与上层光滑的墙壁融为一体，极具独创性，为总督府的正面营造出混合对比的富丽堂皇的效果。

总督府的入口处设在一侧，内院有16世纪初建造的"巨人梯"，30级的大理石台阶上部竖立着战神和海神的巨大雕塑。宫内的装饰主要以油画、壁画为主，并加以大理石雕塑和木雕。宫内名画极多，如维罗内塞的《威尼斯的胜利》、堤埃坡罗的《海神向威尼斯献礼》等优秀的绘画装饰，尤其是二楼会议室中有幅威尼斯画派大师丁托雷托所作的《天堂》最为著名。这幅油画长22米，宽7米，取材于但丁的《神曲》，画中有700多个人物，被喻为世界最大的油画。宫内还陈列了从中世纪到近代的各种兵器，展示了当年威尼斯共和国的雄风。

我徜徉在这个并不宽敞的圣马可广场，为眼前这些融多种欧洲风格的建筑和艺术氛围所倾倒。威尼斯有过自己的辉煌，尤其是在文艺复兴时期，作为一个东西方文化碰撞的地带，形成了一个独具特色的文化中心和商贸中心。它吸引着世界各地的游人来到这里，分享人类文明的共同成果。在这个广场，我见到一个露天乐队正在演奏西洋乐器。那些清一色身着白衬衣黄领带的男人们，吹拉着萨克斯、长笛、单簧管、双簧管、长号、小提琴、大提琴……引得许多游人驻足观看。在这里有有数不清的鸽子飞起飞落，成了人们交流的对象。一群群的鸽子与人共舞，在广场上悠闲徜徉，非常和谐和自然。那满地的鸽子在广场上觅食、嬉戏，让人叹为观止。许多游人的手上和肩上都落下了肆无忌惮的鸽子，耳边充满了它们降落时翅膀扑棱的喧闹声。仔细一看才知道，他们的手上都放着鸽子饲料呢。我想俯下身来，给在地上觅食的众多鸽子拍照，却遭到了当地一个人的白眼，起初还不知道是怎么回事，经人点拨才发现，原来他是在广场卖鸽子食的人，我没有买饲料，就想照相，引得他不高兴了。哈哈，这回我总算发现了，原来这里就有一个"威尼斯商人"。

　　我走出广场就来到了大海边，几只海鸥悠闲地掠过海面，数不清的游艇和气垫船在水上穿过。这是一个见不到沙粒的海滨，长长的海岸线上，只有一条繁华的步行街，排列着连绵不断的商店、旅馆、货摊、饭店、咖啡馆。在路边，不时看到标有"4A8l"的牌子，但却指得是汽艇。如果想坐大一点的巴士，那就是公共汽船了。如此类比，那用桨划的小小的"贡多拉"就只能算是自行车了。在这座水上城市里，是见不到禁行的汽车、摩托车，甚至是自行车的。正是那些交通工具组成了威尼斯的水上交通网，在沿着运河各重要景点而行的水上巴士"一号路线"，几乎每隔10分钟就有一班，汽艇和"贡多拉"则更是随叫随到了。

　　我穿过岸边的步行街，便一头扎入了威尼斯的小巷里。从我的感觉上讲，威尼斯的魅力在于由桥和水道组成的2300多条水巷。那曲折蜿蜒的水道和纵横交错的小桥，将一个个小岛串连起来，交织出令人称奇的小巷和街道，让我有种曲径通幽的绝对乐趣。我走过一座又一座小桥，走进一个又一个小巷，见到全部房屋都建在水上。这儿的建筑方式很奇特，地基是在水底下打下的一根挨一根的大木桩。打牢后再往上铺木板，然后就可以用石头在上面盖房子了。我仔细看了一下，无一例外。怪不得有人说，威尼斯城上面是石头，下面是森林呢。听说当年建造威尼斯，将意大利北部的森林都砍光了。我问当地的华人"地游"："用木桩做地基的房子在水里浸泡年头多了，会不会烂掉啊？"那位十几年前来自北京的女"地游"笑着说："不会的。这些木桩不接触空气，不但不会烂，还会越来越坚硬的。"曾有人挖掘过拆毁房屋的地基，挖出的木桩像铁一般坚硬，只是出水氧化后才腐烂的。水巷里的房屋大都很古老，真不知当年是怎么完成这样一个巨大的工程的。遍布其间的民居、教堂、饭店、咖啡馆、商店大多是深色调的墙面，还大都有一个小院和院墙。在这里，船成为每家必备的交通工具，去哪里都得搭船。人人把船停在自家门口边，就像在陆地城市的家门口停放着一台自行车或是一辆汽车一样。我从此间经过，见院门大多紧闭，显得很清静，真不知道这里的主人都在做着什么。在运河两岸的古老街巷里，我流连忘返于迷宫般的风景之中。那些年代久远的房舍前竖着无数的木桩，刷着彩色的油漆，数百年来一直被浸泡在水中，有的墙皮已经开始剥落，墙根也散发出一股潮湿的气味。可我依然能从中寻觅到一种梦幻般的境界。水中晃动着尖顶教堂和塔楼的倒影，水中隐约可现水城市井街巷的风姿。

在水巷之间，唯一可以通行的水上交通工具就那轻舟"贡多拉"（Gondola）了。这种小船的两头高高翘起，船身狭长，船底扁平，形如弯月，纤巧灵便，由穿着横纹T恤衫、头戴草帽的威尼斯人摇桨划船，能够像鱼儿般游弋在"大街小巷"，灵活地行进在又窄又浅的水道里。我登上的那条"贡多拉"，在波澜不兴的河面上搅起一道道涟漪，穿过挂满青苔的古老院墙，穿过盛满幽静的花园庭院，穿过承载历史的流水小桥。抬眼望去，水波粼粼，一片碧绿。水巷曲曲弯弯，大都不宽，窄的不过一米多的样子，两岸隔着窗户甚至可以握手问好。在高高低低的小桥下穿过的那一刻，我的心仿佛在水上荡漾。沿岸有许多袖珍广场，摆放着长椅，供人休闲娱乐。在这寸土寸金的地方，能辟出这样一块宝地，也实在是不容易了。

威尼斯素有"桥城"之称，400多座桥梁横跨在城中大大小小的运河上，其中大多是石头砌成的拱桥，但造型生动，风格迥然。有的大气，有的精巧，有的古雅，有的庄重……桥的名字也千奇百怪：自由桥、拳头桥、稻草桥、叹息桥、钱桥……

我乘贡多拉来到了与总督府一水之隔的叹息桥。这座桥的造型属早期巴洛克式风格，整座桥呈填充闭式的房屋状，上部穹隆覆盖得严严实实，只有向运河一侧有两扇小窗。桥的两端连结着总督府和威尼斯监狱，是古代由总督府的法院厅向监狱押送死囚的必经之路。我从桥下见到，桥凌空架在两栋建筑物之上，桥的拱边上点缀着人头雕像，上面有粗琢的壁柱饰和两扇哥特式花格装饰的小窗户。再往上是一个扁拱形顶，中间的浅浮雕上正义女神端座在两头狮子之间。当犯人在法院接受审判之后，重罪犯将被带到死牢中，在经过这座密不透气的桥时，只能透过小窗看一眼蓝天。据说，从总督府下了楼梯就到了这座与死囚有关的桥了。当年，一旦跨过了这座桥的囚犯就再也不可能回到这个世上来了，所以从桥上的小窗口边不时发出死囚眷恋人生的叹息声。还有一说：一名死囚在此桥通过时，透过窗户见到先前的恋人在桥的那端正与新欢接吻，不由心碎了，发出深深叹息。叹息桥由此而来。

威尼斯最初以木桥居多，可后来人们认识到木桥的寿命短，且不保险，于是便开始造石桥了。这种演变可以从著名的里阿尔托桥的变化中了解到。这座桥位于市中心大运河上，这里最早曾是一座木桥，始建于 1180年，由于两旁设有多家店铺，又叫做"钱桥"，几百年间命运多舛，几经重建，又改建成了吊桥。在 1444 年的一次庆典上，大桥由于不堪重负，造成大桥折断。于是，在 16 世纪又改建成了大理石单孔拱桥。桥两头用 1.2万根插入水中的木桩支撑；桥长 48 米，宽 22 米，离水面有 7 米多高；桥身有十几个拱门，形成一个长廊，桥中央建有厅阁，桥顶有一浮亭，两侧店铺林立，多为首饰商店和卖旅游纪念品的摊点小铺，远望它的时候感觉造型非常的优美。这一带是威尼斯最重要的商业区之一，莎士比亚的名剧《威尼斯商人》就是以这里为背景写作的。

威尼斯的风光是美丽的。这是人类经过千百年的辛劳，而创造的无与伦比的经典杰作。威尼斯的水城与我国的长城、埃及的金字塔并称三大人间奇迹。它巧妙地将人文景观与自然景观和谐地融于一体，让我感受到人的创造力是多么的伟大。可在离开威尼斯时，我的心情却多了几分沉重。因为我从杞先生那里听到了这样的信息：近 100 年间，由于全球变暖海平面已经上升了 23 厘米。与此同时，由于过度开采地下水，整个城市在

20 年内下沉了 30 厘米。1966 年，威尼斯的大洪灾，使城内水位高达 1 米。2001 年 1 月，威尼斯蒙受了历史上最严重的洪灾，4 天 4 夜的洪水将城市的大半部分淹没水中。听说，威尼斯在每年的 10 月至 1 月期间，海水将淹没部分建筑，有的建筑进水会达齐腰深，就是进旅馆也要搭跳板的。威尼斯地势最低的圣马可广场仅比海平面高出 30 厘米，有一年就曾发生过逾百次水浸的现象。专家告诫：今后如果不采取措施的话，最迟到 2100 年，威尼斯将彻底不能居住，成为水下之城。如果真的这样，那将会是多么可悲的事情啊！

威尼斯的水上风光如此迷人，让我在不知不觉间在水城度过了近 5 个小时。当我乘船离开威尼斯水城的时候，我的目光一直也没有离开那如诗如画的景色。威尼斯的风光是奇异的，以神秘与华丽的美感和清新与迷离的情调抓住了我的心。聪慧的威尼斯人当初在这里打下第一根木桩的时候，也许只是为了谋生或是休憩，也许不会想到威尼斯会发展成今天这般光景。千百年来，这些千姿百态的建筑立于水中，听凭着大自然潮起潮落的冲刷侵蚀，又听凭着人们不厌其烦地修缮装修。日复一日，年复一年，造就了这座无以伦比的水上之城。而今的威尼斯早已不光是威尼斯人的威尼斯，也不光是意大利人的威尼斯了。威尼斯早已成为了全人类的威尼斯。人类的目光都在关注着这份人类遗产今后的命运。真不可想象，当威尼斯这座美丽的城市带着叹息桥的叹息，带着圣马可教堂的珍奇，带着马可·波罗故居的记忆淹没在亚得里亚海之中会是多么哀婉的悲剧啊。好在现代科学的发展为威尼斯的未来现出一线生机。不久前，意大利帕多瓦大学的科学家甘博拉蒂提出：利用石油工业的技术在未来 10 年内每年向地下注入 1800 万立方米海水，从而将整座城市抬高 30 厘米。但愿这个设想会化为现实，拯救威尼斯。面对着既给了威尼斯美丽又给了灾难的大海，面对着既可爱又可恨的大海，我无言可说，只能在心中默默祈祷：好运，威尼斯！

我们于 18 时 30 分回到来时的码头。当晚入住了威尼斯所属的梅斯特雷市 EUR 旅馆。这是一个清静的小城，与威尼斯的繁华形成了鲜明的反差。再加上是周日，除了酒店、餐馆、食品店之外的商店都没有开门，大街上显得很冷清。吃过晚饭后，我们在餐馆的附近碰到了一个正在擦车的浙江商人，他在餐馆的隔壁开了一家小商店，也没有营业。他告诉我，周日营业是要挨罚的，为了赚钱，他刚刚从威尼斯水城的流动摊点上回来。他还告诉我，这里的营业时间也有严格的规定，平时是上午 9 时至 12 时，下午 3 时至 6 时，中间还要休息上 3 个小时。这对于善于经商的浙江人来说，也是件挺无奈的事情。"唉，就是精明的威尼斯商人也没有办法的。"他冲我苦笑了一下，又继续擦他的车了。

# 圣马力诺，一个石匠缔造的国家

在我的印象中，还没有哪一个国家是以人的名字来命名的。可我们将要去的圣马力诺就是一个例外，而且用的是一位石匠的名字。这就不能不引起我对这个国家的历史产生了浓厚的兴趣。相传在中世纪的时候，一个偏僻小村庄住着一个叫马力诺的石匠，是位虔诚的基督徒。有一年，石匠为罗马帝国兴建一座码头而出劳工。劳工中有许多是由于不满罗马皇帝对基督教徒实行迫害而被流放做苦力的。马力诺自身也有相同的命运，因而非常同情他们。于是，他决心帮助并带领他们逃亡到一个远离罗马皇帝控制的地方。一天，他们偷偷渡过了亚得里亚海，爬上了一个荒芜没有人烟的蒂塔诺山区。他隐居在山里，以采石为生，传播基督教义，广做善事，被人们奉为"圣徒"。他后来又陆陆续续接纳了许多不堪忍受罗马皇帝暴政的逃亡者，逐渐形成了"石匠公社"。圣马力诺的地名便由此而来。他们利用山区的天然屏障，垒石筑城，抵御外敌，建起了自己的城堡，石匠也被公推为首领，去世后被安葬在他生前建造的小教堂中。虽然石匠的传奇随着岁月的流逝而被淡化，但石匠的神圣形象却始终留在圣马力诺人民的心中。公元 301 年由他缔造的圣马力诺宣布独立，最初实行的是族长管理，到了 1243 年制定了共和法规，从 15 世纪起为纪念其创始人，将国名定为圣马力诺共和国，1600 年 10 月 8 日确立了圣马力诺的成文宪法，实行两个执政官联合执政的制度，成为当今世界上最古老的共和国。这是早晨一上车，杞先生就给我们讲述的一个国家的故事。

太阳每一天都是新的。我们坐在车上，离开了如梦如幻的威尼斯湾，行车路线基本上是沿着亚得里亚海岸线向南进发。在上车时，我们就做好了挨饿的精神准备。因为，今天的早餐应验了杞先生先前的告诫，糟极了。自助餐供应的食物量不足，刚端上来的限量面包以及奶酪、果酱、香肠等，没一会儿就让就餐的人风卷残云般地拿光了，有些起来晚的考察团员，差点儿没吃上早点。这是我们在欧洲经历的唯一一次尴尬，也算领教了威尼斯商人的遗风。

今天照例是早8时起程，将途经意大利的梅素拉、科马基奥、拉韦纳、弗利等城镇，到达那个神奇小国圣马利诺。我们的车行驶不久便来到了素有意大利谷仓之称的波河平原。平原位于意大利北部阿尔卑斯山以南的波河流域地区。它犹如一个凸角，笔直地插进了欧洲的心脏地带。这块富庶的土地早在公元前3世纪始就处于罗马的统治之下，日后形成了米兰、都灵、热那亚等众多的历史名城。刚刚走过丛山峻岭之中的瑞士、奥地利以及意大利的山地，一下子来到了一马平川的沃野，视觉蓦然开阔了许多。田野中长满了大面积的玉米和果树，虽不及荷兰原野的平展和碧绿，但也让人觉得赏心悦目了。这时，我恍然想起先前在奥地利时，有位老兄的"高见"。他说："你知道欧洲人为什么那么热衷于旅游吗？"我不知何意，只得摇头。他说："你看城里那么多人，城外又这么多山，活动的空间真是太小了。所以，欧洲人才一有时间就往外跑，去旅游的。欧洲虽说景色很美，我们初来乍到，看着也很养眼，让我在这儿呆上十天半个月，还挺新鲜的，可如果让我长年在这儿呆着，我就会受不了。"我听了这话，也觉得并非没有道理，可细一想，也不尽然。在城里呆久了，谁还不想到城外去透透空气呢？可话又说回来了，如果连基本的生存条件都不具备，哪里还有闲心去旅游呢？说到底，热衷旅游的观念还是由经济基础决定的。什么时候，我们国家的人民都热衷于旅游了，那就是国富民强的标志了。

欧洲旅游的人多、车多，也使得沿途的加油站非常红火。在我们所走过的欧洲国家中，大多加油站都是多功能的，包括超市、快餐店、汽车旅馆等一条龙服务。凯拉丽达将车开到科马基奥附近的加油站去加油，这也是我们放松的时间。下车后，我发现停车场里停了好多辆旅游巴士，人们都成群结队地往超市里走。这里的服务设施非常齐全。加油、购物、用餐、如厕都很方便。人们若想去卫生间，就必须先走进里面的超级市场，然后再绕过快餐店，经营者巧妙地将多种功能融为一体，来刺激人们消费。但这里物品的价格都比较贵，像一瓶矿泉水 1.9 欧元，一杯咖啡 4.5 欧元，连去一趟卫生间也要交 1 欧元。我们有位团员站在超市的图书杂志展销台翻看过几本类似画报的杂志，刚放下就遭来了经营者的抗议。原来，他将透明塑料袋装的杂志不干胶封口打开了。他听不懂的意大利语，可看得懂人家的激怒表情，无奈中只好掏出 15 欧元，将这三本看不懂的杂志买了下来。

　　车行至拉韦纳市就与圣马力诺不远了。拉韦纳靠近亚得里亚海，在 5 世纪时，曾是罗马帝国的所在地，后来又成为拜占廷的意大利所在地，是欧洲拜占廷文化的宝库。文艺复兴时代最伟大的诗人但丁的晚年就是在拉韦纳度过的。但丁最具代表性的作品是《神曲》，但在生前却并没有出版。原来《神曲》刚脱稿，但丁就去了威尼斯，却不幸染上了疟疾，回拉韦纳不久就去世了。但丁的两个儿子雅各和彼得在整理父亲遗物时惊愕地发现《神曲》的部分手稿丢失了，一连几个月都未能找到。就在他们几乎绝望时，雅各梦见了父亲身穿白袍在灵光中闪现。他急问父亲《神曲》的下落。但丁指给他一个地方。雅各梦醒后忙请来父亲生前要好的一位律师做证人，走到梦中父亲所示的地方，见到墙上有块活板，里面果然存放着丢失的手稿，有些页上还发了霉。一部享誉世界文坛上的伟大史诗就这样逃脱了残缺不全的命运。我不知道这里边是否有演绎的成分，但我相信但丁《神曲》失而复得的故事。

我们从早上起就一直沿着亚得里亚海岸线走，却一直也没有见到海。不过，走过波河平原后，遥遥见到的还是山。望见山，也就离圣马力诺不远了。圣马力诺这个仅有61平方公里的小国位于欧洲亚平宁半岛东北部的蒂塔诺山的山坡上，首都就在山的西坡顶端。11时15分，我们在车上已经遥望到那座海拔738米的山峰了。二十几分钟后，我们的车从意大利进入圣马力诺国界，照样没有什么明显的标记，在蒂塔诺山的山脚下有一座国门式的装饰，上边的横幅写着"古老的共和国欢迎您"，这就是圣马力诺的国界了。汽车像是在山上盘旋，山路都是铺得很标准的柏油公路，两侧还有护栏。尽管如此，看到车子越攀越高，心也随之悬着，可凯拉丽达却开得很轻松，依旧播放着悠闲的音乐。像先前走过的列支敦士登一样，圣马力诺也是一个山地的袖珍小国，也要过一座桥。圣马力诺的面积和人口还不如列支敦士登多，但与列支敦士登却有着异曲同工之妙：同是小国、同在山上、同兴邮票、同样临海。

这是一个石匠缔造的建在山上的国家。山的东边有一片仅隔23公里的大海，那就是亚得里亚海。杞先生指着那片海说："当年，石匠马力诺就是从那片海滩登陆，爬上山岩，把基督徒带上这座山上来的。"马力诺将山岩的坚强带给了这个国家。历史上圣马力诺在1503年和1739年曾两次遭受外来入侵，但很快就又重新独立。意大利独裁者墨索里尼统治期间，在意大利羽翼之下的圣马力诺选择了一个法西斯式的政府，尽管它在第二次世界大战时宣布了中立，但在1944年6月还是遭到了同盟国飞机的轰炸。

蒂塔诺山掩映在苍绿的群山中，就像圣马力诺国徽所展示的那样，在蒂塔诺山翠绿的三头峰上矗立着三座古城堡，周围地势起伏，风光绮丽。8个居民中心散布在四周的山腰上，山腰里点缀着各式精巧的建筑和教堂，绿色的谷地布满着葡萄园和果园。我们的车沿着陡峭的山路爬到了蒂塔诺山的山腰，停在了一个宽敞的停车场上。从这个停车场再往上走，分为了两个方向，一个是布满商店的步行街，一个是由城墙和城堡组成的长廊一直通往山顶。凯拉丽达用英语说："这就是圣马力诺的首都了。"我们在这附近的"广东餐馆"吃了午餐后，便抓紧时间去游览圣马力诺首都的风光了。我真不明白欧洲人为什么爱将城市建在山上，而我们国家的城市一般都是建在山脚下或山谷里。

我眼前的圣马力诺城依蒂塔诺山而建，一道坚固的城墙蜿蜒爬向山顶，将城市的建筑群分为上下两个区域，下区多为新建筑群，且为低层建筑，有许多商店、饭店、咖啡馆。上区是老城区，街道及房屋沿着山坡向上延伸，城墙也随高就低依山而筑。我们大部分人先走的是商业街。中国人在外国旅游，似乎将购物当成了一项重要任务，这就与外国人旅游形成了鲜明的反差，大多数来这里的外国人都将旅游当成消遣的一种方式，对购物并不大感兴趣。在车上杞先生就告诫我们，圣马力诺的假货或者仿制品太多，要谨防上当。还说如果将假货带到了意大利，在出关的时候给查出来，可是要受到高额罚款的。我想反正我是不会上当的，也不会去买假货，但来到圣马力诺，也还是想了解一下这里的行情。走了几家就发现，有些商品标价比正常价格低了许多，不用问，一定是假货了。像瑞士军刀，在瑞士一把至少要 12 欧元，可这里却有 6 欧元一把的。我拿过看了看，才发现上面的标志是不同的。刀柄上的十字，变成了类似的十字星符号。如不注意看，肯定要上当的。这里的皮具，也有许多假意大利名牌，像皮带、挎包之类的皮具。人们都听信了杞先生的话，没有去买。

我走出不远便见到一对少男少女的铜雕。他们赤身裸体，双手支撑着身体，相对坐在一块石板上，很漂亮，也很逼真。再往前走，又看到了几尊雕像，大多是少女形象，或穿短裙，或裸体，很讲究造型，也很讲究线条。我们在山路上见到了许多花圃，色彩均很鲜艳，路边的国花"仙客来"争奇斗艳，从中也可看出圣马力诺人的爱好所在。我沿着呈之字形盘旋而上的小街往上走，随处可见摆满了旅游产品的小商店，路边为游客备好的休闲长椅，城墙边摆放着铺着红桌布的咖啡桌，还有悬崖上的露天酒吧。我们去的那天，游客并不是很多，但大都兴致很高，说说笑笑地边看边走，三三两两携手款行的男女游客，给沐浴着山风的夜市涂上了一层晕黄的浪漫色彩。

圣马力诺不愧是个山地国家，对石头的采用达到了极致。城中的建筑材料大都就地取材，用石块垒筑的城墙既高又宽，用石头垒起的房屋也都很坚固。在沿着城墙向上走的路上有很多台阶，也是用石头砌成的。城中的上下通道也是用石条砌筑，石条的长短厚薄都依据石阶的需要凿制而成。我发现，圣马力诺这座山城要比列支敦士登那座山城更有气势，也更有特色。列支敦士登除却王宫处在险峰之上外，整个城市尚坐落在较为平坦的山坡上。可圣马力诺就不同了，其许多建筑都是建在险要之处的，坡也更陡一些。我和同伴们顺城墙而上，远远近近看到了包括圣马力诺城堡在内的三个城堡。三个城堡分别建在三座高低不同的山峰上，有的干脆就成了观景台，只要站在任何一座城堡，就可以一览这座城市的全貌。欣赏圣马力诺的自然风光，离不开城堡的陪衬。这里的每个座城堡都有一道城墙相随。当地人在古代修建这些城堡，是为了抵御外侵和确保不受罗马皇帝的约束，让人们能够自由自在的生活。这里面曾有过多少惊心动魄的故事，我们是无从知晓的局外者了。但我们却可以从中体会到圣马力诺人民追求自由解放的决心。

这里的城堡，被誉为"神奇的城堡"，是圣马力诺人民追求自由的象征，也是圣马力诺人民勤劳智慧的结晶。在圣马力诺老城，最古老的一道城墙已经有了500多年的历史了。山生石，石筑城，成了圣马力诺城的真实写照。那个建在悬崖边上的城堡，全由石头垒砌起来，塔楼连门都没有，上去只能凭借云梯，一个炮口对着城墙的大门，似乎在准备着破城后的最后一击。城堡里面有一口水井，还有一个小礼拜堂，一层一层全是木楼板，只要是封住梯口，下边人就无法上来。城堡的每处设防都做出了最

浪漫之都录梦

悲壮的设计。我不知道当年这里是否发生过恶战，如果发生过，那一定会是非常惨烈和悲壮。站在古城墙上，我不禁想起了中国的万里长城。当然，这里的古城墙是不能和我国的长城媲美的。但是对于这个至今才有近3万人口的小国来说，当年完成这样一个工程，该有多么艰难是可想而知的。在当时的那种技术条件下，如果没有相当的感召力和凝聚力，完成这样一个浩大工程几乎是不可想象的。当年多少个像马力诺这样的石匠流下了辛勤的汗水和心血才为人类留下这样一个宝贵的文化遗产啊。我走进了圣马力诺城堡，见到整个设计都非常合理，砌筑也非常结实牢固。

我站在蒂塔诺山顶的城堡前，放眼眺望，有种"一览众山小"的感觉。向东，脚下是一片城市建筑群，连绵不断，远方是亚得里亚海，碧波万顷；向西，远山与近峰遥相呼应，河谷与层峦幽幽相挽；向北，望不断的葡萄园和果园与乡间农舍尽收眼底，田野谷地，绿色天涯；向南，山峦与平地交错，石岗与土丘起伏，满眼绿色，花香入鼻，别有一番诗情。我依在山顶的城墙上，迎着徐徐的清风，似乎闻到了亚得里亚海的气息。置身于蒂塔诺山之巅，有种自然风光分外美的感受。我想，小国寡民，生活得如此安宁，也称得上社会的一大进步了。圣马力诺之小，在世界地图上甚至容不下它的名字，故被称为口袋小国。圣马力诺之奇，因国徽中三座城堡上的三根白羽毛，故又被称为三羽之国。但圣马力诺并不因其小，而受到的藐视，反而因其独立、自由、中立的信念赢得了世界的尊重。

这个石匠缔造的充满神奇的国家，随处可见国父马力诺的影子。走进圣马力诺，无论是在博物馆，还是在教堂，都可以看到一幅"圣徒马力诺"的巨幅油画。那位圣马力诺的传奇英雄，英姿勃发，目光如炬，巨人般地手托蒂塔诺山的三座绿色山峰。看来，一个对国家和民族做出贡献的人，人民是不会忘记的。马力诺缔造了一个国家，也创造了一种独具特色的民主政治形式。在一个只有3万人的小国里，至今仍在实行颇具特色的民主。圣马力诺每年都要进行两次神圣的民主选举，选举国家元首，并由两名权力相等的执政官共同担任。他们既是国家元首，又是政府和议会首脑，任期只有半年，不能连任。每年的 4 月 1 日，10 月 1 日是国家交接执政的日子。这对一个如此小国来说，当选国家元首的概率应当是很高的。我粗略地推算了一下，至今尚健在的执政官总不会少于百位吧。这也就等于说，在圣马力诺的现有公民中，当过国家元首的比例应当在千分之三左右。说不定就在我们沿着古城墙往下走的时候，就碰到过一位前任国家元首了呢。听说在圣马力诺，政府成员由大议会任命，国家只有二十几名警察，但国家非常安定，很少有刑事案件的发生，仅有的一所监狱，因犯罪案件少而关押的人很少。杞先生告诉我们，圣马力诺人的生活水平较高，失业率很低，在失业者中，有一半以上是因为工作不理想而不想干，并非无事可做。圣马力诺实行的是全面医疗保险，无论在国内还是国外就医，医疗费用全部由国家负担。因而，圣马力诺人生活得轻松悠闲，给人的印象就像个世外桃源一样。

我们在下山的路上，走进了一家出售邮票的商店，圣马力诺邮票漂亮的图案，鲜艳的色彩、精美的印刷，与我们走过的另一个小国列支敦士登有异曲同工之妙。1894 年圣马力诺首次在意大利发行纪念邮票和贴邮票的信封，并迅速成为全国的主要产业。全国所有 10 家邮局都出售纪念邮票和可收藏的硬币，并从 1979 年起，在圣马力诺境内使用注名邮戳。在圣马力诺，旅游业是国家的经济支柱，占国家财政收入的 60%。另有 10% 就来源于出售集邮册、首日封和收藏硬币了。在路上，同伴问我，你对圣马利诺有何感想？我说："圣马力诺人是绝顶的聪明：自身没有多大的经济实力，却可以在欧洲大国之间游刃有余，与世无争；自身并没有什么资源，却可以让满世界的人跑到这里扔钱，坐享其成。"他们唯一可做的就是让这里山常绿，水常流，人常游。这些他们都做得很到位。看来，这是一个小国十分值得称道的地方。

浪漫之都录梦

# 佛罗伦萨，阿尔诺河谷的历史足音

　　离开圣马力诺已经好远，一回首，蒂塔诺山仿佛还在眼前。那个依山坡而建的国家，像是一个符号已经深深地镌刻在我的脑海里。随山势而高低错落的教堂、雕塑、咖啡馆、房舍渐渐远逝，只有山头那三个高耸的城堡还掩映在浓绿之中。圣马力诺境内峰峦起伏，丘陵广布，圣马力诺河和马拉诺河在山间缓缓流淌，蒂塔诺山在云雾缭绕的群山之中傲然挺拔，离开了这个石头筑就的国家，才知晓它的壮美。来之前，就听说圣马力诺有一条世界知名的 F1 赛车道，每年的 4 月份举行 F1 赛车比赛。可这次到此，却不知车道究竟在何处，莫非就是我们走过的那条路吗？我有些茫然了。

　　10 分钟后，我们又一次进入到意大利境内，将前往欧洲文艺复兴的发源地佛罗伦萨。我透过车窗玻璃望去，绿色的山峦在阳光的折射下呈现出缤纷的景色，曲折的山道在苍翠的丛林中呈现出优美的弧线。意大利北部的亚平宁山脉也是个很美的地方。我们将首先途经位于意大利亚得里亚海滨小城的里米尼市。在第二次世界大战中，里米尼曾一度作为纳粹德国抵御盟军的一道防线而闻名于世。那是在二战后期，墨索里尼倒台后，希特勒害怕意大利投降盟国和盟军在意大利南部登陆，便以减轻意北部防务负担为借口，派隆美尔元帅率 8 个德军师越过德边境，占领阿尔卑斯山脉各山口，并在意大利北部建立比萨—里米尼防线。但随即便受到英军第 8 军团进攻，英军强渡墨西拿海峡，在亚平宁半岛登陆，并在意南部快速推进，意大利北部的比萨—里米尼防线也随之崩溃。如今这个距圣马利诺仅有 23 公里的里米尼早已不见了战争的遗迹，而成为了意大利海滨度假圣地。

在接近里米尼的高速公路上，我看到越来越多的轿车在高速路上相拥而行，感觉到那里一定是个热闹的地方。听说，在里米尼沿亚得里亚海的20公里海滨度假区里，仅沙滩上各色躺椅就有几万张，足见其旅游产业的规模。遗憾的是我们的车只是一路掠过亚得里亚海滨的迷人风光。对于冲浪、快艇、帆船也只能是存在于日后的想象之间了。

我们沿着意大利东海岸线的高速公路行进，还要途经意大利的另一个城市弗利。这一地区当初是教皇的领地，梅迪奇家族的教皇科西莫一世当年在此设计建造了一座理想中的城市，人们称之为太阳城，因而享有阳光的土地美称。整座城市的设计在意大利的城市建筑史上声名赫赫。提到弗利，还会让人想起意大利的大独裁者墨索里尼。他就是生于弗利地区一户破落农民家庭中的不肖子孙，不光给欧洲人民带来了灾难，还给自己的家乡带来了耻辱。

过了弗利，我们向西南方向行进。我看了下地图，距离佛罗伦萨大约还有80多公里的车程。这时，我从凯拉丽达与杞先生的交谈中得知她的家乡就是离这儿不远的地方。杞先生半开玩笑地说："要不要回家里看看？"凯拉丽达笑了笑说："这可是使不得的。"杞先生笑着说："我们中国有个大禹治水的故事，人家是三过家门而不入，如此看来，不是他不想入，而是不得入而已。"凯拉丽达对大禹治水的故事并不知晓，可对家的感觉是没有国界的。她只是似懂非懂地说，日后，她还会有很多机会的。

说到水，便引发了车上人们的灵感。有位来自呼伦贝尔大草原上的诗人颇有感慨地说："欧洲几乎所有漂亮的城市都有一条美丽的河流穿过。像法兰克福的莱茵河，巴黎的塞纳河，阿姆斯特丹的阿姆斯特丹河，琉森的罗依斯河，因斯布鲁克的因河……我想，佛罗伦萨也该有一条河吧？"杞先生笑了，说："你说的没错，佛罗伦萨城中穿过了一条阿尔诺河，又流经比萨城，最后流入第勒尼安海。它虽然没有莱茵河和塞纳河那样知名，可也孕育了这座城市文艺复兴时期的辉煌。"他告诉我们，在佛罗伦萨，如果你们顺着米开朗琪罗街来到阿尔诺河边的话，就会看到佛罗伦萨最古老的一座桥"黄金大桥"。据说，大诗人但丁就是在桥上遇到了亲密爱人贝特丽丝而一见钟情的。你们作家艺术家来欧洲是不可不到佛罗伦萨看看的，尤其是诗人。情诗王子徐志摩 1925 年来到佛罗伦萨，曾将这座城市译作"翡冷翠"，还为陆小曼写了本诗集。在《翡冷翠的一夜》这首诗里，有这样的诗句："你真的走了，明天？那我，那我，……你也不用管，迟早有那一天；愿意记着我，就记着我，……"这诗表达的是徐志摩与恋人依依惜别时那种依恋与哀怨，痛苦与无奈，温柔与挚爱的真实写照。还有我们在法国卢浮宫所见到的世界名画《蒙娜丽莎》有地形和水形的背景。这也并非达·芬奇杜撰出来的，而是阿尔诺河谷一处具体的地理景观。因为 1502 年达·芬奇在凯撒·博尔基亚手下担任军事工程师期间，曾绘制过一幅地形图，上面便有阿尔诺河和布里安诺桥，两者很可能叠加在《蒙娜丽莎》这幅画中了。

杞先生的一席话勾起了我们对佛罗伦萨的兴趣。佛罗伦萨是欧洲文艺复兴的发祥地，是世界各地艺术家心中的圣地，来到了意大利，当然不可错过佛罗伦萨这座比翡翠更无价的艺术名城了。曾经在浏览国内一家网站时得悉，我国第一枚猴年邮票的作画和亲自雕版的绘画大师黄永玉就在佛罗伦萨置地并自己设计了住房，取古诗"西北望长安，可怜无数山"诗意，命名为"无数山庄"。吾等自然没有那种气魄，但耳濡目染的机会还是有的。

佛罗伦萨于公元前 59 年建起了一个方形古堡式的城市，当初只是安置罗马帝国退役士兵的地方。2000 年前，恺撒大帝赐名佛罗伦萨，拉丁文意为繁荣和昌盛。佛罗伦萨从公元 4 世纪起设置罗马天主教教区，公元 1115 年成为一个神圣罗马帝国皇帝特许的自治城邦，即佛罗伦萨共和国，这是世界上第一个近代国家。从 13 世纪起，皇帝和教皇之间的纷争，导致了城中政界分为皇帝支持的齐伯林派和教皇支持的盖尔非派，盖尔非派获胜后又分为依附教皇和强调独立的黑白两派，最终黑盖尔非派胜利，但政权很快又落入美第奇家族手中，美第奇家族曾出过几任教皇，统治持续近300年之久。自14世纪始，美第奇家族在财富积累达到一定程度之后，开始以文化保护人的面目出现，鼓励新型艺术的发展。再加上当时梵蒂冈内部分裂，法国另立教皇，宗教势力控制能力减弱，以及1348年"黑死病"在欧洲流行等因素的影响，人文主义的思想开始萌芽，其后在欧洲各地迅速蔓延的文艺复兴运动曙光正是从佛罗伦萨这里升起的。佛罗伦萨在15世纪至16世纪是欧洲最著名的文化艺术中心。在诗歌、绘画、雕刻和建筑等方面，都达到了前所未有的繁荣。许多世界文化艺术大师都诞生或生活在这块土地上。像诗人但丁，作家薄伽丘、彼特拉克，画家达·芬奇、米开朗琪罗、拉斐尔，艺术家多纳泰罗，科学家伽里略，政治理论家马基雅维利等。1865年佛罗伦萨曾经是意大利王国的首都，后于1871年迁都罗马。

佛罗伦萨，文艺复兴的天堂，400多年来有了太多的故事。意大利人都为拥有佛罗伦萨这块古代文化圣地而自豪。仅有三十几万人口的佛罗伦萨市就拥有40多个博物馆、美术馆，还有大大小小近60座宫殿和教堂。文艺复兴时期，几乎所有的文艺领军人物都在这里留下了他们的遗迹。佛罗伦萨，这座阿尔诺河谷中的城市，到处响彻着历史的足音。它的艺术宝藏和文学艺术家的遗迹，至今仍吸引着世界千千万万的游人前来顶礼膜拜。

近3个小时的行程，我们的车临近了佛罗伦萨。佛罗伦萨坐落在亚平宁山脉中部、阿尔诺河谷地的一片平川上。我向窗外张望，连绵不断的丘陵从我的身边擦过，远方的阿尔诺河像条银练泛着波光。在进城的时候，我们遇到了继巴黎以来最为严重的一次堵车。长长的车龙拥堵在高速公路上，好半天才能向前移动一段儿。我不知道这种现象是经常发生，还是偶尔的存在，可也从中足以看出佛罗伦萨不减当年的繁华。要知道，居于地中海盆地中央的意大利从中古时期到文艺复兴时期曾是世界最大贸易地区的心脏地带。阿拉伯世界从海路输入欧洲的货物，多半要经由陆路进行分配，而佛罗伦萨自中世纪以来就是意大利中部与北部的交通中枢，承担着繁忙的贸易活动。看来，经济的繁荣与文化艺术的繁荣是休戚相关的。

在经历了漫长等待之后，我们的车又一次启动了，沿着一条盘山林荫大道前行，在交纳了具有意大利特色的 230 欧元入城费之后，于 18 点 10 分进入了佛罗伦萨城区。汽车穿行于佛罗伦萨老城，就像走进了魅力无穷的艺术殿堂。那用石头铺就的街道，那古色古香的建筑群落，那五色大理石垒起的钟楼，那万般风情的街头雕塑，无处不散发出古老的艺术气息。似乎这里的每一座建筑，每一个石雕，每一道宫墙，每一块石板都浸染着浓厚的中世纪味道和文艺复兴时代的灵光。

我们在老城区一个停车场前下车，在当地华人"地陪"的引领下，走入一个人字形路口，转弯处有一座并不引人注目的青色小楼。楼的外墙是当地常见的青条石，简单的双坡屋面。屋后的小院种着几棵小树。L 形山墙的一面延伸出一块石头，上面雕有但丁的石刻头像，头像上方的墙壁上挂着一面蓝色小旗。如果不是墙壁有但丁的半身塑像，不会有人会想到这里是意大利文艺复兴时期最伟大诗人的居所。我不仅想起在去圣马利诺时，路过的那座意大利小城拉韦纳。文艺复兴的开山巨作《神曲》的部分诗稿在那里失而复得，诗人也在那里度过了最后的时光。诗人故居的房门紧闭着。生前，但丁有家不能回；身后，但丁依旧沉默着。听说，在但丁故居，至今还保存着 1302 年佛罗伦萨法庭对他的一纸判决书。1300 年，但丁曾当选过佛罗伦萨的六大行政长官之一，但两年后教皇势力卷土重来，迫使法庭网罗罪名对但丁判处终身流放，不得回到佛罗伦萨，否则将处以火刑。尽管后来，佛罗伦萨当局又提出条件：只要但丁公开宣誓忏悔、交付罚金就可免死归乡，但诗人的傲骨让他断然拒绝了。但丁直至 1321 年客死他乡，也不曾回到佛罗伦萨家乡。我在诗人的故居前徘徊，耳边响起诗人那句"我不下地狱，谁下地狱"的名言。尽管但丁做过短暂的执政长官，可是，但丁是诗人，不是政治家。他的武器是诗歌，而不是权柄。《神曲》是文艺复兴的开山巨作，以中世纪梦幻的文学形式，用犀利的笔锋鞭笞了教皇的丑恶，诉说追求自由的心声，开启了批判现实，个性发展的大门。700多年过去了，但丁的名字成了意大利人的骄傲。不管是读过他的诗的，还是没读过他的诗的人，没有人会怀疑但丁的伟大。当年，但丁被迫从这个人字形的路口走出去，踏上了一条不归的路。他也许不会想到，几个世纪过后，全世界的人们都会来此地感受诗人的昨天。他若九泉有知，即便是在地狱里，也会笑傲天堂的。

我从但丁故居走出，漫步在佛罗伦萨的街头，猛然发现这座城市的厚重与深沉。我不禁想，身在佛罗伦萨就是一种艺术上的享受。因为我无论走到哪里，都能感受得到城市散发出大师们的灵气。在1506年，作为文艺复兴艺坛"三杰"的米开朗琪罗、达·芬奇和拉斐尔曾聚首佛罗伦萨，成为艺术史上的千古美谈。他们以其不朽之作，为佛罗伦萨保留着文艺复兴时期的艺术之魂。在国内时，米开朗琪罗的《大卫》雕像是艺术院校学生练习素描的必备临摹对象。在欧洲的许多城市，我也多次看到《大卫》的复制品。来到佛罗伦萨，我才发现《大卫》已经成为了佛罗伦萨城市的象征。我站在市政厅广场上，屏住呼吸欣赏着这座大理石雕像。尽管我知道这也是一个复制品，但我还是虔诚地伫立着，凝视着。《大卫》最初就是矗立在这个广场上的，只是后来怕风雨剥蚀而移藏于佛罗伦萨美术学院的博物馆中，随即又在原地复制了一个。米开朗琪罗创作的《大卫》雕像取材于一个《圣经》里的故事：大卫是个以色列的牧羊少年。从小时起，以色列就经常和非利士交战。在非利士军中有一员大将名叫歌利亚。他头戴铜盔，身披铠甲，虎背熊腰，身高七尺……此人英勇无比，可在万人军中取上将之首，常让以色列人闻风丧胆。他曾一连出来叫阵40天，以色列营中竟无人敢出来迎战。大卫有一天给他在以色列军中的三位兄长送饭，恰逢歌利亚骂阵，大卫给如此狂言笑骂所激怒，便找到兄长和以色列王扫罗坚决要求前去迎战。尽管他们很担心，但看到大卫如此自信便同意了。大卫没戴盔披甲，更没带兵器，只是穿着平日的牧羊

浪漫之都录梦

174

服，手持牧羊时的打狼棍和弹石器，又捡了 5 颗石子来到阵前。歌利亚小瞧了这个牧羊的孩子，拿着钢刀恶狠狠地向他冲过来。就在将要接近大卫的瞬间，大卫使劲一拉弹石器，石子正中歌利亚的脑门儿。他一头栽到在地再也爬不起来了。非利士人惊呆了，军中大乱，以色列人乘胜追杀，非利士人落荒而逃。

　　米开朗琪罗的《大卫》所表现得正是歌利亚拿着钢刀冲过来，大卫并不躲闪的那一瞬间。他扬着一头卷发，赤裸着健美的体魄，紧锁双眉怒视前方……只是，《圣经》中所描述的大卫并不是裸体，也不是那样的成年人。显然，大师并非图示《圣经》情节，也无意宣扬《圣经》教义，而是借《圣经》故事呼唤一种时代精神。米开朗琪罗创作《大卫》的年代，正处于教皇腐败，外族入侵，佛罗伦萨面临崩溃的年代。米开朗琪罗以他天才的艺术之手塑造了这位英俊少年，意在能有象大卫一样的英雄挺身而出，拯救祖国。所以，他突破了《圣经》故事的局限，用赤裸的身躯和成人的体魄，弘扬了充满健美、理性、力量的民族自信心和文艺复兴时期叛逆性的人文主义精神。米开朗琪罗的《大卫》是世界艺术史上最伟大的经典作品之一，500 年间，他是佛罗伦萨的守护神，日复一日地守护着这座美丽的城市。在市政厅广场除了《大卫》雕像，还有许多精美绝仑的城市雕塑。像阿曼纳蒂的《海神喷泉》，章博洛尼亚的《祖国之父——柯西摩·梅迪奇》，班迪内利的《海格立斯与凯格斯》，贝内文托·且利尼的《伯休斯》，章波洛尼亚的《掠夺萨宾妇女》……都是文艺复兴时期涌现出来的不朽杰作。我眼前的各种石雕和铜像作品栩栩如生，形象传神，让我流连忘返于广场上。我为这些人类艺术的瑰宝所震撼，所陶醉。的确，这里的每一件作品都值得我去深深思索，去久久回味。"地陪"告诉我，由于这里汇聚了众多精美的雕塑而被称誉为意大利最美的广场之一。

　　在《大卫》像不远处是建于 13 世纪的市政厅。这是座碉堡式旧宫殿，其中的塔楼高 94 米，是佛罗伦萨的标志性建筑。市政厅侧翼的走廊曾为修道院院长和行政长官宣读文告的会场，现与广场浑为一体形成了多姿多彩的露天雕塑博物馆。我想，正因有了这些古老而精美的建筑和珍贵的艺术品，所以，人们走进佛罗伦萨，才会耳目一新，眼前一亮。无论走入城市任何一个角落，都充溢着艺术的气息和人性美的光芒。

离开市政厅广场，穿过几条小巷，我来到主教广场。用白色、绿色和红色大理石相间砌成的乔托钟楼、洗礼堂和圣母百花主教堂构成广场最具特色的古老建筑群。融罗马风建筑风格和哥特式建筑风格于一体的乔托钟楼，高84米，是文艺复兴的先驱者乔托设计的杰作。钟楼的地平面呈正方形，四周装饰着精美的浮雕作品，这些浮雕多是描述了当时的各种行业和人与人之间的故事。钟楼用几何学的配色方式调合，同一旁的洗礼堂和圣母百花大教堂十分和谐。钟楼左侧是建于公元5世纪的八角形的洗礼堂。3个镀金的青铜门位于建筑的正面，上有精致的浮雕。其中由著名雕刻家吉贝尔创作的浮雕演绎的是《旧约全书》中故事。他按故事的情节将浮雕分成10个画面，分别镶在10个框格内，非常形象生动。这个青铜门也被米开朗琪罗誉为"天堂之门"。据说但丁曾在此接受洗礼。这里最引人注目的当属建于13世纪的圣母百花大教堂了。这是继梵蒂冈的圣彼得教堂和伦敦的圣保罗教堂之后，欧洲的第三大教堂。这座辉煌无比的罗马式建筑，从设计到整座建筑完工历时150年，是几代艺术家劳动的结晶。墙的外表全部是用绚丽多彩的大理石贴面，颜色搭配典雅，极具魅力。正面墙壁上镶有很多白色大理石雕塑，细致精美却不奢华。尤其是教堂的110米的高大穹顶是教堂竣工很久之后才由文艺复兴的先驱者——布鲁内勒斯基设计建造的。据"地陪"讲，布鲁内勒斯基在设计时，居然不画一张草图，不作任何计算稿，完全凭心算和精确的空间想象来完成这件经典之作。这是世界上最大的穹顶之一，也是佛罗伦萨的重要地标。

我在夕阳的余辉下，仰望着这恢弘的建筑，从浮雕到铜门，到墙面，到穹顶都披上了金色的晚霞，一切的一切都记载着欧洲文艺复兴时期最初的繁盛和辉煌。我倾听着阿尔诺河谷的历史足音，在美轮美奂的建筑群落中行走，仿佛是在依稀回眸浏览那段精彩的历史长廊。我信步来到阿尔诺河边，低头看着泛着金光的河水轻轻地从我身边流过。历史在这里泛着灵光。

　　阿尔诺河水是缠绵的，阿尔诺河水又是暴虐的。在 20 世纪 60 年代时的一个午夜，阿尔诺河奔腾咆哮，让佛罗伦萨陷入一片汪洋。佛罗伦萨在一夜之间成了一座水城。许多民居、教堂、古建筑、博物馆、美术馆都浸泡在水里。这里的居民没有顾及自家的财物，首先想到的却是那些收藏艺术品和文物的地方。他们自发地涌向那些被洪水围困的、教堂、博物馆、美术馆……奋力抢救那些无价的艺术品和文物。我在听到这个故事后，给深深感动了。几百年前，佛罗伦萨人用他们的智慧营造了文艺复兴的天堂，几百年后，佛罗伦萨人又用他们的心灵延续了历史的辉煌。我恍然悟出了什么叫文化与历史的积淀。来到欧洲，最让人难忘的不是现代化的豪华建筑，而是具有浓郁古典主义艺术氛围的城市。现代建筑的技术高超可以让人感叹，但不会让人感动。古老的文明与现代的文明的有机结合才是一个城市保持迷人魅力的不竭源泉。

　　佛罗伦萨的美是永恒的就源于它的历史，就像眼前的阿尔诺河一样川流不息。在贯穿城市的那条河上，有许多优美的古桥，也有许多优美的传说。意大利画家亨利·豪里达在他的油画《但丁与贝特丽丝邂逅》中就演绎了一个佛罗伦萨版的"廊桥遗梦"。那是一个美丽而凄婉的爱情故事。一天，当一位华贵而美貌的佛罗伦萨少女手持鲜花在侍女的陪伴下从廊桥走过时，年轻的诗人但丁正从廊桥的另一端走上来，两人不期而遇。但丁凝视着貌若天仙的少女，抑制不住狂野的心跳，眼里放射出惊喜的目光。但那位少女却仿佛没有看见但丁似的从诗人身边走过。也许这是少女的矜持使然，但少女的眼里分明放射出异样的光芒，少女的脸上分明泛起了羞涩的潮红。亨利·豪里达画笔描绘了但丁与少女相遇并一见钟情的那一瞬间，那个手持鲜花的少女就是但丁的梦中情人贝特丽丝。600 多年过去了，那个动人的故事与那座廊桥一道成为阿尔诺河上的佳话。这是一个没有结尾的爱情故事。贝特丽丝最终没有嫁给但丁，在但丁再次见到少女时，她已成为了少妇。她嫁给了一位伯爵，不久便抑郁而亡了。而但丁却在终生眷恋着她，对贝特丽丝的那一份爱化作了美丽的哀怨和思念，成就了他早年诗作《新生》。诗中将他心目中的恋人描绘成追求天国真理的化身，她的灵魂飞向天空，得到了新生。他的旷世诗作《神曲》又将她描绘成集真善美于一身、引导他进入天堂的女神。

我慕名走上那座廊桥，重温但丁初恋的故事，不觉有些黯然伤神。这座位于三圣桥下游的"旧桥"，也是阿尔诺河上唯一的廊桥。桥始建于古罗马时期，在 1177 年和 1333 年两次受到洪水侵袭，仅剩下了大理石桥墩。现保存的三拱廊桥是 1345 年在原有桥墩上重建的，桥面过道的两侧的三层楼房错落有致，桥面的中段两侧的观景台独具匠心。1944 年夏天，纳粹德国军队在溃败时将阿尔诺河上 10 座古桥中的 9 座炸毁了，唯独"廊桥"幸存下来。这是否与那个让无数人感动的美丽的故事有关呢？都说诗人是浪漫而多情的，可但丁的爱恋却只源于"廊桥"的一次邂逅，并伴其终生，这分痴情，这份执著，的确让我感动。我站在桥上，倾听着阿尔诺河的流水，情不自禁地想，但丁如此令世人仰慕仅仅在于他的伟大诗作吗？

夜幕降临了，我走在佛罗伦萨灯火迷漫的夜色中。老城区恬静而幽雅的美是独特的，古老的建筑，陈旧的门窗，斑驳的浮雕，尖尖的教堂，就像走入中世纪一样，让我有种置身于文艺复兴时期的感觉。大街的繁华处多设有休闲的咖啡座，生意格外的红火，人们在这里休闲聊天，并不乏浪漫的情调。这里的街区大都狭窄，石板铺的小路曲曲弯弯，几百年甚至上千年的古宅还保留着先前的模样，屋顶大多是橘红的，墙面多是用石头砌成或贴面。沿街有数不清的工匠店铺，可大多已经关门。小巷里行人稀少，但却车满为患，只留出一条不宽的单行车道，真不知道第二天的清晨，这些车是怎么开出去的。

这就是我见到的佛罗伦萨，一个充满艺术气质的佛罗伦萨，一个古色古香的佛罗伦萨，一个让人无限遐想的佛罗伦萨。欧洲的文艺复兴源于意大利，意大利的文艺复兴源于佛罗伦萨。正由于文艺复兴对人文主义精神的解放，才使欧洲从此摆脱了中世纪宗教的束缚，形成了文化、艺术、哲学，科学在 14 世纪至 18 世纪的空前繁荣，并一举在这些领域超越了包括中国在内的所有文明古国。文艺复兴给欧洲带来了思想解放的曙光，它给人类赋予了一种全新的人文精神和理念，人类虽然不是大自然的创造者，但对世界一样具有创造力和主宰权。文艺复兴使人们重新找回失落的自我，肯定了万物的各种现象。他们藉着寻求古希腊、古罗马文化，将他们所信仰的宗教，从至高无上的主宰地位，拉回原有的平衡点。文艺复兴导致了一个民族的复兴，一个国家的复兴，进而带来欧罗巴的复兴，这就是欧洲发展的一段非常精彩的历史。而与此同时，一个东方的文明古国却还陶醉于泱泱大国的辉煌之中。不错，在 14 世纪之前，中国始终是世界最发达的国家，尤其遥遥领先于中世纪的欧洲。中华民族的传统文化博大精深，中国的科学发现和技术发明几乎涵盖了所有的学科领域。但这种优势从欧洲文艺复兴之后就开始渐渐削弱了。科学、文化与艺术的落后，将导致一个民族或一个国家丧失创造力，这是一个不争的事实。可惜这一点，至今还没有被许多人真正意识到，甚至包括我们的一些领导者。当我置身于佛罗伦萨五彩缤纷的夜色中，我的心灵也打开了一盏五色的灯。21 世纪的中国是充满希望的中国，但希望的实现还要靠中国人振奋起一种精神，去迎接新的挑战。但愿欧洲的这段历史能够给我们一点儿思索后的启迪。

# 罗马，有关一头母狼和两个双胞胎的传说

夜宿佛罗伦萨的 RESIDERCE 旅馆，久久沉浸在佛罗伦萨的古老历史之中，也不知什么时候才坠入梦乡，只知一觉醒来，已经快 8 点了，匆匆起床，吃过早餐，便往旅馆外边已等候多时的双层巴士上跑。我们的下站是罗马，这是一座比佛罗伦萨还要历史悠久的城市。罗马古城建于公元前 753 年，至今已有 2700 多年的历史。由于罗马建在了阿尔蒂尼等七座景色秀美的山丘之上，所以又称之为"七丘之城"。神话中罗马古城的缔造者罗马路斯和里穆斯这对双胞胎接受母狼哺乳的塑像就屹立在七丘之一的卡彼耐因山丘上。因而，这个帝国的首都从古至今都在流传着一头母狼和两个双胞胎的传说。这是杞先生一上车就给我讲述的一段故事。

罗马人的始祖伊尼德的后代拉丁公主西尔维亚被谋夺了王位的叔父阿穆略逼迫，成了供奉炉灶女神维斯泰的贞女，使之不能生儿育女。后来西尔维亚违反法令私下和战神玛尔斯结合，生了一对双胞胎，哥哥罗马路斯和弟弟里穆斯。这件事触怒了国王，他害死了西尔维亚，还下令把两个孩子放在筐子里抛入洪水泛滥的台伯河中。后来筐子被冲到一个沙滩上，一头母狼发现了他们，将他们衔去，用自己的乳汁哺育他们。后来，这头母狼被牧人捕杀，牧人发现了这两个孩子并把他们抚养成人。两个孩子长大以后体魄像父亲一样强壮，他们知道了自己的身世后，便一同为母亲报了仇，为外祖父恢复了王国。罗马路斯在母狼哺育他的地方建立了城市，并用自己的名字命名为罗马，狼孩造就了罗马帝国的首都。从此，母狼一直为罗马人所崇拜，成为当时罗马社会的图腾。至今，罗马城徽的图案就是一个母狼哺乳两个婴

儿。无独有偶，这不禁让我想起姜戎那本风靡全国的长篇小说《狼图腾》，远古的蒙古人不也是将狼视为图腾吗？如今，这本书又被世界图书大鳄企鹅图书出版公司花重金引入欧洲，将会产生怎样一种东西方文化碰撞的共鸣呢？

罗马这座位于亚平宁半岛中部台伯河畔的魅力之都，在人类文明发展史上有着重要的地位，被称之为露天历史博物馆。条条大路通罗马，就是对其历史地位的生动诠释。杞先生告诉我们，罗马分古城和新城，看罗马就是要看它的古老与废墟。古罗马帝国曾经有过的辉煌和繁荣，使得罗马城成了当时世界的中心，并使这个古老城市的文化和建筑艺术空前发展，神殿、大教堂、拱门、剧场、大竞技场等建筑先后出现，古建筑之多，艺术水平之高和密集的程度，是欧洲其它城市难以伦比的。我们可以在市中心区看到很多古遗址废墟，这种景观在其它地方是看不到的。佛罗伦萨通往罗马的高速公路车流非常密集，尤其是私驾的旅游车很多，这在欧洲是不多见的。

我们乘车首先路过的城市是阿雷佐，这是一座重要的伊特鲁里亚城市。它会让人想起公元前1世纪，欧洲亚平宁半岛上崛起的一个富有智慧的民族。他们就是伊特鲁里亚人，一个热爱生活，优雅而又充满激情和浪漫的民族。这个距今大约3000年前就在意大利中部生息繁衍的民族所创造的伊特鲁里亚文化不仅对希腊文明进行了大规模的引进吸收，而且其祖源可追溯到遥远的东方。伊特鲁里亚人不仅曾称雄亚平宁数百年，而且他们古老的文明还曾一度影响了整个西方世界，为罗马文明的极盛准备了物质和精神条件。公元7世纪，罗马人就是在伊特鲁里亚字母的基础上创造了拉丁字，古罗马的许多文明都是从伊特鲁里亚文明中传承过来的。只是由于伊特鲁里亚是被罗马通过武力所征服，罗马文明的光焰在历史的天幕中又是如此的炽烈，以至于使伊特鲁里亚这个词汇让许多中国人感到陌生。好在2003年的12月，我国在北京中华世纪坛艺术馆举办过一次"罗马的曙光——意大利伊特鲁里亚文化展"，向国人撩开了尘封许久的伊特鲁里亚面纱。如今的阿雷佐仍然以其早于古罗马时期的文明吸引着世界各地慕名而来的游客。

　　处于亚平宁山脉重要贸易路线的地位和黄金珠宝业给阿雷佐带来了一片欣欣向荣的昌盛景象。在二战时，阿雷佐曾遭遇到了毁灭性的轰炸，但今天的这座城市在现代化的外观之下依然保存着一个近乎完美的中世纪中心。最闻名的当属圣弗朗切斯科广场上的圣弗朗切斯科大教堂，那半圆壁龛墙壁就是由皮耶罗·德拉弗朗切斯卡最著名的壁画《圣十字架的故事》装饰而成的。据加利福尼亚大学教授卡罗·佩德雷蒂考证，世界名画《蒙娜丽莎》身后的背景就是阿雷佐市布里阿诺桥附近的景色。他的证据是，达·芬奇出生在距阿雷佐约 100 公里的芬奇镇，并曾经在阿雷佐生活过，这里的原始景观与《蒙娜丽莎》的背景几乎完全一样。因此，达·芬奇很有可能采用这一地区的田园景色作为了《蒙娜丽莎》的背景。之后，许多美术史专家都对他的研究结果表示了肯定。

　　我们的车一路南行，又穿过了阿梅利亚市就离罗马不远了。散文大家朱自清在他的《罗马》游记里这样谈到对罗马的印象："罗马是历史上大帝国的都城，想象起来，总是气象万千似的。现在它的光荣虽然早过去了，但是从七零八落的废墟里，后人还可仿佛于百一。"在来到许多欧洲城市前，我的印象往往是零乱的。但对罗马，我的印象则是相对完整的，那就是陈旧中的古老。中国是一个比古罗马历史更悠久的文明古国。但是我们所保存的历史古迹大多不超过 1000 年，况且有许多还是后人修复或重建的。如此这般地挥霍老祖宗留下来的宝贵遗产，这不能不是一种遗憾。

　　我对罗马城的部分印象来自于那部经典影片《罗马假日》。美丽而高贵的公主安妮和善良而多情的平民记者乔的罗马一日之恋，在类似童话的故事里诠释了一段浪漫而纯真的爱情。公主厌倦了上流社会的烦琐礼节和失去自由的豪华生活，渴望享受平民的生活和感受人间的真情，而窗外的歌声，则让她心旌神摇，难以自制，于是她跳窗而逃，邂逅了一场她人生中最为瑰丽的浪漫情怀。影片将罗马的名胜风光生动地融入剧情之中，将一部浪漫爱情喜剧拍得十分温馨悦目。虽然两人的爱情没有结果，但并不让人伤感，相反他们的爱情留给人们的是纯真年代的美好想象。我还清楚地记得影片中公主惬意地用双手揽住记者的腰，坐在他的摩托车后座上的情景，后边的背景便是古罗马的斗兽场。影片里那古老街道的马车，古老教堂的钟声，还有奥黛丽·赫本和格里高利·派克演绎的浪漫深深地印在了我的脑海里。

我们于 12 时 20 分进入了罗马城郊，并又一次交了 280 欧元的入城费。这是我们来到意大利后第三次交纳这种费用了。不过，我们还算是幸运的。因为一周前，罗马还在执行一条旅游巴士不准进入市区的禁令，外来的观光客车都要停放在火车站边的停车场，所有乘客要搭乘公共汽车去城里游览。那可就麻烦透了，时间也会白白耗费很多。不过，罗马作为世界性的旅游名城，也有自身的难处，守着一个亿万天主教徒的圣地梵蒂冈，还有那么多的名胜古迹，前来朝拜和游览的人实在是太多，从拥挤的街道就可以看得出来古老罗马的不堪重负。

走进罗马，仿佛蓦然回到了国内，川流不息的车流，熙熙攘攘的人群，还有久违的交通警察，与我走过的大多数西欧国家城市的幽静与平和形成了鲜明的反差，我有了种眼花缭乱的感觉。我们的车在多处路口被堵，害得罗马交警不时出来疏导交通。也许是罗马的街道相对窄了点，给我的印象不像在同样繁华的巴黎大街那样有秩序，尤其是摩托车在大街上肆无忌惮地穿行，毫无章法，看得我都有点心惊肉跳的。

车子穿过了闹市区，总算是清静了一点儿。我这才静下心，想起观赏车窗外的景色来。其实，罗马也并非想象的那样脏乱差，建筑多为五层以下的楼房，但极其讲究造型，街道也多为四车道，还保留着古罗马的城市风格。路边的街灯远没有国内都市那般豪华，但大多古色古香，富有情趣。大街上跑的名牌车很多，路旁几乎都有划了白线的停车场。人行道上的行人多为行色匆匆的外来游客，还随处可见穿着长袍的神职人员。

我们的车进入了威尼斯广场。这个位于罗马市中心的广场据说是罗马最大的广场，可也不过长 130 米，宽 75 米。在中国也只能算是个小广场了，在近年国内大建广场的攀比中，恐怕连县城的广场都要比它的面积大。不过，它曾是古罗马时期的市政中心，其知名度还是很高的。在欧洲，一般的大广场都建有教堂，威尼斯广场是欧洲城市中少有的没有教堂、没有上帝的广场。广场的中心是一个姹紫嫣红的大花坛，花坛中心是个很漂亮的喷泉。广场的名字源于西边的威尼斯大厦。这座文艺复兴宫殿式建筑建于1455年，当时的威尼斯共和国买了这个大厦作为驻罗马的使馆，故得此名。广场东侧的威尼斯保险总公司大楼，是马纳塞于1911年仿照对面的威尼斯大厦而建的。在威尼斯大厦以北有一座米夏利大厦，原名波拿巴大厦。拿破仑自滑铁卢战役失败后，他的母亲就一直住在这里，直至死去。广场南面，有一座白色大理石建筑，它就是卡皮托利诺山上的祖国祭坛，是意大利独立和统一的象征。广场有座15世纪中叶建成的威尼斯宫旧址。二战期间，意大利独裁者墨索里尼的办公室就设在这座大楼上。他曾在这楼的阳台上歇斯底里地向群众发表演说，虽曾蛊惑一时，可终难逃脱可悲下场。广场再往北，便是著名的圆柱广场了。由于威尼斯广场不准停车，凯拉丽达特意放慢车速在广场绕了两圈，让我们照了几张相，留作纪念。

罗马真可谓是充满神奇魅力的城市。公元前8世纪的王政时代，它由君主及贵族统治，历时200年；公元前509年的共和时代，它是罗马共和国的首都，历时近500年；公元前27年，它是罗马帝国的首都，历时503年；在中世纪，它作为教皇国首都长达11个世纪；随后又成为意大利王国统一后的首都。2700多年的古老城邦，留下了太多的历史遗迹，足以让我大饱眼福。出了威尼斯广场不远，随处可见用绿色栏杆隔离开的残垣断壁，乱石碎瓦，许多石板路也是坑坑洼洼，凹凸不平。可这沿用了千年的罗马大道，依旧牢固通达，风姿不减。古罗马遗迹废墟大多集中在广场的附近。它的不远处就是帕拉丁山。帝国时期，罗马皇帝的宫殿就建在山上。在那里，豪华气派的大理石的柱廊和雕像早已不复存在，留下的只有裸露的断砖残墙。

罗马是一座创造过灿烂文明的古城，是一座有着辉煌历史的文化艺术宝库。1861 年意大利统一后，以圆柱广场为中心扩建了罗马，后称之为罗马老城，相对应的罗马新城则始建于 20 世纪 30 年代。今天的我，从古迹集中的罗马古街上穿过，其恢弘的气势让我惊叹不已。那颇具罗马风格的古老建筑，随处可见的街头雕塑与现代城市建筑的气派融于一体，非常大气。这要归功于罗马人发明了最早的混凝土。这种由火山岩、石灰和水混成石浆，再混入砖石碎屑以增加力度和色彩的混凝土坚硬得足够以构建出宏大的罗马式穹隆，拱顶能独立架起，而无需林立的立柱。

如今的古罗马广场，多数建筑都成了废墟，像维纳斯神庙遗址、提度凯旋门、安东尼诺和佛斯提纳神殿、维斯塔神殿、塞维鲁凯旋门、砖造建筑物元老院、图拉真市集和商场、萨图尔诺农神庙、维纳斯女神庙、罗莫洛神庙、恺撒神庙、和平神庙等都不见了往日罗马建筑的辉煌，或化作了一堆堆的瓦砾，或化作了一堵堵残垣，或化作了一根根石柱，或化作了一道道石梁……丝毫找不出一点儿当时的繁华景象。我站在这一片片废墟前，不禁感慨万千。历史上的罗马曾是一个横跨欧、亚、非三大洲，使地中海成为帝国内湖的"泱泱大国之都"，城中神庙林立、殿堂云集、市集红火、皇权至上。但这一切的一切都成了历史云烟，飘然散去。今天，我在废墟前怀古，仿佛看到了一个个凝固的音符，听到了一曲曲千古绝唱。

令我感到惊奇的是，如此多的废墟摆在市区中心，并没有给人带来丝毫的不适，反而让我感受到了古罗马的魅力之所在。有人说，不到罗马，你就不能领略废墟之美；不到罗马，你就不会懂得历史沧桑的真正含义。这让我不禁想起很多年前，国内曾对要不要保留圆明园遗址产生过一番激烈的争论。现在看来，这场讨论多少有些可笑。罗马人并不因为追求现代化的建设就遗弃陈旧而古老的遗迹，而是精心将它保护下来。人家连市中心都敢保留古遗址的废墟，我们的圆明园远离市区，保留下来，警示后人又有什么不好？莫非还有劳那些博学多才的学者日复一日地来讨论吗？那些残垣断壁也是历史，也曾经支撑过古代的宏大建筑，当我从这里走过，我就会有种身临其境的感觉。

罗马城所拥有的古罗马遗迹废墟堪称世界之最，堪称一部生动的立体历史教科书和全球最大的"露天历史博物馆"。难怪法国作家司汤达在《罗马游记》中发出这般感叹，"只要你懂得感情，你就会倾家荡产来看一看意大利。"

废墟古道的尽头，就是君士坦丁凯旋门和科洛西姆大斗兽场了。据说这座凯旋门是在公元 315 年为了庆祝罗马皇帝君士坦丁一世打败马克森提，统一帝国全境而建造的。其历史要比巴黎的凯旋门提前 1500 年。这座凯旋门有一大两小拱形门洞，上边刻有精美的浮雕和雕像，整个建筑还布满各种楣饰，体现了那一时期罗马的艺术风格。当年，罗马大军出征归来时，总要在凯旋门下列队，炫耀胜利。拿破仑的凯旋门和阅兵式就是参照当年罗马的风格和习俗设计的。在古罗马众多的历史遗迹中，最令我感到震撼的就是斗兽场了。它让我想起了意大利作家乔万尼奥里的长篇小说《斯巴达克思》。书中曾对古罗马的斗兽场建筑的气势有过大段的描写。我不知道彼斗兽场是否就是此斗兽场，但书里对斗兽场里那种惨烈残杀的描述，却让我的心灵在颤抖。我站在一个山丘上，俯瞰这座位于罗马古城东南的大斗兽场，顿时有了一种说不出的沧桑感。从山丘望下去，斗兽场的形状呈椭圆形，共分为四层，最上层墙面留有方形的窗口，饰有铜制盾牌，顶部可以插彩旗。其余三层是几十个连续的半圆拱洞，拱洞之间是叠柱。中间两层拱洞中共有上百尊雕像。斗兽场占地 20000 平方米，可容纳 80000 观众，且等级分明。看台下是囚禁角斗士和野兽的 80 多个囚室，多而繁杂的猛兽栅栏，阴森坚固。斗兽场的外观浑然一体，气势宏伟，就像一个椭圆形的大深盘子。其实，斗兽场的真实名称叫做"佛拉维欧圆形剧场"，是韦斯马列西亚诺皇帝在公元 72 年为了庆祝征服耶路撒冷的胜利，强迫数万名犹太俘虏用了近 10 年时间建成的，后又在公元 3 世纪和 5 世纪重新加以修葺。听说其竣工的庆典活动持续了百日。这里当年曾是野兽与野兽、角斗士与野兽或角斗士之间生死搏斗的场所。仅在庆典的 100 天中，就有成百上千的角斗士和狮子、老虎在你死我活的角斗中丧生。那些角斗士死前的哀鸣所换来的竟是看台上快乐的尖叫，这是古罗马帝国时代人类历史的悲哀，是代表人类文明的古罗马建筑与代表人性泯灭的古罗马贵族碰撞而产生的人类悲剧。斗兽场的建筑是美的，斗兽场的角斗是丑的。正因如此，才会引斯巴达克思的奴隶大起义。千百年来，人类一直为放弃自相残杀，追求和平而奋斗。如今，斗兽场的使命已经终结，但人类并没有完全脱离兽性，人类中的败类仍不时地在角斗场之外发动战争，只不过他们将赤手的肉搏换作了飞机、大炮，甚至是核武器而已。我们这个世界并不太平，在核武库屯积过剩的今天，毁灭这个星球只需转瞬间绝不是危言耸听。所以，绝不能让我们的世界变成一个大的角斗场，是全人类共同的使命。这是我站在斗兽场前，凝视这半壁倒塌的围墙所发自内心的感慨。斗兽场作为千年古都的标志，历经 2000 年的风霜，已经衰老了。看斗兽场墙外大街上嘈杂的车流和人流，我看到了罗马的活力。斗兽场是历史更是寓言，斗兽场是遗迹更是见证。从台伯河的传说到废墟中的宫殿；从君士坦丁的金戈铁马，到墨索里尼的悬尸街头，罗马经历了太多的血雨腥风。也许是为了不忘记这些历史，罗马人才会精心地保护这古老的遗迹和废墟。

在罗马有句很响亮的口号"我们来改变未来，可是也让我们来保存过去"。作为国际大都市的罗马似乎没有巴黎那么时尚，建筑物也不像巴黎那样集中。但我还是能感受得到罗马的现代风格。即使在罗马古城，我也可以看到很多现代的东西。它体现在城市的交通和街道设施，以及城市的整体设计规划都是一流的。在罗马，楼与楼之间的空间面积很大，绿地很多，到处都有小广场，小景点，人们有充分的活动空间来享受生活。

人说罗马有三多：雕塑多、喷泉多、教堂多，来到罗马才有身临其境的感受。走在罗马大街上，但凡有广场的地方就会有雕塑。威尼斯广场附近新宫的那尊"母狼"雕塑见证着罗马的起源，真言之口广场上的那块模仿河神面孔的大巨石让无数个"安妮"公主流连忘返，埃塞得拉广场上的那些"海神"雕塑使人感受到了亚得里亚海的浪漫……罗马城里有数不清的建筑雕塑和街头雕塑，每一尊雕塑都是一个故事，述说着罗马昨天的历史；每一尊雕塑都是艺术，展现出文艺复兴时代以来的精华；每一尊雕塑都是跃动的，表现了作品所引发的无穷想象力；每一尊雕塑都是凝重的，张扬出作品本身的厚度。意大利文艺复兴时期的大师级画家和雕塑家，像米开朗琪罗、拉斐尔、贝尔尼尼等人都在罗马留下了许多珍贵的作品。

罗马城的喷泉之多，足以让人眼花缭乱。其中最为著名的当属不舍昼夜的"特莱维少女喷泉"了。它建于公元1762年，喷泉中立着由两匹海马拉着的海神像，喷泉中央的海神像神采飞扬，两座海马雕塑代表平静的海洋与汹涌的海洋。传说人若背对着喷泉朝泉中扔进钱币而后许愿，他的愿望就都能实现，所以又叫"许愿泉"。由于许愿的人太多，造成池中硬币成堆，所以每周都要打捞出来作为孤儿院的救助金。我不解"特莱维少女喷泉"的得名，当地导游说，当年古罗马的士兵行军，找不到饮水，干渴难忍，疲惫不堪。这时，一个叫特莱维的少女出现了，为他们指点了泉水，让他们重新振作起来。于是，这个传说就一代代地流传了下来，少女的微笑化作喷泉顶端的一尊雕塑，接受人们久久地凝望。

罗马城中3000多个千姿百态的喷泉，让城市变成了水雾中的世界。并非是大自然的厚爱，让罗马变成了水做的城市。其实，罗马的许多喷泉是靠古水道提供水源的。2000多年前，古罗马城滴水贵如油，为了解决缺水的难题，市民倾城出动建了12条高架桥引入渠道，将几十公里外的高山泉水和湖水引进城中。这些水渠用混凝土和石灰岩砌成，不渗漏，保证水流源源不断，堪称罗马式自来水。据说至今还有几条引水渠道在发挥作用。现在走进街头巷尾，时而会看到潺潺泉水从没有龙头的管子里洌洌涌出，供口渴的路过行人直接饮用。

罗马是个宗教之城。自从1420年建立了教皇的绝对统治之后，罗马便成了天主教的中心，兴建了大量的宗教建筑。今天罗马仍有大约450座大小教堂，300所修道院，7座天主教大学。在罗马，与废墟形成鲜明对照的是遍布全城并保存完好的大大小小的教堂。有人讲，无论你往任何方向步行10分钟都能碰到一座教堂。我是个无神论者，对宗教也缺少研究，但我对罗马教堂所体现出的建筑艺术和人文艺术则非常景仰。这是人类文明史上的精华和瑰宝，来到欧洲后，我不止一次陶醉在这艺术的海洋中。罗马教堂里的雕刻与绘画艺术体现了意大利中世纪和文艺复兴以来文明的古朴与深刻。我非常喜欢教堂里的那些油画和壁画，那些传说中的人物和英雄虽说是神的化身，可在绘画里那种人的完美就隐现出来了，更突出的是人的形体的美和肉体的完美。

当我们于当天下午与罗马艺术学院进行文化交流时，我对罗马的绘画和雕刻艺术有了深一步的了解。历史上的罗马艺术承袭了希腊艺术的风格，因而，世界美术史常将古希腊、罗马艺术并称。但它同时也受土著的伊特鲁里亚文化的影响，也有其自身的特色和创造。与古希腊相比，罗马艺术在内容上追求享乐与世俗，形式上追求宏伟壮丽，人物表现上强调个性，与古希腊追求"和谐"不同，古罗马总的美学思想追求是："崇高"。它的美术成就主要表现在建筑、雕刻、绘画上。

罗马艺术学院有着 1500 年的历史，是由两名罗马艺术家提议建立的，学院最初的名字叫圣鲁卡。1873 年，学院在教学的基础上，又建了一个艺术研究所。学院的教学楼设在一座马蹄形的古老大楼上，故也称"马蹄学院"。以绘画、雕塑和戏剧专业为主体的罗马艺术学院是一所实力很雄厚的学校，拥有 116 位教授，有许多为意大利一流的画家和艺术家。他们和来自中国内蒙古的作家艺术家就东西方文化艺术进行了颇有意义的沟通和交流。前来参加座谈会的学院十几位教授分别来自艺术史、画史、建筑史、绘画、装饰等专业。我们考察团也有几位是以美术创作为主的艺术家，他们对走廊里陈列的油画产生了很大的兴趣。座谈会由罗马艺术学院的副院长 PAOLO 先生主持。中意双方的代表分别发了言。他们的院长GAETANO 先生从伦敦回来，一下飞机也风尘仆仆地赶到了会场。他简要回顾了罗马艺术史的起源与发展，强调求实、写实、务实是罗马人的艺术风格，在罗马人的 DAN 里就保留了许多传统的东西。罗马艺术学院的教授们对古老的中国文化艺术也表现出了浓厚的兴趣，并称赞在学院的中国留学生有很高的悟性。他们对中国的故宫、长城以及秦始皇兵马俑都非常感兴趣。学院为了招待中国客人还特意举办了冷餐会，两国的文艺家和学者用各自对艺术的理解，探讨了今后交流合作的可能性。双方在座谈会上还互赠了礼品，我也将我两本最新出版的长篇小说《心房的那把钥匙丢了》签名赠给了罗马艺术学院图书馆。

当我走在罗马的夜色中，不由想起在中世纪的黑暗中给罗马带来光明的那场文艺复兴运动。以米开朗琪罗、达·芬奇和拉斐尔为代表的巨匠开创了文艺复兴新时代。文艺复兴的火炬从佛罗伦萨，传递到罗马，传递到意大利，传递到欧洲，由艺术带动了文学、教育、科学的繁荣，留给后人的启示是深远的。罗马的历史也从此翻开了新的一页。罗马艺术是希腊艺术的直接继承和发展，它们共同奠定了西方文明的基础，成为西方文明的摇篮。罗马是一本厚厚的历史教科书，让我了解到许多欧洲的历史。离开了罗马，欧洲的历史就会变得残缺不全，支离破碎。但罗马也是一张富有现代气息的美丽画卷，尤其是在灯火斑斓的夜色下，楼宇、雕塑、壁画、广场、喷泉都染上了现实而浪漫的色彩。我的耳边蓦然响起余秋雨在谈及欧洲城市时说的一句话："只有一个词，它们不会争，争到了也不受用，只让它静静安踞在并不明亮的高位上，留给那座唯一的城市。这个词叫伟大，这座城市叫罗马。"

第五辑

告别欧罗巴

浪漫之都录梦

# 梵蒂冈，文艺复兴大师塑造的艺术殿堂

来到罗马，便不能不去梵蒂冈，一个咫尺之隔的城中之国了。在这个面积不足半平方公里，人口仅有千余人的国家里，给我最深的印象不是宗教，而是艺术。当我们乘车从罗马老城驶入临近梵蒂冈的大街时，我并没有进入一个国家的感觉。这里从地形地貌，到风土人情，一切的一切都融于罗马城市之中。我们走下车，远远地看到圣彼得广场上有一座高耸的方尖碑，足有25米高，很像是在巴黎协和广场见到的那种。一问，此碑果然是在公元40年从远隔重洋的埃及运来，在公元1586年，教皇西斯廷五世下令将石碑移至圣彼得广场。为此，动用了900多名工人、150匹骏马和47台起重装置花了近5个月时间才完成搬迁。碑尖上是个耶稣殉难的铜十字架造型。据说圣彼得就是在立碑之处被挂在倒十字架上的，碑的底座上卧有4只铜狮子，碑下还埋藏着恺撒大帝的骨灰。方尖碑是太阳和永恒的象征，圣彼得广场的中央自然也少不了这样一种圣物的。

最先跃入我眼帘的就是那个造型奇特的圣彼得广场了。这是意大利著名雕塑家、建筑家贝尔尼尼的杰作，集中体现了巴洛克艺术的精华。世间一般的广场不是正方形，便是长方形，而圣彼得广场却是个标准的椭圆形广场，长340米宽240米。广场由规格相同的灰色小长方石铺就，地面散落着许多灰色的鸽子。方尖碑正处于广场的中心，像是一根"石针"直插蓝天。方尖碑的两侧分别有一对巴洛克式的喷水池相对应。喷水池分为两层，顶端像是一个倒扣的金碗，喷泉之中的水不停地从上飞落下来，流经圆弧形的大理石表面，注入承托它的巨形圆盘中，溅起晶莹闪亮的水花。

我站在广场上，感觉这是我在欧洲见到的最大和最有气魄的广场了。它建于文艺复兴时期，从构思到设计，到建设，汇聚了艺术大师贝尔尼尼的智慧。尤其是广场的布局和造型体现出了很高的艺术水准。他设计上追求宏伟与大气的风格，在构思上喜欢别出心裁的创意。这也体现在圆形柱廊的设计上。这个颇具气势的柱廊是通向圣彼得教堂的重要入口，仿佛巨大的双臂，敞开怀抱迎接八方来客。据说，圆形柱廊从设计到建成，花费了贝尔尼尼11年的精力。由4排284根大理石圆柱和88根方柱组成的建筑分4列组成3条走廊，其顶端树立着140尊圣人和殉道者的雕像，形态各异，蔚为壮观。这些雕像是由贝尔尼尼带着他的学生们创作的，也被看做是他最主要的作品。至于哪些雕塑出自贝尔尼尼之手似乎并不重要，重要的是他创立的巴洛克艺术风格开拓了西方艺术史上的一代新风。回国之后，我查阅了有关贝尔尼尼的资料，方得知"没有贝尔尼尼，罗马也就不成其为罗马。"这话的分量。这位意大利文艺复兴时代的雕刻和建筑大师于1598年12月7日生于那不勒斯，1604年迁居至罗马。1680年11月28日故于罗马。他是巴洛克艺术的主要代表人物。罗马的许多雕塑和建筑都出自他之手，尤其是圣彼得广场和圣彼得大教堂倾注了他许多心血。

　　圣彼得广场坐落在台伯河西岸。广场前面有一条灰石铺成的国界线提示着人们来到了一个主权的国家。广场的正面就是那座世界上最大的圣彼得教堂了。它建于16世纪初，前后历经了120年才最后完成。这一时期，正是欧洲文艺复兴运动蓬勃发展的年代，12位文艺复兴与巴洛克时期建筑大师投入了教堂的工程设计和建造，至于参与教堂内部的壁画、雕塑等创作的艺术大师就更不胜枚举了。圣彼得教堂的本身就是一座精美无比的艺术博物馆。教堂两旁的雕像分别是罗马帝国的康士坦丁大帝和撒勒蒙尼大帝。由两个罗马皇帝守护教堂，也可看出欧洲社会的宗教与政治的关系。欧洲的历史在很大程度上就是一个宗教的历史。公元2世纪起，罗马城主教得其天时、地利之先，影响日盛，渐渐独占"教皇"之称。公元756

年，教皇斯提芬二世获得法兰克国王所赠罗马城及周围区域，拥有世俗权，成为教皇之国，几经亡兴之后，又在1870年并入意大利王国，教皇退居梵蒂冈宫，宣告了教皇的世俗权力结束。1929年墨索里尼同教皇庇护十一世签订《拉特兰条约》。意大利承认梵蒂冈为属于教皇的主权国家延续至今。这就是梵蒂冈这个城中之国的由来。

其实，艺术的本身是没有国界，不分宗教的。这也就是为何有那么多人排着长队，来参观这座艺术殿堂的真谛。就我所知，我们考察团里没有一个人是信奉天主教的，可大家都对这里产生了浓厚的兴趣。我们穿过广场，便来到圣彼得教堂的门前，跟着长队慢慢地往里面走。不知从什么时候起，参观者进入教堂，都要进行安检。看来耶稣对于恐怖袭击也是心有余悸的。在中门的入口旁立着一块包括中文的《入门须知》牌，在提示游客：不准吸烟，不准吃食品；衣着要求整洁，庄重，男士禁穿短裤；女士不允许着露脐装和超短裙等等。

走近由大理石圆柱构成的高大门廊，方显出人的渺小。每根圆柱高达18米，需三四人才能合抱。在门廊的上方耸立着耶稣和他十二个圣徒的巨大塑像。耶稣位居中央，门徒分列两旁。公元313年，这里曾为纪念耶稣的十二个圣徒中的大弟子彼得修建过一座陵墓，后来改为教堂。到了1506年，建筑、雕刻和绘画艺术大师云集的罗马将原有的陵墓和教堂推倒重建，后经布拉曼特、拉斐尔、桑加洛、米开朗琪罗、封塔纳、马德尔诺等大师的主持，最后，由贝尔尼尼在1626年，将圣彼得教堂及其广场这项浩大工程完成，形成了今天的规模。教堂正面有五扇青铜大门，气派的铜雕大门和大理石柱使得教堂更加气势恢宏。最右边的那扇门称作圣门，听说每隔25年才由教皇亲自开启一次。平日，游客要从中门出入，其它的门则关闭着。

我进入了教堂，方知教堂之大。我估算了下，其面积足以超过欧洲大多数广场，可容纳5万之众。我拾级而上，在门前长廊的廊檐下见到一幅由文艺复兴初期乔托所作的镶嵌画《小帆》，画面展现的是耶稣门徒在大海行舟遇到风浪，艰难前行的情景。听解说讲，这是1610年从旧教堂的墙壁上移嵌于此的。教堂的地面是由彩色大理石交错镶嵌而成，图案千姿百态，非常漂亮，走在上面有种富丽堂皇的感觉。这里最有特色的地方就是大厅上方的穹窿大圆屋顶，从地面到大圆屋顶顶尖十字架的高度达137米。大圆屋顶周长71米，直径42.34米。抬头仰望，圆顶的内壁顶上饰有精美的镶嵌画和玻璃窗，最上端则是繁星点点。我站在下面仰望犹如于天穹之下。这是米开朗琪罗晚年的建筑杰作，在他去世20几年后才由其他建筑家继而完成。真难以想象在500多年前，古人是何等智慧才能完成如此复杂而艰巨的工程。大厅中央那座金色华盖则是贝尔尼尼倾数年心血完成的巴洛克式装饰性建筑。华盖高29米，由4根螺旋形描金铜柱支撑，铜柱间薄薄的吊帘，波纹起伏，饰以金色葡萄枝和桂枝，垂挂着金色吊叶，枝叶间攀援着无数小天使，有许多金蜂点缀其间。华盖内有一只展翅飞翔的金鸽，下方即是圣彼得的陵墓和设在陵墓上的祭坛。华盖前面的半圆形栏杆上永远点燃着99盏长明灯。祭坛两旁，各有一架庞大的管风琴。教皇举行弥撒时，管风琴发出低沉、舒缓、优美的旋律，弥漫至整个大厅。

大厅的装饰豪华而典雅，置身其中，犹如步入了艺术的殿堂。厅内天花板和墙上的壁画、浮雕多出自文艺复兴时代米开朗琪罗、拉斐尔等艺术大师之手。这些取材于《圣经》故事的绘画雕塑堪称举世无双的艺术成就和人类宝贵的精神财富。用云母石雕刻的《圣水钵》是贝尔尼尼的雕塑，钵呈贝壳状，两个稚嫩顽皮的小天使胖乎乎的，各捧钵的一边，十分传神，也十分可爱。白色大理石雕塑《圣母恸子》是米开朗琪罗年轻时作品。我站在雕像前，给这含蓄而动人的形象所深深地打动了。圣母玛丽亚右手抱着从十字架上取下的儿子，左手微微伸开，失神地望着受难后遍体鳞伤的儿子流露出无限的慈爱和悲哀。在教堂里，大约有50尊教宗及册封圣者的雕像，每一尊雕像都是不可多得的艺术珍品。大厅中，最引人注目的当属圣彼得的青铜像了。这也是米开朗琪罗的杰作，铜像历经了 500 年岁月的流逝，承受着来来往往的善男信女的顶礼膜拜，如今圣彼得的右脚趾已给摸抚得残缺不全了。在教堂大厅中，我还看到了许多文艺复兴以来大师们创作的珍贵壁画，让我不禁想到了巴黎的卢浮宫。这里简直就是一个艺术的世界。极尽华美的壁画丝毫不逊于卢浮宫中的珍藏。每一件都值得游人停下脚步，细细地品味。教堂里有许多表现圣母玛丽亚的壁画，常常吸引人们驻足观看。文艺复兴前期的油画艺术和文艺复兴盛期的壁画艺术构成非常强烈的对比。油画原作实际是非常反视觉的，很反光，很黑，人在视觉上感到不是很舒服。可是壁画非常触动人的视觉，能引起一种精神上的高贵感。我从圣母玛丽亚那安详的神态，怜悯的神情，母性的慈爱，牺牲的决然中，可以感受到艺术大师们着力刻画的那些传神的东西。

来到了圣彼得教堂，让我也不觉联想到另外一个与罗马教廷有关系的人物，那就是意大利的著名物理学家伽里略。伽里略生活的年代是神权专制的时代。按照神学家的说法，地球是宇宙的中心，自然界是上帝创造的。而哥白尼提出的"日心说"则被教会看做是异端邪说。尽管伽里略有着强烈的宗教信仰，但科学的良知让他对神学的权威提出了挑战。他透过他设计的望远镜，发现了木星的 4 颗卫星，看见了月球粗糙的表面，还观察到天空的任何一个方向都布满了人们肉眼看不到的恒星。他于是宣称拥护哥白尼的"日心说"。天主教会的宗教裁判所不能容忍伽里略的这一观点，最后惨遭宗教法庭的审判，迫使他对自己所提出的学说"认罪"，并终身软禁。伽里略的晚年双目失明，生活非常凄惨。1642 年，他患病死去。300 多年过去了，真理战胜了强权，法律恢复了公正。1979 年 11 月 10 日，罗马教皇在公开集会上，正式承认了那场审判的错误。次年，教皇又在世界主教会议上提出重新审理这一冤案，并为这场沉冤昭雪平反。我想，教堂里是否应该为伽里略立上一尊雕像呢？

走出教堂，往右边走便是一个大门。那就是教皇的宫廷重地了。大门的两侧各站立着一位卫士。他们依然保留着古罗马时代的装束，扎着腰带，佩着长剑，背着手，头上戴着黑色的卫士帽，身着红、兰、黄三色条纹的宽松上衣，灯笼裤子和靴子，有几分悠闲地站在那里。与其说是护卫，不如说是装点门面。杞先生告诉我，这些教皇的卫队也是由瑞士人组成的。最早由教皇朱利奥二世于1505年时代组建的，有200名瑞士卫士，现在有100余人。他们的制服据说还是米开朗琪罗设计的，近500年来一直沿袭至今。在教堂的左边通过广场便有一条以邮局为中心的街道，沿途有许多各种肤色的小贩来兜售梵蒂冈的名信片和邮票，一组名信片只要1欧元。在道路两旁还有多个电话亭和邮筒。我在广场边等车的时候，禁不住又打量几眼这个世界上最小的国家。随后，我沿着这条叫不上名字的大街走出了由一个广场，一个教堂，一个教皇，一支卫队，一个电台组合而成的国家。

# 多哈，穿越欧洲的尾声

夜宿罗马，我总还有些意犹未尽之感，早晨醒来方觉行程已到了终点。我在罗马近郊 IMPEGA 旅馆的自助餐厅吃了来欧洲后的最后一顿早餐，便打点行装准备启程回国了。

在旅馆前的广场，我看到许多同伴正争着和凯拉丽达合影留念，这才恍然想起已临近分手的时候了。我站在一旁，看着这番情景，想到将要结束这次难忘的欧陆之旅回到祖国了，欣喜之余，又有几分依恋。欧罗巴这个古老的大陆，给我留下了太深太多的印象，尤其是文艺复兴以来的那段历史，足以让我回味终生。这些天，我几乎每天晚上都在整理笔记，将我在白天的所见所闻记录下来。起初，我并没有打算在日后写成一本书，但随着资料的日益丰富，再加上拍摄的 400 多张数码照片，我有了写一本长篇游记的冲动。我自信它将会是一本很好看的书。

凯拉丽达站在同伴的中间对着镜头甜蜜地微笑着。她很惬意能载着来自另一个大陆文明古国的作家艺术家周游欧洲大陆。凯拉丽达在美女如云的欧洲，长得并不漂亮，但却是个善解人意的女孩儿。她仅有 1.6 米的个头儿，却开着偌大的双层大巴，常常引起过路行人的注意。她的车开得很娴熟，十几天行程 5000 多公里。有时一天要跑上 400 多公里，通常是早晨 8 时出发，晚上 9 时以后才能回旅馆，的确够辛苦的了。但她却丝毫没有表现出厌倦的情绪来，总是那么快快活活的。有时为了提神，她在车上要放上几段音乐，或抽上一支烟，可总不忘将身边的车窗打开一条缝，把烟放出去。她好像对外交往很多，要不时地在车上接手机，还习惯性地边接手机，边打着手势。先前，我并不知道她叫什么名字，一次停车休息时，我用英语问她的名字。她用英语回答了我，为了让我记得更清楚，还在一张纸条上写上了英语字母以及联系方式。我于是将她的名字翻成了凯拉丽达，以后，我们团里的许多人都这样称呼她了。在临开车前，我也同凯拉丽达照了一张相，并很友好地道了一声谢谢。

我们于 8 时 50 分离开旅馆，前往罗马机场。在机场办理了出关、退税、报关、安检等一系列手续之后，在中午时分登上了卡塔尔航空公司的 A300 空中客车。罗马时间 12 时 40 分，我们乘坐的飞机开始沿着古代丝绸之路的方向飞行，前往阿拉伯半岛上的卡塔尔首都多哈，并在那里转机飞向祖国的首都北京。舷窗下，是美丽的意大利半岛和茫茫的地中海。我也在走古人走过的丝绸古道，只不过一个是在地上，一个是在天上；一个连着古都长安，一个连着首都北京。丝绸之路的起点是唐代的长安，然后经由我国的新疆和阿拉伯的波斯等国，终点就是地中海东岸的意大利半岛。700 多年前的马可·波罗也是从意大利的威尼斯出发，沿着这条丝绸之路前去当时的元朝的。不过，马可·波罗历经数年艰辛才到达了元大都，而科技发达的今天，从罗马到北京只需十几个小时就实现了。丝绸古道对于东西方文化的荟萃交融是非常重要的。此次欧洲之行让我感触颇深。正是这条古道把古老的中国文化、印度文化、波斯文化、阿拉伯文化和古希腊、罗马文化连接起来，促进了东西方文明的交流。

我们这个星球自有人类社会之日起，就逐步形成了东西方两大文明体系。东方文明即地处东半球的亚洲及北非文化，西方文明即地处西半球的欧洲和美洲文化。应当说，这两个文明都为人类社会发展注入了活力，推动了历史向前发展。古老的丝绸之路，曾经带给欧洲大陆先进的科学技术和文化，亚洲大陆也从双方的交流中吸收了许多欧洲文明的精华。有人说，华夏文明创造了神秘的东方文化，是关于人类自身的发现，探讨生命的形式和追求，认知外界环境与人的心灵关系的文化。它从各种关系中提

浪漫之都录梦

炼归纳，来认识自身。素有朝闻道，夕死足矣的内涵。欧洲文明创造了神奇的西方文化，是关于物质的规律的认识，探讨物质与运动的规律，认知外界环境与人自身的关系的文化，他把各种关系细分，去认知外在的世界。东西方文化都是人类的共同财富，东方文化蕴含着浓厚的人文精神，西方文化蕴含着丰富的科学理性精神。二者互为结合，互为补充，才将人类社会发展史延续到今天。

历史上，古老中国的繁荣和昌盛曾经让欧洲人惊叹不已。按照马可·波罗的描述，中国是个神奇的地方，遍地黄金，富得简直流油。当然，那是 13 世纪的中国，那时的欧洲许多地方还是落后而蛮荒的世界。这次来到欧洲进行文化考察，虽说时间短暂，却让我亲历了欧洲历史的遗迹和文化的神韵，可谓受益匪浅。值得欧洲人骄傲的是文艺复兴以来的欧洲文明，让一个古老的欧洲大陆从一个落后的地域悄然崛起，在科学、文化、教育等众多领域一举超越了以古老华夏文明为代表的亚洲大陆。接着便是东方民族所经历的长时期的被西方列强所奴役，所侵略的屈辱历史。

面对这种历史的变迁，许多中外学者都做过深入而透彻的分析。欧洲大陆已经繁荣了几百年，把生产力推到了很高的水平，科学与教育，城市与乡村的发展都远远领先于发展中的中国。这是一个无法回避的事实。但是，在欧洲，我也看到了其自身存在的欠缺和难以解决的矛盾。在日见崛起的中国面前，欧洲的发展空间已经变得很小，显得有些力不从心了。以中国为代表的东亚地区已经成为世界上经济社会发展最具活力的地区之一。每一个到过中国的欧洲人，只要是不带有偏见，都会承认中国的发展是不可思议的。城市几乎每天都在变换着模样，这种景象在欧洲是见不到的。

当然，欧洲的现代文明有许多方面是值得我们去借鉴的。譬如，欧洲人长期养成的文明礼仪和遵守秩序的习惯，欧洲人对古老文化和当今环境的保护意识，欧洲人对科技教育以及社会福利事业的重视都是值得我们去学习的。在现代化的进程中，尤其是农村的发展，赶上西方发达国家的步伐，中国还有一段漫长的路要走。

客机很快地飞越了欧洲大陆，飞越了地中海，飞越埃及的苏伊士运河，进入阿拉伯半岛的沙特阿拉伯领空，也将我的思绪也带到了古丝绸之路的波斯湾。这里也曾是一个人类最早文明的发祥地。在巴黎的卢浮宫，在罗马的老城和梵蒂冈的圣彼得教堂……我都多次看到古埃及以及阿拉伯国家的历史文物。西方人强盗式地掠夺走了人家大量珍贵的文化遗产，甚至连几百吨重的方尖碑都搬到了自己的国家里。这也让我不禁想到了英法联军当年火烧圆明园，大肆掠夺文物的情景。联想到两次世界大战都是在欧洲引发的，并蔓延成世界性的空前灾难，让我对这种野蛮行径又感到非常愤怒。这是西方文明发展史上丑陋的一面。

飞机在航行了大约 4 个小时后临近波斯湾的上空，不断地下降着高度，开始在天空盘旋，多哈已经进入人们的视野范围了，这是一块沙漠中的绿洲，是一块镶嵌在波斯湾上的宝石，是一座由石油带来幸运的城市。

我们在多哈机场又经历了漫长的等待，并于卡塔尔时间 23 时 40 分，从多哈转乘卡塔尔航空公司的 QR898 航班飞往祖国的首都北京。我从飞机的舷窗前看到波斯湾灯火璀璨的夜景渐渐远逝，丝绸古道上的伊朗又映入我的眼帘。这个史称波斯的文明古国，有记载的历史和文化始于公元前 2700 年，公元前 2000 年后出现印欧血统的伊朗人，公元前 6 世纪古波斯帝国阿契美尼德王朝曾盛极一时。庞大的帝国版图东至阿姆河和印度河两岸，西到尼罗河中下游，北至黑海、里海一带，南达波斯湾。公元前 330 年古波斯帝国被马其顿的亚历山大所灭。后建立了安息、萨珊王朝。在此后的一段时间里，一条横贯亚欧的丝绸之路经过这里。它始于我国境内，向西经阿拉伯海、波斯湾、幼发拉底河与叙利亚、巴勒斯坦商路相通，再经地中海航运至罗马。

丝绸之路不仅是一条连通古代东西方贸易的商业之路，也是一条古代东西方文化交流之路。东方的中华文化，西方的古希腊、罗马文化，及这条路线两侧的印度文化、伊斯兰文化等都通过商贸往来，彼此转播，相互影响，从而促进了各种文化的交流融合。我的这次欧洲之行亲历了东西方文化之间的不同特色和东西方文化交融所产生的迷人魅力。飞机飞越伊朗之后，又经由了土库曼斯坦、乌兹别克斯坦、吉尔吉斯斯坦的领空，机翼下的夜色渐渐褪去，万里霞光仿佛在瞬间便喷射了出来，真的非常奇妙。

我们是在追着太阳飞行。在北京时间上午9时，客机飞临了祖国的领空。这时舷窗外已是阳光灿烂，白云朵朵，而此时的卡塔尔还处在零晨4时的黑夜之中。舷窗下可见崇山峻岭，戈壁茫茫，草原万顷。我不禁想起，远在西汉时，张骞出使西域，开通了7000公里的"丝绸之路"，就横越了整个新疆。它架起了连接欧亚大陆的桥梁，沟通了东西方的文明。我操纵着座椅前方的液晶显示屏，搜索出客机目前的飞行曲线图，发现飞机已经进入了我的家乡内蒙古的上空，并沿着中蒙边界线中国一侧飞行。12时40分客机准时降落在首都国际机场。在走下舷梯的那一刻，我心中不由感叹：回家的感觉真好！